WENDY ROY

THE WINNER

PROLOGUE

Jayden

Trois semaines auparavant

Me retrouver le cul à l'air sur Internet ? Pas vraiment dans mes plans. Je toise la photographie en noir et blanc. Aucun détail ne me met la puce à l'oreille sur la personne qui a pu divulguer ce cliché où je suis exposé du bas des cuisses au haut du crâne. Mon visage est tourné légèrement de profil et ne laisse aucun doute quant à mon identité. Jayden Vyrmond, grand athlète de pentathlon, à poil sur un putain de site Internet.

Magnifique.

Je serre la mâchoire en relisant le petit texte qui accompagne l'image.

Vous aimez le pentathlon et les hommes à tomber ?

Vous aimez forcément Jayden Vyrmond.

Derrière ses exploits sportifs et son physique athlétique se cache aussi un dieu du sexe. Photos sulfureuses, anecdotes caliente et détails sexy vous attendent ici. Et pour vous mettre l'eau à la bouche, un premier cliché qui fait grimper la température.

Un nouvel article à chaque début de mois.

Je ferme les paupières pour garder mes nerfs sous contrôle et ne pas envoyer valser l'ordinateur. Sous mes yeux, cette page Internet semble me narguer. C'est moi. Il s'agit de *mon* corps. *Ma* vie privée. *Mon* intimité. Que l'on balance cela sur une page Web comme une carcasse aux vautours me fout en l'air. Ma sexualité ne concerne que mes partenaires et moi. Personne d'autre. En parler vaguement avec certains mecs est une chose. Que cela se retrouve exposé à la terre entière sans mon consentement en est une autre ! Outre la violation de mon intimité, avoir une porte ouverte sur ma vie très *très* privée pourrait déclencher un véritable cataclysme. Quelques détails de ma vie sexuelle pourraient nuire à ma carrière de sportif professionnel… Autant dire, foutre ma vie en l'air ! Sans compter que le nom « Vyrmond » ne va pas sans un certain code de conduite et qu'entacher l'image de ma famille reviendrait à déclencher une guerre ouverte.

Fait chier !

Je me lève et fais quelques pas en me massant la nuque. Le silence dans mon salon et l'obscurité qui a gagné le ciel renforcent mon sentiment de malaise. Je respire profondément et tente de rester rationnel. Une seule photo, ça peut se gérer. Une avalanche d'articles ? Beaucoup moins. Je vois d'ici le scandale que cela ferait… Pour l'instant, cependant, rien ne dit qu'il y aura des images compromettantes tous les mois. Peut-être s'agit-il de paroles en l'air. Après tout, qui pourrait avoir autant de clichés de moi ? Je ne couche jamais deux fois avec la même femme ! Et je l'aurais remarqué si l'une d'elles me mitraillait, non ? Quel intérêt aurait-elle, d'ailleurs ? Une rémunération par des paparazzis ? Cela n'a aucun sens ! Je pourrais donner sans aucun doute le double ou le triple d'argent de n'importe quel magazine et, pourtant, je n'ai reçu aucune demande de ce type contre la non-divulgation de ces clichés ! Alors *qui* et *pourquoi* ?

Nous sommes à la moitié du mois, ça fait quinze jours que l'article a été posté. Deux semaines et deux mille cinq cent quatre commentaires d'impatientes hystériques... À l'échelle des États-Unis et du monde, le chiffre est encore raisonnable. Cela me laisse une marge de manœuvre. Je n'ai plus qu'à attendre une autre quinzaine pour savoir s'il y a vraiment lieu de s'inquiéter ou s'il s'agit d'un coup de bluff. Pas de quoi faire une syncope, pas vrai ? C'est simplement deux semaines à me demander si un nouvel article va tomber et si on va voir un peu plus que mes fesses ce coup-ci !

Et si c'est le cas ? Pas question d'aller voir un pseudo-expert informatique dont je ne saurai rien ! Dans certains cas, même l'argent n'achète pas les gens. Pas si une nouvelle offre derrière est plus alléchante. Il me faut être sûr de la personne, avoir une base de confiance pour pouvoir lui confier ce problème. Ma famille connaît du monde, forcément, mais c'est un univers de requins. Hors de question d'impliquer une connaissance hypothétiquement amicale ! J'ai appris que l'on peut sourire en attendant le bon moment pour vous poignarder dans le dos. Dans mon monde, il ne s'agit que de cela : attendre l'instant, la minute, la seconde où l'on peut vous descendre, vous couler pour se monter soi-même. Tout est question d'apparence, d'influence, de popularité.

Je réfléchis pendant plusieurs minutes avant de trouver une solution qui me fait grimacer. Il y a bien une personne qui pourrait être de confiance et avoir les qualités informatiques requises. Une femme pour qui me trahir signifierait se mettre dans l'embarras vis-à-vis de sa meilleure amie...

— J'espère vraiment ne pas avoir à en arriver là, soupiré-je à voix haute.

Je le ferai toutefois, en dernier recours.

J'attrape mon portable pour rassurer la chargée de communication de ma famille qui m'a envoyé un message affolé avec le lien du site.

[Je vais gérer ça, Lime.
Relax.]

Pourtant, quand j'appuie sur la touche d'envoi, je suis mal à l'aise. Si une nouvelle photo est dévoilée dans quinze jours, je serai obligé de faire appel à une femme étrange. Déroutante. Et comment gère-t-on l'imprévisible ?

1

A.

Certains pensent que leur vie est trop ordinaire. La mienne ne l'est a priori pas assez. Assise dans l'ancienne église, le froid mordant ma chair, je tente d'ignorer du mieux que je peux Brian qui me fixe avec une ferveur effrayante – a-t-il seulement cligné des yeux ? –, la bave au coin des lèvres. Quarante-huit heures. C'est le temps durant lequel il a eu le droit de me bécoter un peu. Deux jours, c'est le temps durant lequel la petite fille en moi, rêvant du prince charmant et méchamment blessée par ses échecs amoureux répétitifs, s'est persuadée que Brian pouvait être un candidat potentiel. Même au fond du gouffre, totalement désespérée, elle a fini par avoir un frisson de répulsion bienvenu.

Je me focalise totalement sur Mickaël et écoute avec une attention religieuse la description de son agonie sexuelle à cause de sa maladie. Mon propre trouble ne m'a jamais empêchée de trouver des partenaires d'une nuit. Des hommes pas forcément tous très bons, d'accord, mais n'ayant pas peur de se confronter à Athéna – ma main gauche – pour quelques minutes acrobatiques. C'est après que cela se complique. Vivre une véritable histoire avec une fille qui ne contrôle pas sa propre main ? *No way*. Ces messieurs ont sûrement peur qu'Athéna les castre sans que je m'en rende compte. Ce qui serait peut-être possible… Le syndrome de la main étrangère crée des mouvements moteurs involontaires, totalement indépendants de notre volonté et allant même contre celle-ci, sans que l'on en ait conscience. Du moins, pas avant d'être devant le fait accompli.

– Je dois faire quoi ? beugle Mickaël. Prendre du viagra pour avoir une réputation de bite en titane pour attirer les femmes ?

Alors qu'il pousse un ricanement de dérision, je cligne des yeux, surprise de la soudaine grossièreté de cet homme doux. À croire que l'on devient tous assez irritables sur la question à force de se prendre des râteaux à répétition. C'est pour cela que j'ai décidé de renoncer totalement à trouver l'amour. J'en ai marre de me faire du mal pour rien. Le sexe, oui ! Les sentiments, non ! Tout un mantra et un nouvel art de vivre pour moi.

Jeannette, l'une de mes meilleures amies, se lève à côté de moi pour répondre à Mickaël. Ses yeux clignent à toute vitesse tandis qu'elle prend la parole :

– Ce que je vais dire va faire tellement cliché que tu vas me dévisager de haut en bas en grognant dans ta barbe. Mais on est tous là pour s'exprimer, se comprendre, se soutenir… Alors, je veux dire simplement que les femmes et les hommes ne sont pas tous les mêmes. Il y a des gens qui s'arrêtent aux mots « maladie », « trouble », « particularité » et qui ne vont pas plus loin. Mais il existe aussi des personnes pour qui c'est un simple morceau de puzzle. J'ai Gilles de la Tourette, c'est un syndrome très visible, et j'ai la chance d'avoir un homme merveilleux à mes côtés.

J'ai un élan de tendresse pour elle alors qu'elle se rassied et qu'une autre prend la parole. Jeannette n'a jamais cherché l'amour, contrairement à moi autrefois. Son passé compliqué et son trouble l'ont laissée fragile dans sa force. Et pourtant, Jeff le lui a apporté. Elle vit sur un petit nuage depuis un an et, nom d'un petit poney, ce que ça peut la rendre mièvre parfois !

On sort dix minutes plus tard dans le jardin qui jouxte l'édifice et je donne un coup de coude à mon amie, décidée à la taquiner.

– Tu ne m'avais pas dit que tu croyais à Cupidon ! Est-ce que tu l'imagines cul nu avec le nez rouge, toi aussi ?

Jeannette sourit et, comme toute meilleure amie qui se respecte, relève tout de suite le détail étrange de cette description.

– Pourquoi avec le nez rouge ?
– Ange ou pas, il doit avoir froid sans slip, répliqué-je d'un air faussement sérieux, mais en tant que divinité, son glaive reste majestueux et intouchable. Ce serait un blasphème de l'imaginer tout ratatiné ! Alors c'est son nez qui prend, conclus-je en haussant les épaules.

Elle glousse en secouant la tête :

– Merde, A., tu as une sacrée case en moins !
– C'est maintenant que tu t'en rends compte ?

Son ricanement s'étrangle dans sa gorge lorsqu'elle consulte l'heure sur son portable.

– Tom va sortir de l'école dans cinq minutes, je dois filer !

Son ton affolé me fait sourire alors qu'elle se met à courir vers la sortie. Son fils a beau avoir eu 9 ans récemment, elle le couve comme s'il en avait 5. Sûrement parce qu'elle n'a récupéré sa garde il n'y a que quelques mois seulement. Elle hurle un « pet de cheval » tonitruant dans sa course, qui ne manque pas de faire retourner les gens sur son passage. Je pince les lèvres pour ne pas rire toute seule et passer pour plus folle que je ne le suis.

Quand je passe les grilles du parc, Jeannette a déjà disparu depuis longtemps. Je hèle un taxi pour quitter Oklahoma City et retourner dans le quartier tranquille de Norman où je vis. Je passe cinq minutes à chercher mes clés dans mon sac, puis dans mes poches, avant de me rendre compte qu'Athéna les cache dans son poing serré.

— Donne-moi les clés, grincé-je à son intention.

Pas un doigt ne se desserre et je soupire en utilisant ma main droite en renfort, bataillant pour récupérer mon trousseau. Nom de Zeus ! Ma vie, c'est ça : me battre avec moi-même devant ma propre porte pour pouvoir rentrer chez moi !

— Je vais finir par te donner un coup de marteau, grogné-je dans ma barbe en déverrouillant finalement ma porte.

Mon intérieur est sans fioriture. Syndrome oblige. Tout ce qui casse est banni ou surprotégé à en devenir moche. La vaisselle ? En plastique ! La technologie ? Entourée de coques tellement épaisses que mon portable est presque aussi encombrant qu'une cabine téléphonique !

Je me déleste de mon sac, jette un coup d'œil nostalgique au vase recollé – dont les multiples fêlures tracent des chemins sinueux – et me dirige vers la cuisine pour me servir un verre d'eau. Dilemme. Est-ce que je prends la carafe de la main gauche, actuellement tranquille le long de mon corps, ou est-ce que je la saisis avec la main droite ?

Je grogne, attrape la carafe avec la main droite et verse l'eau dans mon verre. Au moment où je la repose sur le côté, un liquide glacé m'asperge la poitrine et je pousse un cri strident. Je jette un coup d'œil à Athéna qui repose nonchalamment le verre. Si je n'avais pas été toute seule dans la pièce, j'aurais pu penser qu'il s'agissait d'une farce d'une autre personne. Mais je suis seule, trempée et bien obligée de constater que c'est effectivement ma main qui vient de m'arroser !

– Je vois, tu es en forme aujourd'hui, dis-je à l'intention d'Athéna.

J'attrape des sopalins, éponge mon haut du mieux possible, constate la transparence de mon décolleté : vive le blanc ! – la couleur, pas l'alcool… – et me dis que je suis bonne pour changer de tenue. Tout ça pendant que ma satanée main gauche me ressert un verre avec une tranquillité aberrante.

– Tu viens de comprendre qu'on allait mourir de déshydratation si ça continuait comme ça ?

Je râle comme une vieille folle parlant toute seule et je bois l'eau qui apparaît devant mes yeux, courageuse mais pas téméraire ! On ne sait jamais ce qui se passera ensuite avec Athéna… C'est le problème de mon syndrome. Cette impression d'être deux alors que l'on est un. Cette personnalité propre que je lui attribue, jusqu'à lui donner un nom. Parce que ce n'est pas moi. Pas vraiment. C'est elle. Ma main gauche. Athéna.

La sonnette me fait presque sursauter. Je fronce les sourcils et me précipite sur ma porte avec curiosité. Je peux sûrement compter sur mes doigts le nombre de gens qui passent à l'improviste chez moi. Jeannette, qui doit goûter avec son fils à l'heure qu'il est. Vanessa, ma deuxième meilleure amie et meilleure détective privée de Norman – non que je sois très objective puisque je me suis associée avec elle. Aglaé, Euphrosine ou Thalie, une de mes trois folles de sœurs.

J'ouvre le battant et me fige tandis que mes pronostics s'effondrent dans mon esprit. Je bloque totalement devant l'individu masculin qui attend devant moi, détaillant la façade avec un brin de condescendance. Grand et athlétique, une masse de cheveux châtains peignés et décoiffés tout à la fois, des yeux gris distants. Le comble ! J'aurais pu à la rigueur penser à Lonan, mon ex-petit ami flic avec qui je suis restée en bons termes. Mais *lui* ?

– Salut, finit-il par lâcher.

Il me dévisage avec un sourcil légèrement arqué. Il me jauge, dubitatif et blasé. Je n'ai qu'une réaction. Lui claquer la porte au nez ! Enfin, c'est sans compter Athéna qui se glisse dans l'interstice avant que le battant ne soit complètement refermé. Celui-ci explose mes doigts et la douleur remonte jusqu'à mon coude, lancinante. Je lâche un cri perçant et les larmes me montent aux yeux.

– Fait chier ! Ça va ?

Il y a une touche de sollicitude dans sa voix grave qui me fait me mordre la langue et ravaler la multitude de jurons qui borde ma bouche. Je me force à me redresser et tente de garder un semblant de dignité. C'est mal barré… La première fois que j'ai vu ce mec, c'était lors de l'annonce du mariage de Vanessa. Elle nous avait invitées, Jeannette et moi, chez son homme qui avait lui-même invité ses deux meilleurs amis : Jeff – qui est désormais le compagnon de Jeannette – et lui. Jayden. À qui Athéna a lancé un petit four en pleine face. Nom de Zeus ! Je meurs d'envie de m'enfouir sous terre ! La seule fois où je l'ai recroisé, c'est au mariage de Vanessa et Joey. Je l'ai évité toute la fichue soirée.

Voyant qu'il continue de m'observer avec prudence, je lui sers un sourire crispé, secoue négligemment ma main et me racle la gorge :

– Oui. Ça va.

Je hoche la tête en sentant le malaise me gagner. Je gigote d'un pied à l'autre alors qu'il remet les mains dans ses poches et reprend une attitude nonchalante.

– Jayden, c'est ça ?

Je lance la question comme si son prénom m'avait échappé, comme si notre première rencontre ne m'avait pas plus marquée que cela, comme si je n'étais absolument pas mortifiée de le voir.

Il hoche la tête puis sort une de ses grandes mains de ses poches pour se frotter la nuque. Le geste fait saillir son biceps couvert à moitié par son polo beige. Le tissu se tend, son muscle découvert se gonfle et je sens soudain la température monter de quelques degrés. Je déglutis et essaye de me concentrer. Fichu sportif bien foutu !

– J'ai besoin de tes services, finit-il par lâcher.
– Mes services ?

Mes sourcils montent si haut qu'ils doivent manger mon front. J'ai beau me creuser l'esprit, je n'arrive pas à comprendre de quoi il parle. À part notre première confrontation – où il a appris, à ses dépens, la vie indépendante de ma main gauche –, nous ne nous sommes guère vus ni parlé !

– Tu travailles bien avec Vanessa, non ?

J'étrécis les yeux et mille scénarios traversent mon esprit farfelu. Vanessa est ma meilleure amie… Peut-être qu'il veut se rapprocher d'elle ? Non, non, ça ne colle pas ! Elle est mariée et heureuse avec Joey, le meilleur ami de Jayden. Il ne peut décemment pas lui faire un coup pareil ! Si ? Ou alors il doit la contacter discrètement pour organiser une surprise pour Joey ! Mais elle est aussi détective privée… Peut-être qu'il a besoin d'elle pour enquêter sur une personne… Une femme ? Un concurrent ?

– Qu'est-ce que tu lui veux ?
– À Vanessa ? Rien du tout. Je te l'ai dit : j'ai besoin de tes services.
– Les miens ? Mais pourquoi ?

Il soupire franchement et me jette un regard en biais qui me hérisse le poil. Il a visiblement le chic pour me faire me sentir comme une décérébrée !

– On m'a dit que tu avais un don pour les recherches informatiques. Joey a laissé entendre que tu étais même une hackeuse extraordinaire.

Ravie du compliment et gênée qu'il devine mes performances pas très légales, je croise les bras pour me donner une contenance et éviter de me tortiller. Son regard se pose quelques secondes de trop sur mon décolleté. Je lève les yeux au ciel et tape du pied. Tous les mêmes !

– Mon visage est plus haut, signalé-je avec une pointe d'agacement.

Avec l'assurance tranquille d'un mec qui sait ce qu'il vaut et ce qu'il veut, Jayden plonge ses yeux dans les miens. Il a l'air inébranlable comme ça. Une force brute, un roc contre les tempêtes. Puissant. Inflexible. Un regard de compétiteur. Je sens mon souffle s'amenuiser puis se suspendre.

– Alors, tu l'es ?

Sa voix grave aux accents impatients et presque irrités brise ma soudaine apnée. Je cligne des paupières, reprends mon souffle et ma contenance :

– Possible. C'est quoi ce service ?
– Des... choses ont été balancées sur Internet, me concernant... J'aurais besoin que tu remontes à la source pour que je puisse gérer ce problème.

Je fronce les sourcils. Il y a un truc qui m'échappe.

– Attends... Un tas d'autres personnes peuvent remonter à la source d'un commentaire, article, photo ou peu importe de quoi il s'agit. Des centaines de types peuvent te filer une adresse IP, alors pourquoi venir me voir, moi ?

Cette fois, il regarde au loin, par-dessus mon épaule ; sa langue passe sur sa lèvre inférieure avant qu'il ne l'aspire légèrement. Il le fait sans y penser, réfléchissant à sa réponse, et n'a pas conscience de son degré de sensualité. Je ne peux pas empêcher mes hormones féminines de soupirer de bonheur et je me mets à me tortiller, mal à l'aise qu'il puisse deviner à quel point je le trouve séduisant. Jayden n'a clairement pas besoin de mes encouragements pour être d'une condescendance effrontée !

– Pour faire simple : tu es la meilleure amie de la femme d'un gars que je considère comme mon frère. Par ricochet, je pense pouvoir te faire un minimum confiance si je te demande de la discrétion dans cette histoire.

– De la discrétion ? répété-je en me disant qu'il doit me prendre pour un fichu perroquet. C'est-à-dire ?

– J'ai une certaine réputation à tenir, tant sur le plan professionnel que personnel, dit-il. J'ai besoin que ça reste entre toi et moi.

Je le jauge un instant. Toutes les informations défilent à vive allure dans mon esprit. Entre lui et moi. Cela veut dire ne pas en parler à Vanessa et Jeannette, les deux seules nanas à qui je confie absolument toute ma vie. Cela veut dire leur cacher quelque chose qui peut potentiellement retomber sur elles, puisque leurs compagnons respectifs ont noué une amitié avec l'énergumène sexy qui se trouve devant moi. Pense-t-il que son physique avantageux et sa popularité dans son domaine peuvent me faire oublier ma loyauté envers mes meilleures amies ? Que je suis une pauvre fille qui va accourir lorsqu'il en a besoin ? Mon agacement monte et je sens mon visage se fermer avant de répondre :

– Non.

J'ai le temps de voir la surprise lui faire écarquiller les yeux, comme s'il n'avait pas l'habitude d'entendre ce mot, avant de fermer la porte. Je l'entends crier un « attends » et sa main s'abattre sur le battant au moment où je verrouille ma serrure. Je n'ai qu'une pensée en tournant les talons : « Dans tes rêves, Jayden. »

2

A.

Par le trident de Poséidon ! Je n'ai quand même pas ouvert comme ça ?

Devant mon miroir mural autocollant en PVC – ce qui est franchement plus long, moche et déprimant à dire qu'un simple miroir en verre – force est de constater que si. J'ai ouvert les seins à l'air. Enfin, c'est tout comme ! Comment ai-je pu oublier que mon haut était trempé et, par conséquent, transparent ? Pas étonnant que Jayden ait fait un petit blocage sur ma poitrine ! Si son jugement envers moi n'était pas encore définitif, je suppose que je viens de le conforter dans son opinion, qui doit tenir en un mot : cinglée.

Je ne peux même pas lui en vouloir ! Pourtant, j'enlève rageusement mon top. Mauvaise foi, quand tu nous tiens... Je suis en train de fouiller dans ma penderie quand la voix masculine de mon téléphone – diablement suave et sexy, au passage – se met à retentir. L'application, que j'ai installée récemment, lit automatiquement les SMS à voix haute quand ils arrivent. Cela m'évite les risques inutiles avec Athéna, comme les lancers de portable ou la suppression des messages avant de pouvoir les lire ! Et puis, tant qu'à faire, j'ai choisi une voix qui me donne envie de ronronner. Autant joindre l'utile à l'agréable !

– Nouveau message de Vanessa : « On se voit toujours pour faire le point ? »

Je soupire et marmonne à l'attention de la voix grave un « on s'occupe de mon point quand tu veux, beau gosse » avant de secouer la tête. Je dois ressembler à ce type, dans le film *Her*, amoureux de son système d'exploitation !

– Dictée vocale, énoncé-je en soignant mon articulation, écrire un message à Vanessa : « Bien sûr ! Je suis déjà presque en route vers ton appartement ! J'ai une question : tu crois que les lésions cérébrales peuvent se déplacer et me créer un trouble précoce de la maladie d'Alzheimer ? » Envoyer.

J'enfile un nouveau haut sec et jette un coup d'œil à l'écran de mon téléphone avant de jurer entre mes dents. On fait des avancées technologiques toutes les fichues années mais on n'est toujours pas capable d'améliorer la dictée vocale d'un stupide Smartphone ! Encore que les modifications de mon message semblent dérisoires si on les compare à d'autres SMS ou e-mails qui m'ont foutu la honte. Ici, rien que des « liaisons cérébrales » qui peuvent se déplacer et me créer « un trou précoce »…

Je soupire lourdement avant d'attraper mon portable et de le mettre dans ma poche. Heureusement, Vanessa a l'habitude de mes textos bourrés d'erreurs ! Elle a même développé la capacité inouïe de les décoder !

En sortant de chez moi, je manque de marcher sur le petit bout de papier qui traîne devant l'entrée, coincé par un petit caillou. Je me penche pour le ramasser, y remarque la signature de Jayden et le fourre dans mon sac sans même prendre la peine de le lire. Mon agacement n'est pas assez redescendu pour que je jette un œil à ce mot. Venir sur le pas

de ma porte pour réclamer un service co
solde, c'est me jeter un jugement de valeu
appréciation personnelle qui me hurle qu'il
tout point, inaccessible pour la pauvre fille que
peut-être vrai. C'est même certain : je ne joue
même catégorie que Jayden. Est-ce que mon am
s'en porte mieux de le savoir ? Non !

Je file à l'arrêt de bus le plus proche pour rej
Vanessa. Habiter dans le même quartier a ses avantage
commencer par réduire mes frais de taxi ! Je me glisse par
les passagers alors que la voix masculine retentit depuis m
poche :

– Nouveau message de Vanessa : « Je ne crois pas que
ça fonctionne comme ça, A. Mais peut-être que tu devrais
demander un examen approfondi à un neurologue sexy ? »

La grand-mère à côté de moi prend une mine sévère en
resserrant sa prise sur son caddie vert foncé. Songe-t-elle à
me tordre le cou pour une simple application vocale et un
message dont elle ne comprend pas l'humour ? Je lui lance un
petit sourire rusé :

– Vous n'en connaîtriez pas un, par hasard ? À votre âge…

Elle s'étouffe d'indignation tandis que je glousse et lui
offre un clin d'œil avant de descendre à l'arrêt suivant. Je
n'aime pas être jugée. Je déteste cela. Comme n'importe quel
être humain, je suppose… L'avoir été trop souvent par le
passé exacerbe mon intolérance aux regards critiques.

J'entre dans la résidence que je connais comme ma poche
et prends l'ascenseur. Avant d'emménager avec Jeff, Jeannette
habitait également ici. Et Vanessa était un étage plus bas qu'à

sent, ayant rejoint le cocon douillet de son homme depuis. la me fait toujours bizarre de me dire que d'autres personnes ilisent maintenant leurs appartements, ceux qui ont connu endant des années nos soirées filles et nos gueules de bois. Nos fous rires, nos larmes et nos confidences. Parfois, j'ai l'impression qu'on a laissé une partie de nous là-bas. Celle où on était toutes célibataires. Non que je regrette ou que je sois jalouse de mes meilleures amies. Je suis heureuse pour elles. Vraiment. Elles ont trouvé un homme qui les complète, les fait évoluer, les rend heureuses… C'est une chance rare et précieuse. Néanmoins, j'admets le pincement au cœur qui me prend de temps à autre en pensant que je suis la seule bloquée au même stade. J'ai confiance en nos liens et en notre amitié fabuleuse. Je sais que, lorsque j'aurai 50 ans, toujours pas de mec, et ferai partie des testeuses de sextoys, ces filles-là continueront à m'aimer. Mais moi, arriverai-je à accepter ma situation ? J'ai beau, aujourd'hui, être résolue à ne pas avoir de relations amoureuses, je continue à regarder une comédie romantique par semaine en soupirant comme une adolescente !

– Je devrais prendre un chat, marmonné-je en sortant de l'ascenseur, pour me préparer psychologiquement à ma vie de vieille fille.

Je toque à la porte de Vanessa qui ouvre et me tombe immédiatement dans les bras avec un grand sourire. Je l'étreins en retour et entre lorsqu'elle s'écarte.

– Tu en connais un, de neurologue sexy ? demandé-je en laissant tomber mon sac à main.

Ma blonde de copine, à la tignasse presque aussi indomptée que la mienne, se tourne vers moi après avoir verrouillé la porte, un sourire aux lèvres.

– Je croyais que tu ne cherchais plus le grand amour ?

– C'est le cas, dis-je en m'apercevant qu'Athéna a rattrapé mon sac avant qu'il ne touche le sol. Je vais prendre un chat, d'ailleurs. C'est juste que je n'ai jamais couché avec un neurologue sexy. Ça doit être sympa.

Même si Vanessa est passée maître dans l'art de dissimuler son trouble, je la vois se crisper légèrement. Sa synesthésie lui fait associer les voix au toucher. Certaines sont agréables, d'autres… beaucoup moins ! La mienne lui provoque, apparemment, la sensation d'une vague s'écrasant sur elle. C'est une bonne analogie, quand on y pense. Ma vie est un fichu tsunami ! Pour autant, notre amitié n'est pas impactée d'une mauvaise manière. Au contraire ! Le fait que nous ayons chacune un syndrome avec lequel nous devons composer nous permet de nous comprendre et de faire attention aux limites de chacune. C'est comme si le fil de notre amitié était renforcé, enrobé dans une armure métallique.

Elle secoue la tête en sortant un verre et un gobelet avant de me répondre :

– Je ne crois pas qu'un médecin, un spécialiste qui plus est, puisse être sexy. Je veux dire : le temps qu'ils finissent leurs études, ils sont vieux…

– Richard Gere est hot, la coupé-je.

– Richard Gère n'est pas figé dans le même corps depuis que tu as vu *Pretty Woman*, rétorque-t-elle en levant les yeux au ciel. Et puis, tu crois vraiment que le genre coincé peut être affriolant ? Parce que, clairement, leurs spécialisations demandent un tel sérieux qu'ils en deviennent un peu trop… techniques ? Robotiques ?

– Je crois qu'un gros cerveau aurait toutes ses chances avec moi, soupiré-je.

Elle referme la bouteille de jus d'ananas et secoue la tête alors que je m'assois dans le canapé.

– Je vois… Et un gars manuel ?
– Ils ont de ces mains… Puissantes, chaudes…
– Les forces de l'ordre ?
– J'ai toujours adoré les uniformes, ça a un côté dominant tellement excitant…
– Un motard ?
– Ce côté bad boy…
– D'accord, tu es officiellement en manque.
– Quoi ? Pas du tout !

Elle me fixe avec son impénétrable regard de détective et je me mets à cogiter. Pas de galipettes sous les draps ce mois-ci. Ni le mois dernier. Ni celui d'avant… Nom d'une nymphe en chaleur ! Depuis que j'ai décidé d'arrêter les frais avec les mecs il y a un an, je n'ai pas eu une seule relation sexuelle ! Ça craint ! Le problème c'est que je me suis désinscrite de tous les sites de rencontre en ligne. Ces prétendus graals pour trouver l'amour… Or, c'était finalement là que je rencontrais mes coups d'une nuit… La poisse !

– D'accord, peut-être un peu… Je vais trouver comment arranger ça, affirmé-je.

Je bois cul sec mon jus de fruits, comme s'il s'agissait d'une tequila, et lance :

– Bon, on s'y met ?

Vanessa allume son ordinateur et ouvre une pochette cartonnée. Elle en sort les quelques photographies et les divers Post-it avant de les étaler sur la table. L'affaire nous est tombée dessus il y a deux jours. Disparition d'une jeune femme, ici, à Oklahoma City. Aucun média n'en parle. La police n'est, semble-t-il, pas inquiète puisque la femme est majeure. Le frère de celle-ci nous a contactées pour l'aider à la retrouver. Il est terriblement angoissé pour sa petite sœur, la seule famille qui lui reste. Sauf que les éléments sont minces. Très minces. Mes yeux passent sur les petites feuilles de diverses couleurs. Vanessa place le jaune, celui sur lequel est marquée l'identité de la jeune femme, au milieu d'une grande feuille cartonnée. Sur trois Post-it bleu clair, les noms des amis les plus proches. En vert, la famille. À part son frère, elle n'a plus de famille proche. Reste quelques cousins, oncles et tantes qu'elle ne fréquente pas vraiment. En rose, le vide. Est-ce qu'elle fréquentait quelqu'un ? En rouge, le dernier lieu connu, la dernière fois où on l'a vue il y a quinze jours. On réfléchit ensemble aux éléments, à ceux que l'on doit éclaircir, ceux que l'on doit trouver…

– Je vais appeler ses amis et sa famille pour essayer de dégoter des informations discrètement. J'éplucherai aussi son activité sur Internet, dis-je.
– D'accord, moi je vais aller fouiller son domicile…
– Van !
– Quoi ? Il faut bien qu'on avance ! C'est l'endroit le plus susceptible de nous éclairer.
– Et je suppose que son frère ne peut pas te faire entrer ?
– Tu as donné les clés à tes sœurs, toi ?

J'ai un frisson en y pensant et je lève les mains en signe de reddition :

– D'accord, mais ne te fais pas choper pour effraction par les flics ! Tu ne me payes pas assez pour que je puisse régler ta caution !
– D'un autre côté, si tu me laisses croupir dans une cellule, je ne pourrai plus te payer du tout, me taquine-t-elle.

Je pousse un grognement de désespoir digne d'un oscar :

— Je déteste quand tu as raison…

Un rire doux et masculin interrompt ma diatribe et fait frissonner Vanessa de plaisir.

— Règle numéro un : ne jamais lui dire qu'elle a raison, elle en devient vraiment insupportable, dit Joey en pénétrant dans le salon.

Vanessa n'arrive même pas à faire mine de le fusiller du regard. Ses lèvres s'ourlent d'un sourire alors qu'elle se lève et qu'il vient l'embrasser. Un long, long, très long baiser…

— Tu sais, les gens normaux détournent le regard quand deux personnes s'embrassent, me dit Vanessa en reprenant son souffle.
— Ça fait longtemps que j'ai enlevé le mot « normal » de mon vocabulaire, rétorqué-je en haussant les épaules avant de me tourner vers Joey. Il y avait de beaux spécimens au gymnase aujourd'hui ?

Il sourit avec indulgence et hausse les sourcils :

— Tu sais que je vais au gymnase pour m'entraîner parce que c'est ma profession, pas vrai ? Et que je suis hétérosexuel et marié ?
— Ah oui, j'oublie toujours ces détails… Alors ?
— Hum… Il y en avait des pas mal. Mais j'étais le meilleur.

Je glousse pendant que Vanessa secoue la tête d'un air désespéré – ce qui serait bien plus convaincant si sa main ne caressait pas distraitement les abdominaux de son homme.

— Comment vont les garçons ? demande-t-elle.

— Jeff a fait son emmerdeur, c'est un signe de bonne santé chez lui… Et Jayden…

Il s'interrompt un instant en fronçant les sourcils, comme s'il hésitait. Tout mon être se tend, à l'écoute. Je maudis ma réaction mais je ne peux pas m'en empêcher. Mon irritation est suffisamment retombée pour que je me demande si ma réaction n'était pas excessive. Et s'il avait vraiment besoin de mon aide ? S'il n'avait pas d'autre choix et que je lui avais claqué la porte au nez malgré tout ?

— Je ne sais pas… Il est toujours difficile à déchiffrer… J'avais l'impression que quelque chose le tracassait aujourd'hui… Il est parti tôt.

— Peut-être une broutille, répond Vanessa d'une voix douce.

— C'est possible. Mais Jeff et moi, on est les seuls avec qui il partage tout et laisse un peu tomber son masque. S'il n'a rien dit de ses préoccupations, c'est que ça ne doit pas être si banal que cela…

Après un bref coup d'œil au visage préoccupé de son homme, Vanessa l'enlace sans un mot pour le soutenir. Mal à l'aise, je me racle la gorge avant de me lever d'un bond.

— Bon, je vais y aller ! Vous avez visiblement besoin de plus qu'un roulage de pelle !

J'ai un petit rire forcé, pas du tout étrange ni suspect, et me dirige au petit trot vers la sortie en récupérant mes affaires. Ils n'ont même pas le temps de cligner des yeux que je suis déjà dans le couloir. Je cogite et rumine sur le trajet retour avec l'horrible impression d'être dans une impasse. Jayden est venu me voir en me demandant mon aide et mon silence, ce qui me mettrait dans une position délicate vis-à-vis de Vanessa et Jeannette. Le problème, c'est qu'en restant en retrait et en le laissant se débrouiller, cela risque bien de finir par retomber sur elles quand même ! Leurs hommes sont bien trop gentils et solidaires pour laisser tomber Jayden s'ils sentent qu'il a un souci. Et si on apprend alors que j'ai refusé de l'aider à ce moment-là ? Est-ce que ma position ne serait pas encore plus délicate ?

Bien sûr, rien à voir avec le fait que cet homme est bien trop dangereux pour mes hormones et mon ego. Personne ne peut nier que Jayden a un physique d'apollon. Malheureusement, celui-ci va de pair avec une condescendance qui défriserait n'importe qui. Autant dire que pour moi – alias la fille un peu trop pulpeuse, folle à lier et dotée d'une main qui ne lui obéit pas – cela revient à me prendre un mur en pleine figure et fracasser mon amour-propre. Et tout ça en omettant le fait qu'on ne fantasme pas sur le meilleur pote des maris de ses meilleures amies. Rien de bon ne sort jamais de ce genre d'histoire ! En même temps, est-ce que je peux vraiment le laisser se débrouiller tout seul simplement parce qu'il est bien trop sexy et intouchable ?

Je peste en rentrant chez moi. Ce mec vient de me mettre dans une situation pas possible, quoi que je fasse ! Je grimace en sortant son petit bout de papier :

S'il te plaît, je te demande simplement d'aller sur ce site, tu comprendras.
Jayden

L'adresse Internet est inscrite en dessous avec soin et, en bas, son numéro de téléphone est noté. Je lève les yeux au ciel mais m'assois tout de même devant mon ordinateur. J'ai protégé ce bébé du mieux possible des caprices d'Athéna, même si cela est peut-être superflu. Le piratage et les recherches informatiques en tout genre semblent la calmer. C'est le seul moment où l'on est à peu près en harmonie. Comme si cela l'excitait aussi de trouver l'introuvable et réaliser l'impossible grâce à une souris et quelques touches de clavier.

Je tape l'adresse que Jayden a écrite et... bug. Pas l'ordinateur : moi. Littéralement. Je dois avoir grillé quelque chose parce que j'ai soudainement chaud. Mes yeux sont rivés à l'écran, caressant l'image en noir et blanc. Des traits taillés et solides. Une texture douce et dure. Des muscles noueux dont je n'avais aucune connaissance. Un dos parfait. Irréel. Masculin et brut, fort et élégant. Et ces épaules carrées... Et ces lignes douces qui se resserrent jusqu'à ses hanches. Nom d'une déesse de la fertilité ! Mes hormones frétillent et crient leur extase en découvrant deux globes parfaits. Ronds. Fermes. Équilibrés. Des fesses à se damner !

Je gigote, émoustillée et totalement déconcentrée devant cette photographie de Jayden, visiblement prise à son insu. Il me faut bien une dizaine de minutes avant de pouvoir lire le texte sous l'image sans que mes yeux reviennent à ce corps incroyable. Je fais descendre la page et tombe sur un deuxième article, fraîchement posté. Ma bouche s'assèche. Toujours de dos. Sous la douche. Le noir et blanc jouant avec la brillance de l'eau sur son corps et le mat brut de sa peau qui n'est pas encore touché par le jet. Sa nuque est courbée, son regard porté vers le bas, vers sa main qui disparaît totalement derrière son bassin mais l'on peut largement deviner ce qu'elle fait... Jayden qui s'astique le membre !

Je me lève dans un sursaut nerveux et fais quelques pas. Mon cœur bat vite et fort.

Est-ce que c'est normal que mon vagin palpite ?

J'ai l'impression d'avoir regardé un film érotique ! Mon état d'excitation devant deux pauvres photos volées est franchement inquiétant ! Je souffle pour me calmer et redescendre en pression avant de me remettre à mon poste. Je tente tant bien que mal de ne pas poser mes yeux sur l'image et me concentre sur le deuxième texte :

La première chose à savoir sur Jayden Vyrmond au lit ? Il est totalement insatiable ! Il vous sucera, vous pénétra de partout et quand votre corps s'éteindra après un orgasme multiple, il lui en faudra encore. Jayden Vyrmond est le genre de type qui pense et vit pour sa queue. Serait-il quelqu'un sans elle ? C'est à se le demander... Je peux vous dire qu'elle prend beaucoup de place...

On se retrouve le mois prochain pour encore plus de détails ! ;)

Je déglutis, rapproche mon portable et ferme les yeux pour m'éclaircir l'esprit.

D'accord, Jayden, je crois voir où est le problème !

Mais qu'est-ce que je suis censée dicter ? Qu'est-ce que je dois dire dans ce fichu SMS ?

Hey Jayden, j'ai fait un tour sur le site et je vais voir ce que je peux faire. PS : tu as un cul d'enfer !

Nom de Zeus, ça ne me laisse plus qu'une seule solution...

3

Jayden

La nuit est tombée et je tourne toujours comme un lion en cage. La tension crispe chacun de mes muscles et le sang bat avec force dans mes veines. J'ai attendu toute la fin d'après-midi et toute la soirée d'avoir un coup de fil de cette fille. Rien. A. m'a complètement zappé ! Je n'en reviens pas ! Tout ce que j'ai gagné à rester scotché à mon portable, ce sont les textos frénétiques et désemparés de Lime. Comment je comptais gérer cette histoire exactement ? Est-ce que j'avais vu la deuxième photo ? Que le nombre de commentaires a triplé ? Qu'il doit avoir facilement quinze mille personnes qui traînent désormais sur ce site même si elles n'en laissent aucune trace ?

Fort heureusement, ma famille et mon entraîneur ne savent encore rien de cette histoire ! Mais jusqu'à quand ? Que cela devienne viral ? Que les révélations se fassent trop grosses ? Que les tabloïds ramassent cette merde ?

Frustré, j'attrape mes clés de bagnole, fonce vers ma porte que j'ouvre à la volée et… me prends un coup de poing dans la clavicule. Je frotte le point d'impact et lance un regard agacé à la brune qui rosit sur mon perron.

– Ta main tape toujours les gens chez qui tu t'invites ?

Le fard qu'elle pique me fait me demander si c'est bien sa main étrangère qui m'a frappé ou celle qu'elle a sous contrôle. Je plisse les yeux alors que A. carre les épaules et rétorque :

– Seulement les impolis dans ton genre ! Et puis, pour ta gouverne, c'est toi qui es sorti comme si tu avais le feu aux fesses !

Je hausse les sourcils et esquisse un petit sourire en coin. Peut-être que Jeff déteint sur moi ou je suis plus sur les nerfs que je ne le pensais mais, dans tous les cas, j'ai l'irrésistible envie de la scandaliser. Je me penche sur elle, condescendant, et baisse la voix de plusieurs octaves :

– Aux couilles, princesse, j'avais le feu aux couilles et je sortais brouter du minou.

Elle écarquille les yeux pendant une brève seconde avant de se reprendre sans se démonter :

– Super ! raille-t-elle. On verra donc bientôt sur Internet ta tête disproportionnée entre les cuisses de grenouille d'un top-modèle !

Je me tends et serre les dents. D'accord, je l'ai bien cherché ! Je prends une grande inspiration pour me calmer avant de répondre :

– Petit un, je n'ai pas une tête disproportionnée. Petit deux, je n'aime pas les cuisses de grenouille, je laisse ça aux Français. Petit trois, entre, je préfère avoir ce genre de discussion en privé.

Je m'efface et accompagne mes paroles d'un geste de la main pour l'inviter à franchir le seuil. Elle me fusille du regard avant de passer devant moi, tête haute et main gauche rabattue prudemment sur sa poitrine. Naturellement, mon regard glisse sur ses hanches qui se balancent sous mes yeux. Rondes, de celles que l'on peut attraper à pleines mains pour s'y accrocher jusqu'à l'extase, elles sont un régal pour la vue. S'ajoutent à cela des fesses bombées et moulées par son jean qui réveillent définitivement mon sexe. Et puis il y a ses cheveux noirs, épais et bouclés, qui frôlent sa chute de reins à chaque pas, un balancement langoureux, un appel à ne plus se décrocher de son postérieur excitant.

J'y suis pourtant contraint quand elle se retourne pour se laisser choir dans mon canapé. J'attrape mon scotch et deux verres avant de la rejoindre et de m'installer face à elle. Je note mentalement qu'elle a changé de haut depuis que je l'ai vue ce matin dans son joli décolleté mouillé. Peut-être est-ce pour le mieux... Avoir une érection en étant seul avec une femme dans son propre salon n'est pas la meilleure situation quand on veut éviter tout dérapage. A. est une très belle femme, toute en générosité et courbes sexy, et si les circonstances étaient différentes, elle aurait sûrement fini allongée sur mon canapé à crier mon nom. Je suis cependant encore assez sain d'esprit pour savoir que Joey et Jeff me tueront probablement si je couche avec la meilleure amie de leurs femmes juste pour une nuit, sans rien de sérieux.

– Tiens, lui dis-je en lui tendant un verre.

Elle grimace sans le prendre et il me faut moins d'une seconde pour en comprendre la raison.

– Je me fiche que tu puisses le casser, j'en ai d'autres.
– On verra bien si tu tiens toujours le même discours quand j'en aurai brisé trois ou quatre, ricane-t-elle en le prenant tout de même.

Elle soulève un doigt après l'autre, comme étonnée de la sensation du verre froid sous ses doigts, avant de prendre une gorgée du liquide ambré.

– Bon, finit-elle par soupirer, j'ai vu le site.
– J'avais cru le comprendre, oui, lancé-je un brin sarcastique.
– Je suis d'accord pour t'aider, dit-elle en m'ignorant royalement. Tu m'as dit vouloir remonter à la source mais qu'est-ce que ça t'apportera ? Tu ne veux pas que je ferme cette page plutôt ?
– Si tu fermes cette page, rien n'empêchera cette personne d'en ouvrir une autre et peut-être que je mettrai du temps à m'en apercevoir, temps qui pourrait faire éclater un scandale dont je me passerais bien. Alors que si tu arrives à trouver la personne responsable, je pourrai régler cette histoire définitivement.
– Wow ! T'es qui ? Le parrain ?

Je lui renvoie une expression blasée et lève les yeux au ciel avant de me pencher vers elle.

– Pas définitif dans ce sens-là. Et puis, je veux aussi savoir comment cette personne peut avoir ces photographies.
– Une ex-copine ?
– Oublie les relations de plus d'une nuit, les demandes sont trop nombreuses pour que je puisse passer plus de quelques heures avec la même femme.
– Prétentieux et con, marmonne-t-elle, le combo magique !

Je serre de nouveau les dents et lutte contre moi-même pour ne pas répondre d'un ton acerbe. Joey et Jeff ricaneraient probablement en me voyant. Selon eux, je suis susceptible. Possible… Néanmoins, lever le majeur à l'attention de la femme à qui j'ai demandé de l'aide ne me semble pas être une idée lumineuse.

– Je dirais plutôt : honnête et réaliste. Désolé de heurter tes rêves de princesse, ne puis-je m'empêcher d'ajouter.

Comme si je venais d'appuyer sur un déclencheur, sa main gauche effectue un lancer de verre en ligne directe sur le mur. Il heurte celui-ci en plein centre et l'alcool ambré dégouline sur ma peinture.

– Tu dois faire un malheur aux fléchettes…

Les mots m'échappent, simples et naturels, avant même d'atteindre mon cerveau. Je me mords la langue alors qu'elle hausse les sourcils, visiblement surprise par ma réflexion. Fait chier ! J'ai tellement l'habitude de tout tourner en dérision avec ma sœur… Mais, avant que je puisse m'excuser si ma repartie a été mal prise, A. éclate de rire à s'en tenir les côtes. Elle glousse sans retenue face à moi et je sens mes dernières crispations se dissiper.

– Merci, dit-elle en hoquetant, ça fait du bien d'entendre des choses comme ça !
– Quoi ?

Elle reprend son souffle avant de m'expliquer :

– Peu de gens osent charrier les personnes sur leur trouble. C'est quand même étrange, quand on y pense. On s'embête tous, tout le temps, sur nos défauts, nos manies, nos bizarreries… Je veux dire : si tu manges une tartine de fromage avec de la moutarde au petit déjeuner, peu de chance pour que tes connaissances ne te taquinent pas avec, non ?
– Une tartine de fromage avec de la moutarde ?
– Un oncle à moi, balaye-t-elle rapidement avec un geste de la main. Alors, pourquoi s'empêcher de plaisanter sur un trouble ? Nom de Zeus ! Des millions de personnes ont des

troubles neurologiques. Ne pas en parler et faire comme s'ils n'existaient pas, c'est ça qui est franchement bizarre ! Je répète : merci, Ken !

J'ai l'impression de me prendre une tornade de mots et d'énergie en pleine figure. Malgré tout, je relève le petit surnom qu'elle vient de me donner avec un froncement de sourcils.

– Pourquoi est-ce que tu m'appelles Ken ?
– Oh, *come on*, la raie sur le côté avec un aspect toujours savamment décoiffé ? La peau parfaitement hâlée ? La plastique de rêve de sportif ? J'ai pas vu tes dents, pour ça faudrait que tu apprennes à sourire, mais je suis sûre que tu pourrais faire une fichue pub pour un dentifrice !

Voilà. Encore une fois. Déroutante. Je me retrouve comme un idiot entre deux sentiments et sans réponse. A. m'a complimenté et s'est moquée tout en même temps. Comme un con, je secoue la tête pour m'éclaircir les idées et passer à autre chose.

– On peut revenir au sujet initial ?
– Bien sûr ! L'adresse IP... Il va me falloir un ordinateur.

Je me lève pour aller chercher mon appareil ultrafin tout en lui lançant :

– Tu as refusé mon verre de peur de le briser mais tu me demandes mon ordinateur ?
– Et j'ai bel et bien brisé ton verre. Athéna est plutôt sage quand je pirat... fouille sur le Net. Elle m'a cassé seulement trois PC, ce qui est peu.

Je lui tends ce qu'elle m'a demandé et son visage devient sérieux à la seconde où elle lève l'écran. Elle me jette un regard candide avant de me glisser sagement :

– Je pourrais entrer dans ton ordinateur sans problème mais ça me prendrait un certain temps. Tu veux bien taper ton code ?

J'esquisse un sourire en coin et reprends mon bien pour déverrouiller l'interface, avant de lui donner de nouveau. Je me sers un deuxième verre avant de m'asseoir près d'elle. Son odeur de réglisse m'enveloppe sournoisement et je ne peux m'empêcher d'inspirer plus profondément. Boisé, avec une pointe d'anis, son parfum lui ressemble : atypique et gourmand.

– Par la kunée d'Hadès ! C'est pas vrai !

Je relève mon regard tombé par imprudence sur ses courbes et regarde l'écran sans comprendre ce qui la chiffonne.

– Qu'est-ce qu'il y a ?
– L'adresse IP a été masquée. Voilà ce qu'il y a !
– Comment c'est possible ?
– C'est assez facile, dit-elle en haussant les épaules. Certains navigateurs le proposent, ils passent par trois serveurs différents à travers le monde, mais ils sont tellement longs que mon arrière-grand-mère a sûrement le temps de finir le marathon de New York avant d'arriver à faire ce dont tu as envie. Je n'imagine même pas le temps que cela mettrait pour télécharger des photos de toi à poil sur le site !

Je grimace à la mention peu subtile des clichés alors qu'elle continue sur sa lancée :

– Ce qui ne laisse plus que deux solutions : le serveur proxy ou le VPN. Je penche plus pour un VPN. Le serveur proxy a pas mal d'inconvénients, et puis il a tendance à ralentir également la connexion. Utiliser un VPN, c'est facile et efficace.

Elle me jette un coup d'œil et doit s'apercevoir que je ne pige rien, car elle se tourne à demi vers moi et tente de m'expliquer :

– Si la personne qui a créé ce site a eu l'idée de cacher son adresse IP, c'est qu'elle n'est pas née de la dernière pluie ou, au moins, qu'elle s'est renseignée avant de lancer son opération de voyeurisme à grande échelle. Or, un serveur proxy enregistre tes données, tu vois ? Les sites sur lesquels tu te promènes, tes identifiants et mots de passe, tout peut être sauvegardé. Pas le meilleur moyen finalement d'être discret sur Internet. Avec un VPN, tu as juste à télécharger un logiciel pour être tranquille. Le niveau de cryptage est meilleur, les communications sont sécurisées, sans compter que tu n'es pas géolocalisable. Si tu veux être invisible, c'est le meilleur moyen !

– Je vois, lancé-je d'un ton plus tranchant que je ne le voudrais. Donc il n'y a rien à faire ?

– Je n'ai pas dit ça.

– Est-ce que je dois te supplier pour que tu développes ? dis-je en levant un sourcil, les nerfs en pelote.

Elle me retourne un sourire rusé et rétorque avec humour :

– *J'adore* voir les hommes à genoux devant moi ! Malheureusement, on n'a pas le temps. J'ai plutôt besoin d'une certitude : tu payeras ma caution si on me fiche en prison ? Parce que, soyons clairs, si je me retrouve derrière les barreaux et que tu m'y laisses croupir, tu risques d'avoir deux sérieux problèmes sur les bras : l'un avec des cheveux blonds sauvages et l'autre avec des aiguilles de couture…

Tel est pris qui croyait prendre…

Si me laisser me débrouiller avec mes ennuis risque d'être

assez mal vu par notre groupe d'amis communs, j'ai le même retour de bâton la concernant. Si elle se mouille pour moi, je dois aussi en assumer les conséquences. On est dans le même bateau, en somme, et on va devoir s'épauler l'un l'autre.

– J'ai assez d'argent pour payer dix cautions, *princesse*, alors explique-moi ton plan.

Elle renâcle et je ne sais si c'est à la mention de mon capital, du surnom moqueur ou des deux.

– Disons que l'anonymat n'existe pas réellement sur Internet, dit-elle sans avoir visiblement conscience que sa main ouvre tous les tiroirs de ma table basse. Tu peux te sécuriser du grand public et de la surveillance de masse mais il y a toujours des données d'identification qui filtrent. Si un service de sécurité du pays a envie de te surveiller, ce n'est pas un VPN qui va te protéger.
– Sauf erreur de ma part, tu n'es ni le FBI, ni la CIA, ni la NSA…
– C'est vrai. Je sais simplement que toute sécurité est brisable. Même celle du FBI, de la CIA, la NSA ou que sais-je encore ! Alors géolocaliser ton petit clown, ça devrait être un jeu d'enfant. Simplement, ce n'est pas légal. *Pas du tout.*
– Je crois que si tu t'assures que mes fesses ne soient plus sur Internet, je peux également assurer tes arrières, lancé-je d'un ton pince-sans-rire.
– Bien, c'est parfait ! Je m'en occupe et je te tiens au courant. D'ici là, évite les galipettes, d'accord ?
– Tu veux que j'arrête de m'envoyer en l'air ?

Je dois avoir l'air aussi surpris que choqué. Ce n'est pas une demande à laquelle je m'attendais ! Le sexe, pour moi, c'est essentiel ! C'est la seule chose qui me permet d'être équilibré, qui me garde sain d'esprit. J'en ai besoin.

– Juste le temps de régler cette histoire. Tu peux tenir quarante-huit heures, non ?

Je la fixe sans rien dire et elle tourne les talons en soupirant :

– Fais comme les ados : utilise ta main. L'immaturité ne devrait pas te poser trop de difficulté !

Elle claque la porte sur cette dernière pique, ne me laissant pas le temps de répliquer quoi que ce soit. Seul dans ma maison qui me paraît soudain bien vide et silencieuse, je grogne en me massant la nuque :

– Putain de nana…

Il ne me reste plus qu'à prier pour que nos chemins se séparent, et vite ! Ou je risque de finir totalement maboul.

4

A.

Pour moi, un réveil difficile se reconnaît à mes grognements plaintifs et à mes paupières qui semblent collées au ciment. Et aussi, quand la première chose que je fais, c'est noter sur ma liste de courses le rachat d'un réveil. Merci, Athéna.

Deux cent trente millilitres de café plus tard, je m'installe à mon poste. Je vérifie d'abord les copies de commande qu'a reçues Jeannette, puisque je gère la comptabilité de sa boutique de vêtements en ligne, et je note les paiements attendus.

J'examine le programme que j'ai lancé pour retrouver la trace de la personne qui a posté les images de Jayden. Je relève les différentes IP par lequel le VPN est passé et relance un nouveau programme pour faire une première comparaison avec les VPN connus.

Enfin, je m'attelle à mon activité principale : l'agence de détectives privées. Notre petite disparue est la priorité numéro un. Avant toute chose, j'établis autant que je peux son histoire. Connaître une personne et se mettre dans sa peau est parfois la meilleure façon de la retrouver. Malheureusement, ce que je trouve est assez maigre. Suzie n'a pas eu une vie toute rose. Retirée avec son frère de la garde de ses parents, elle a été placée chez sa tante et son oncle. L'histoire avait été classée dans les faits divers dans quelques journaux. Après ça, je retrouve son nom dans la liste des élèves de l'école *Jefferson Junior High* et du lycée *U. S. Grant High School*. Je retrouve également dans les listes les noms de ses meilleurs amis que son frère nous a transmis. Je me heurte ensuite à des pages de réseaux sociaux fermées. Grâce à la magie d'Internet qui n'efface jamais rien réellement, j'arrive à retrouver quelques photographies qu'elle avait postées sur ses comptes avant de les clôturer. Toujours entourée de ses trois meilleurs amis, deux jeunes femmes et un jeune homme. Elle est souriante et semble heureuse. Cependant, je note quelques différences sur la dernière image postée avant qu'elle ne ferme ses comptes. Plus pâle, un sourire moins franc, un sweat noir qui la couvre sombrement. Elle était peut-être simplement malade. Néanmoins, je range l'information dans un coin de ma tête, et de mon ordinateur. Le fait qu'elle se soit effacée des réseaux sociaux et qu'elle ait disparu me fait penser que cette photographie peut être plus révélatrice qu'on pourrait le croire au premier abord.

Quand Athéna appuie sur « Echap » sans discontinuité, m'empêchant de regarder plus en détail la vie de Suzie, je décide de faire une pause. Il est déjà midi et j'ai la nuque raide. Je profite du temps durant lequel le micro-ondes me réchauffe un plat individuel pour faire rouler mes épaules et ma tête. Mon cerveau, lui, tourne toujours à cent à l'heure.

Je déclenche vocalement l'application de dictée de mon téléphone :

– Message à Vanessa : « Le renard est-il sorti du poulailler sans rencontrer de poulet ? Je répète : le renard est-il sorti du poulailler sans rencontrer de poulet ? » Envoyer.

J'ignore du mieux que je peux le fait que mon « poulailler » se soit transformé en « poule aillée » – entre autres – et avale une bouchée de mon repas en attendant sa réponse. Je n'ose jamais appeler Vanessa. Déjà parce qu'être détective nécessite de la discrétion et qu'elle ne peut pas se permettre d'être au téléphone à tout bout de champ. Ensuite parce que ma voix, qu'elle passe par un portable ou non, lui provoque toujours cette sensation de vague qui s'abat sur elle. Suivant le niveau de stimulation qu'elle a subi au cours de la journée, elle peut le supporter ou non. Un SMS lui laisse toujours le choix du mode de communication.

– Appel entrant Vanessa, m'informe la voix sexy avant que mon téléphone ne se mette à sonner.

– Décrocher sur haut-parleur, ordonné-je. Allô ?

– Pourquoi tu m'envoies des messages qui parlent de renard et de poule ? Et quelle utilité de répéter une phrase dans un texto ?

– J'essayais de coder les messages, comme les vrais espions sur des fréquences radio.

– Je suis presque sûre qu'ils ne font pas ça…

– Tu viens de casser le mythe.

– Quoi ? Tu fantasmes sur les méthodes d'avant 1950 ? Si c'est le cas, je suis sûre que tu trouveras quelques prétendants en maison de retraite.

– Oh mon Dieu, je viens d'avoir la vision d'un papi au corps tout ratatiné m'attendant nu avec une coupe de champagne…

– Je te jure qu'il y a quelque chose qui ne tourne vraiment pas rond chez toi !

– D'accord, aide-moi à enlever cette image de mon esprit. Dis-moi que tu as trouvé quelque chose dans la maison de Suzie.

– C'est une location meublée, donc il n'y a pas grand-chose qui lui appartient. Ce qui me chiffonne un peu, c'est que tous ses souvenirs sont rangés dans des tiroirs au lieu d'être visibles sur des étagères. Il n'y a pas de trace d'effraction ni de lutte, donc on peut supposer qu'elle n'est pas retournée à son domicile. Ah oui ! J'ai aussi emprunté son ordinateur portable…

– Oh, bon sang, Van…

– Quoi ? J'irai discrètement le remettre à sa place ! Une fois que tu auras pu y jeter un coup d'œil. Je vais commencer à éplucher ce que je peux cet après-midi, mais tu es meilleure que moi dans le domaine de l'informatique. C'est pour ça que je te paye.

– C'est pour ça que je devrais demander une augmentation, grogné-je. Il y a marqué « secrétaire » sur mon titre d'emploi.

– Il fallait bien mettre quelque chose ! Et puis, ce n'est pas faux. Tu fais la liaison entre moi et les clients, tu t'occupes des chèques et de quelques recherches… Il vaut mieux taire le reste. D'ailleurs, tu as pu trouver quelque chose de ton côté ?

– Rien de bien significatif pour l'instant, si ce n'est qu'elle a fermé ses réseaux sociaux quelques mois avant de disparaître. Attends, quelqu'un frappe à ma porte.

J'attrape mon portable de la main droite, étouffant la réponse de Vanessa dans ma paume, et trottine jusqu'à mon entrée. J'ouvre le battant et dévisage le grand mec baraqué à la peau café au lait. J'ai soudainement envie d'avaler un grand cappuccino mais je me contente de dire dans le combiné :

– C'est Lonan. J'ai peur qu'il nous ait placées sur écoute…

Lonan, mon ex-petit ami flic, plisse les yeux d'un air sérieux et un poil soupçonneux. Je l'imite – histoire de ne pas paraître intimidée – pendant que Vanessa pouffe.

– Il va virer fou, si c'est le cas.

– Je suis là, j'entends ce que vous dites, signale Lonan d'un air exaspéré.

– Je te laisse, Van, je vais devoir gérer la bête.

– Bon courage !

Elle raccroche sur ces mots et je prends une grande inspiration ainsi que mon plus joli sourire :

– Lonan ! Quelle surprise !

– Tu sais, j'aimerais un jour arriver chez toi sans que tu sois en train de magouiller avec Vanessa sur je ne sais quelle affaire…

– Des magouilles ? De quoi tu parles ? dis-je d'un air innocent.

Il lève les yeux au ciel avant d'entrer et de s'approprier l'espace de mon salon. Lonan est un fichu géant. Pas loin de deux mètres et de cent kilos de muscles, il pourrait vite être confondu avec un guerrier barbare et sacrément sexy avec son crâne rasé et sa barbe de trois jours. Notre histoire a été brève : on s'est vite rendu compte que l'on était plus destinés à être amis qu'amants.

– Tu sais quand même que je fais mon métier avec vocation et conviction ?

– C'est marrant : moi aussi !

Pile à l'instant où je termine mon exclamation, mon ordinateur émet un bip et ouvre le programme que j'ai lancé pour Jayden. J'élargis mon sourire et fais quelques pas pour baisser la fenêtre affichée sur l'écran. Lonan me dévisage quelques secondes puis soupire franchement et se frotte le visage.

– Non, laisse tomber, je ne veux pas savoir, finalement.

C'est là que je le remarque. Son air fatigué. Lonan a les traits tirés comme jamais. D'accord, il s'investit à cent pour cent dans son boulot. Être flic, ce n'est clairement pas un métier facile. S'il n'y a pas de passion, s'il n'y a pas l'envie de rendre le monde meilleur, ce n'est pas la peine de s'engager dans cette voie. C'est un métier éreintant, un job qui puise dans vos dernières ressources. Cependant, là, c'est différent.

– Qu'est-ce qui se passe, Lonan ?

Il me dévisage une nouvelle fois en silence et je note un détail que je n'avais pas relevé jusqu'à présent. Cette pointe de culpabilité dans son expression. Je me rapproche de lui et pose ma main sur son bras que je serre doucement. Je ne sais pas pourquoi il se sent coupable mais je sais que Lonan est un gars bien.

– Il faut que je te parle, A. C'est sérieux.

J'ai une boule dans la gorge et un petit rire nerveux menace de m'échapper. Par le glaive d'Arès ! Il n'avait même pas besoin de préciser qu'il s'agissait d'une chose « sérieuse ». Le fait qu'il m'ait appelée par mon diminutif au lieu de mon prénom complet, comme il le fait habituellement, m'a mis la puce à l'oreille.

– J'ai longuement hésité, commence-t-il, je n'avais pas envie de t'impliquer là-dedans…
– Si tu as besoin…
– Non, me coupe-t-il. Je n'ai pas besoin d'un service, ce n'est pas ça. J'ai reçu des lettres de menace, A. (Je vois sa mâchoire tressauter avant qu'il ne poursuive.) Quand on est flic, on sait qu'on va forcément avoir des gens qui nous en veulent. C'est notre quotidien. Le truc, c'est que j'ai reçu ces lettres chez moi. À mon adresse personnelle. Ce qui veut dire

que l'on sait où j'habite, que l'on s'est renseigné sur moi, peut-être depuis un moment sans que je le sache.

– Est-ce qu'on t'a placé sous protection ? Vous avez sûrement des planques où vous pouvez disparaître, non ?

Il me saisit par les bras pour m'interrompre et plonge ses yeux dans les miens. Mon palpitant, lui, continue de battre tous les records avec l'inquiétude qui me tord l'estomac.

– Je sais me défendre, A., et je sais ce que je dois faire pour ne pas effrayer le poisson.

– Bizarrement, ça ne me rassure pas.

« Ne pas effrayer le poisson », je sais ce que ça veut dire. C'est paraître vulnérable, facile à atteindre. Ce qui veut dire qu'il n'a certainement pas une équipe autour de lui ni dans les premières centaines de mètres.

– Ce qui ne me rassure pas, moi, c'est que tu es ma dernière relation, m'assène-t-il. Ce qui signifie que tu es potentiellement une cible.

Je fronce les sourcils et remarque qu'Athéna tape doucement sur ses abdominaux en béton sans que ça semble le déranger. Je la laisse faire. C'est toujours rassurant de sentir un roc près de soi.

– Ce n'est pas possible, ça fait longtemps qu'on ne couche plus ensemble, Lonan.

– Et je te rappelle qu'il est possible que l'on me surveille depuis un bail. J'espère que j'ai tort, d'accord ? C'est pour ça que je ne voulais pas venir te voir. Je n'avais pas envie de te mettre en danger si tu ne l'es pas. Sauf qu'il vaut mieux que tu sois au courant et sur tes gardes. J'ai chargé une équipe de discrètement surveiller qu'il n'y ait pas de présence suspecte autour de toi.

– Tu n'es pas sérieux ?

J'ai l'impression d'être dans un mauvais film. Cela me paraît presque saugrenu de penser que des flics sont probablement en train de faire le guet à cet instant même !

– Il vaut mieux être prudent. Même si on ne couche plus ensemble, on s'est vus régulièrement. Le fait que tu sois mon amie pourrait suffire à te mettre en danger aujourd'hui.

– Et Vanessa ?

Il secoue la tête et me relâche en se redressant de toute sa hauteur. Je peux presque voir ses méninges tourner à toute allure.

– Non, elle ne fait pas partie de ce que l'on pourrait appeler « le premier cercle ». Je vois Vanessa par ton biais. Lorsqu'on est tous les deux chez toi. Si on cherche à m'atteindre, on s'en prendra aux personnes que je fréquente directement. Celles qui me sont les plus proches.

Je me mords les lèvres, à la fois sonnée et inquiète. Je n'ai pas peur pour moi. Cela me semble complètement irréel que l'on puisse s'en prendre à ma petite personne pour atteindre Lonan. Non. J'ai peur pour lui. Je tiens à cet homme qui a été une de mes rares relations sincères, le seul homme à être resté mon ami avant et après avoir couché avec moi.

Sur la même longueur d'onde qu'Athéna qui agrippe son tee-shirt, je l'enlace avec force.

– Sois prudent, Lonan, ou je raconterai à tout le monde que tu as des problèmes d'éjaculation précoce.

Il lâche un rire surpris qui résonne dans sa cage thoracique alors que ses bras se referment sur moi.

– C'est promis… *Aphrodite*. Je ne voudrais pas être jugé par la déesse de l'Amour, ricane-t-il.

Je grogne contre son torse en l'entendant utiliser mon prénom, même si ma poitrine s'allège de ce changement d'atmosphère.

– Si tu veux mon avis, on oublie un peu trop souvent que cette déesse-ci est née de l'émasculation d'une divinité : Ouranos, pour être précise. Je serais toi, je ferais attention à mes attributs !

Il glousse un peu plus et recule, mains en l'air :

– Tu es une des mieux placées pour savoir que ça serait du gâchis !

Il sort sur cette réplique d'homme des cavernes qui me fait lever les yeux au ciel. Je reste avec l'empreinte de son rire dans mon salon et me concentre sur elle pour ne pas revenir à notre précédente conversation et me ronger les sangs.

Parfois, c'est simplement plus facile d'occulter que de se confronter à la réalité…

5

Jayden

– Viens là, ma belle…

J'effleure la portière du bout des doigts avant de l'ouvrir et de monter dans mon bolide. L'odeur du cuir, chaud et sexy, m'accueille agréablement dans l'habitacle. Il ne manque plus qu'une jolie femme sur mes genoux, reins contre le volant, descendant et remontant langoureusement sur moi… Fait chier ! Une nuit sans baise et j'ai déjà la queue douloureuse. Je n'aurais jamais cru qu'une fille pourrait m'empêcher de m'envoyer en l'air ! A., avec sa fichue demande logique, m'a fichu à genoux sans le savoir. Je suis presque prêt à tout pour avoir un peu de la chaleur soyeuse d'une femme. Presque.

La sonnerie de mon portable me tire de mes pensées. Le numéro me fait redescendre directement sur terre. Je grimace avant de décrocher :

– Oui, Mère ?
– Jayden ! Je suis contente de t'avoir avant ton entraînement.
– J'allais partir…
– Oui, oui, ça ne prendra qu'une minute. Je voulais te rappeler que nous comptons sur toi, samedi soir.
– Samedi soir ?

– J'étais sûre que tu allais oublier ! Tu as autant de mémoire que ton père ! Tu sais, le gala ! Comme chaque année !

– Bien sûr…

Je remercie le ciel d'avoir cette conversation par téléphone et non face à face. Mon expression doit valoir une mine d'or. Je déteste les soirées que mes parents organisent et où je dois être présent pour parfaire le tableau de l'excellence. Toutes les familles gratinées d'Oklahoma et des alentours sont conviées. Une façon pour mon père de garder des contacts et un appui important dans son métier. Une manière pour ma mère de ne pas devenir sénile avant l'âge en se pensant importante.

– Et puis, tu sais, il y aura des femmes qui ont un potentiel très intéressant…

Je me retiens de grogner. Ah oui, un potentiel… Ou un portefeuille convenable et un nom de famille connu. J'étais à peu près tranquille jusqu'à la trentaine. Quelques allusions à mon célibat ont commencé deux ans avant la fameuse barre des 30 ans. Depuis, ma mère ne prend plus de gants. Il faut que je me case, c'est dans l'ordre des choses ! Une tache dans notre famille serait mal vue. Enfin, une « autre » à leurs yeux que celle qu'ils tentent ignoblement de dissimuler à m'en faire vomir…

Et puis, comme me l'a si bien dit mon paternel, il n'est pas question de faire vœu de fidélité à une femme. Seulement de me marier. Ce que je fais de mon temps libre et privé ne les regarde pas. C'est d'ailleurs la seule chose qu'ils n'ont jamais pu contrôler : ce que je fais au pieu. Encore heureux !

Je suis tiré de mes pensées par la voix de ma mère qui est montée dans les aigus :

– Jayden, tu m'écoutes ?

– Oui.

J'ai du mal à desserrer les mâchoires et ça doit s'entendre. Je démarre mon petit bijou et je fais gronder le moteur en appuyant sur l'accélérateur plusieurs fois pour dissimuler ma crispation et achever cette fichue conversation.

– Je dois y aller, à plus tard.

Je raccroche sans attendre et recule – un peu trop vite – en une courbe parfaite pour sortir de ma propriété avant de faire bondir mon bolide sur la route. J'aperçois rapidement le centre sportif, rouge brique et circulaire avec plusieurs ouvertures. C'est l'avantage d'être « blindé », comme dirait Jeff : j'ai pu construire une maison non loin du lieu où je passe tout mon temps et quand même à distance de l'agitation du centre d'Oklahoma. Tranquillité et proximité. Parfait.

Je repère rapidement les bagnoles de Joey et Jeff, déjà arrivés. À tous les coups, ils vont me chambrer sur mon retard… Je me gare rapidement, comme si ça allait changer quelque chose, et file vers les vestiaires au pas de course. J'entre au moment où les gars s'apprêtent à sortir et manque de mettre un coup d'épaule dans le nez de Jeff.

– Eh, doucement mon vieux, me lance-t-il.
– J'suis à la bourre.
– On avait remarqué, dit Joey en haussant un sourcil.
– En même temps, pas sûr qu'on voie vraiment la différence sur le terrain, balance Jeff en bon chieur professionnel, tu passes plus de temps dans les vestiaires qu'à t'entraîner, non ?
– La ferme, dis-je en enlevant rapidement mon tee-shirt et mon pantalon.
– Une fois pour mettre ton maillot, reprend-il en comptant sur ses doigts, une autre pour mettre ta tenue d'apiculteur, une

autre pour monter ton canasson, et encore une fois pour que tu trottines et tires comme si tu étais à une foutue fête foraine… Tu te changes quatre fois !

– Je suis impressionné, raillé-je, tu sais compter jusqu'à quatre, c'est un véritable progrès !

Il glousse, jamais vexé pour un sou, et Joey lui donne une tape sur l'épaule avant de le tirer hors du vestiaire :

– On se voit à midi, me lance-t-il.

Je grogne mon assentiment avant de remplacer mon caleçon par mon maillot qui me moule comme une seconde peau. Pieds nus, je quitte les vestiaires et tourne immédiatement vers la gauche, longeant un petit couloir aux dalles antidérapantes d'une affreuse couleur taupe. L'odeur du chlore m'assaille alors que je n'ai pas encore la piscine en vue. J'inspire plus profondément et une sensation de bien-être m'envahit, comme si je reconnaissais une vieille amie. C'est un peu le cas, d'ailleurs. La natation, c'est le premier sport que j'ai touché. J'étais dans le grand bain, avec les bébés nageurs, avant même de savoir marcher. Mes parents ont toujours visé haut, ils traçaient déjà à l'époque mon parcours de champion. Cependant, je ne me suis pas cantonné à la natation. L'équitation a très vite suivi, à tout juste 4 ans je réclamais des sauts d'obstacles du haut de mon premier poney. Finalement, à 6 ans, je m'inscrivais au pentathlon. Mes parents ont fait tout leur possible pour que je réussisse, m'enlevant une scolarité normale au profit d'un professeur à la maison afin de me ménager du temps pour la pratique sportive. Le pentathlon est devenu toute ma vie. Je n'aurais pas pu faire autre chose. C'est un sport qui me ressemble. Ce n'est pas comme Joey et la gymnastique. Une seule discipline qui demande une relation passionnelle et fusionnelle, de celle où tu peux bosser des heures pour trouver toujours un esthétisme encore plus beau et parfait que le précédent. La gymnastique est son amante. Ça n'a rien à voir non plus avec le décathlon, même s'il y a plusieurs disciplines confondues, qui est un sport qui a quelque chose d'assez désespéré. Je peux voir Jeff y donner toutes ses tripes. C'est de la puissance à l'état pur.

Le pentathlon, c'est différent. La demande est physique, oui, avec la course et la natation. Cependant, cette discipline demande également un mental d'acier avec le tir. De la stratégie avec l'escrime. De l'adaptation avec l'équitation. C'est un sport complet qui demande d'être... froid. Réfléchi. C'est à l'opposé de la chaleur qui se dégage des sports de mes meilleurs potes où on sent la sueur de leur hargne. Quand le cœur bat à fond parce qu'on vient de courir et qu'il faut le faire redescendre illico pour pouvoir tirer sans faillir... Ouais, il faut une sacrée maîtrise émotionnelle, quelque chose de presque robotique. Et dans la famille Vyrmond, la maîtrise émotionnelle extrême est inculquée depuis la petite enfance. Ma mère et mon père seraient sûrement prêts à nous échanger contre des androïdes, ma sœur et moi, pour rester dans l'excellence... Le prix à payer pour faire carrière en politique après avoir été champion du monde d'équitation à 28 ans, comme aime si souvent le rappeler mon paternel. Il ajoute généralement, en se tournant vers ma mère, que c'est elle le plus beau de ses trophées. Réplique qui déclenche pratiquement un pugilat lorsque ma petite sœur relève à quel point c'est sexiste. Et à quel point c'est hypocrite... Je me demande s'il chante la même sérénade à ses maîtresses.

Le bleu vif de l'eau et son clapotis m'accueillent enfin et je n'attends pas plus longtemps pour m'immerger. Je fais quelques brasses tranquilles, histoire d'échauffer un peu mes muscles, avant qu'Ulrich, mon entraîneur, apparaisse sur le bord.

– Où est-ce que tu étais passé encore ? m'engueule-t-il gentiment.

Je hausse les sourcils et le toise avant de répliquer d'une voix froide :

– Un bon entraîneur sait rester à sa place.

On se dévisage une seconde avant que ses lèvres ne se mettent à trembler et qu'il pouffe en rejetant son grand corps maigre en arrière. J'esquisse un sourire en le rejoignant sans sortir de l'eau. Je tends une main qu'il attrape, une poignée amicale et mouillée. Ulrich est mon entraîneur depuis mes 14 ans. Il a été plus présent pour moi que mes propres parents, plus compréhensif, plus à l'écoute et de meilleur conseil. Pour moi, Ulrich fait partie de ma famille.

– Sale petit condescendant, me dit-il, tu devais être un comte ou un duc dans une autre vie.
– Encore en train de parler réincarnation, hein ? Tu fais aussi du vaudou à tes heures perdues ?
– Je plante des aiguilles dans une poupée à qui j'ai donné ton nom, ça compte ?

Je secoue la tête et envoie une vague d'eau sur ses claquettes. Il s'accroupit pour être à ma hauteur et ce simple geste me fait comprendre que l'on passe au travail. Nous sommes trois, dans le club, à avoir été sélectionnés pour les mondiaux. Autant dire que c'est la voie rêvée pour accéder aux J.O. ! Ce qui veut également dire : entraînement de trente-cinq heures par semaine.

– OK, mon gars, on va laisser un peu de côté les exercices de résistance, aujourd'hui. Là, on va se consacrer sur ta vitesse, vérifier si nos efforts ont payé. Je veux voir un satané dauphin en te regardant ! Tu dois glisser sur l'eau, la trancher et m'exploser les records !

Il se relève et je peux entendre ses genoux craquer. Sans un mot de plus, il sort son chrono, et je m'extrais de l'eau pour me positionner sur le plongeoir. Une jambe en avant, l'autre en appui vers l'arrière prête à me donner l'élan nécessaire. En quelques secondes, ma respiration ralentit, ma vision se resserre. La concentration tombe sur moi comme une vague de froid, focalisant mon esprit, purgeant mes émotions. Je ne suis plus vraiment moi, Jayden Vyrmond. Je suis un autre, replié dans un coin, attendant la fin de l'épreuve et la médaille pour revenir. Non, je ne profite pas de chaque moment. Mais je gagne. C'est tout ce qui compte. Faire la meilleure performance, exceller, être le premier.

Quelque part dans mon état second, j'entends le top départ et m'élance à la seconde même. Je transperce l'eau, étends les bras en ondulant mon corps afin de parcourir quelques mètres en rejoignant la surface, puis mes bras viennent repousser l'eau en mouvement régulier. Je ne pense pas à la technique. Elle est ancrée en moi. La position de mes mains avant de plonger dans l'eau, la poussée vers l'extérieur, la rotation souple, la prise d'air sur le côté… C'est naturel. Tout comme le roulement à la fin de la ligne et la poussée que j'exerce avec mes pieds contre le bord du bassin. Deux allers-retours, deux cents mètres de nage et j'émerge enfin en m'agrippant fermement aux rebords, près du plongeoir. Je tourne la tête vers Ulrich et relève mes lunettes alors que l'eau ruisselle encore le long de mon visage. Mon corps reprend goulûment de l'air après avoir repoussé, une fois encore, les limites de l'hypoxie.

– 2'01"50, braille Ulrich de sa voix légèrement éraillée. Pas mal !

Je sors avec agacement, les dents serrées :

– C'est encore beaucoup trop ! Il faut que je passe en dessous de la barre des deux minutes.
– Et tu y arriveras, Jayden. On a encore le temps.

Je sais que je suis exécrable lorsque je ne suis pas satisfait. Je préfère tourner les talons sans un mot de plus et me glisser sous une douche commune de la piscine, histoire de redescendre en pression. Je me savonne rapidement puis attrape ma serviette d'un geste sec.

– Mauvais chrono ?

Je me tourne vers Lady, une jolie nageuse à la peau d'un noir profond, qui m'observe dans son maillot une pièce. Mes yeux glissent sur son corps que la matière moulante épouse comme une seconde peau et que j'ai déjà eu l'occasion d'explorer.

– Je suis proche du but, me contenté-je de répondre d'une voix froide.
– Tu sais ce qu'il te faudrait, Don Juan ? Une pause. La pression n'est pas forcément notre alliée.
– Cela s'appelle de l'exigence. Ne pas en avoir envers soi-même est mauvais signe.

Elle lève les yeux au ciel et porte son appui sur une de ses jambes interminables et tout en muscles. Sa peau lisse et ferme, sans un gramme de cellulite, ne l'empêche pas d'avoir des hanches rondes totalement féminines et des fesses rebondies. Plus d'un mec se damnerait pour cette nana d'un mètre soixante-quinze et elle le sait. Elle hausse les épaules avec nonchalance tout en jouant de sa main sur la bordure de son maillot, attirant mon regard sur sa petite poitrine.

– Comme tu veux, dit-elle avec un petit sourire, mais si tu as besoin de te détendre, je ne suis pas loin.

Je hoche la tête sans dire un mot et elle tourne les talons. J'ai déjà pris Lady dans ces douches, une fois. Et, même si je ne mords jamais deux fois dans une même pomme, ça me rend fou de me dire que je ne pourrais pas m'envoyer en l'air avec elle, même si j'en avais envie. Je n'ai pas eu peur de la faire jouir sous le jet d'eau, ici, quelques mois auparavant, et maintenant je me demande si on ne va pas me photographier en pleine baise. Fait chier ! Je n'ai même pas enlevé mon fichu maillot pour prendre ma douche, comme si Lady ou un autre nageur étaient susceptibles d'être mon photographe mystère. L'avertissement de A. me reste en tête à longueur de temps et j'en vire parano, me mettant des limites dans le seul domaine où je n'en avais aucune !

Je fonce dans les vestiaires me changer et je me rends compte du nombre de fois où on pourrait me photographier à poil sur mon lieu d'entraînement. Qui serait mieux placé, d'ailleurs ? Cela fait des années que j'enchaîne les coups d'un soir, impossible pour mes conquêtes d'une nuit de me prendre plusieurs fois en photo. Mais ici, c'est tout à fait possible ! Et puis, en y réfléchissant, qui serait plus gagnant qu'un sportif à diffuser de pareils clichés ? En coulant ma réputation, on coule ma carrière. Un adversaire de moins dans le jeu. Cela me semble soudainement logique et j'ai presque envie de me taper le front comme un idiot. Je note dans un coin de ma tête de transmettre à A. qu'il s'agit sûrement d'un sportif. Peut-être que cela l'aidera dans sa traque, peu importe la manière dont elle s'y prend ?

J'enfile ma tenue d'escrime en cogitant avant de partir retrouver mon coach. Égal à lui-même, il me tend mon casque puis une lame. Alors que ma vision se fait en quadrillé et que j'ajuste ma prise sur mon arme, je sens mes pensées refluer. Certains se vident l'esprit en prenant le volant, chacun sa méthode.

Mon adversaire prend place sans un mot ni un bruit. Je remarque immédiatement la souplesse de ses gestes, le silence de ses pas. Il se met en garde et je l'imite. Chacun derrière sa ligne, sans voir le visage de l'autre et pourtant sans lâcher sa silhouette du regard. C'est aussi ça l'escrime. Ce parallèle à être soi sans que l'autre sache qui l'on est. Ce masque que l'on porte et qui nous rend peut-être un peu plus « nous ». Les gens osent être eux-mêmes lorsqu'ils sont dissimulés. Un peu fou, non ? Là, caché, on peut être brut, subtil, défenseur, attaquant, fonceur, réfléchi... On se dévoile sans se montrer. Ironique quand on sait à quel point je porte un masque dans ma propre famille, quand mon visage est nu.

Je ne suis pas parfait. J'aime prendre des risques. Et, ici, ma technique le montre. Et paie. En trois touches, je l'emporte deux fois et gagne notre match. Alors je remonte mon casque pour lui serrer la main les yeux dans les yeux, comme si remporter la victoire me permettait de revendiquer qui je suis.

6

A.

– Je te tiens !

Je jubile, un sourire psychotique aux lèvres. J'ai presque envie de faire une petite danse de la victoire. Une fois le VPN identifié, il ne m'a fallu que quelques heures pour géolocaliser l'ordinateur utilisé. Bon, j'ai encore dû pirater quelques serveurs et diffuseurs Internet, mais ce n'est pas très grave, si ?

Je m'empresse de noter l'adresse sur un morceau de papier puis hésite, la main au-dessus du téléphone. Est-ce qu'une véritable espionne dévoilerait une information capitale avec ce moyen de communication ? Non. N'importe qui pourrait lire un SMS et le supprimer avant que Jayden ne puisse en prendre connaissance. Quant à l'appeler, qu'est-ce qui me confirmerait que c'est bien à lui que je parle ?

Non. Il faut que je lui donne l'adresse en main propre. Rien à voir avec le fait que cet homme est un régal pour les yeux. C'est ma conscience professionnelle qui parle ! Je jette un œil à l'horloge. Si j'en crois mes deux copines, leurs hommes sont encore au club à cette heure-là. Peut-être que c'est risqué, il va me falloir éviter Joey et Jeff. D'un autre côté, quoi de mieux qu'un club sportif pour trouver un rencard d'un soir ? Je n'ai pas oublié ma discussion avec Vanessa et il y a de l'urgence dans ma culotte !

Résolue, je programme une course jusqu'au centre avant de me maquiller légèrement. On ne ferre pas un poisson sans appât ! Lorsqu'on klaxonne devant chez moi, je me précipite à l'extérieur et monte dans mon taxi après avoir marqué un léger temps d'arrêt. Juste le temps de remarquer que ce n'est pas la même voiture que lorsque j'avais 14 ans. Juste le temps de me dire que je ne suis pas piégée à l'intérieur.

Quand je boucle ma ceinture, je regarde par-dessus mon épaule et je me demande si les flics dont Lonan m'a parlé sont en train de me suivre discrètement. Bien sûr, je ne vois personne. Je me renfonce dans le siège et demande au chauffeur de mettre la radio. Je me focalise sur la musique, oubliant que je suis dans un cercueil ambulant sur lequel je n'ai aucun contrôle.

Je m'éjecte tout de même de la voiture à l'instant où elle s'arrête et observe le gigantesque bâtiment qui se dresse devant moi. Il est impressionnant. Écrasant. Comme s'il criait déjà qu'il contient à l'intérieur les champions de demain. J'imagine qu'il sert ce message lorsqu'il accueille les concurrents de ses poulains.

Je m'approche doucement, un peu perdue, et remercie le ciel pour le plan inscrit sur le premier mur intérieur à ma gauche. Je n'ai aucune idée d'où on peut trouver un pentathlonien mais je repère les vestiaires et me dis qu'il devra bien y passer un moment ou un autre. Décidée, j'active mon mode « espionne de la mort », emprunte le couloir en me collant au mur, descends une volée de marches au petit trot puis me glisse dans l'interstice de la porte que j'ai à peine ouverte, plaquant mon dos contre celle-ci pour la refermer.

Je lâche un soupir bruyant, pas peu fière de moi et de ma discrétion légendaire, et me rends compte que je ne suis pas seule lorsqu'une voix masculine m'interpelle.

– Vous vous trompez de vestiaires.

Je tourne la tête vers la droite et lâche un petit cri.

– Par la libido d'Éros !

L'individu, nu et un caleçon à la main, m'observe avec un sourire indulgent. Je ne peux pas m'empêcher de loucher quelques instants sur ses tablettes de chocolat et la partie sous la ceinture d'une taille remarquable avant de mettre ma main en barrière pour cacher ce spectacle. J'avance dans la pièce, les joues rouges, et me dirige vers les portes du fond en clamant :

– J'ai rien vu ! J'ai rien vu !

C'est sans compter Athéna qui s'accroche fermement à la barre verticale fixée du banc au plafond, et me fait faire un tour sur moi-même. J'enjambe le banc avec un petit rire nerveux, de nouveau aux premières loges alors qu'il me regarde, ahuri. J'essaye de commander à ma main de lâcher la barre alors que je continue de tourner autour sans cesser d'enjamber le banc à intervalles réguliers et de retomber nez à nez avec le sportif interloqué.

– Je suis désolée, lui dis-je, vraiment ! Je… Ce n'est pas moi ! C'est ma main ! Athéna, décroche-toi !

Je tire sur la vilaine avec mon autre main, sans cesser de pirouetter d'une manière ridicule autour de cette barre. Si j'avais au moins su faire quelques figures de pole dance ! Mais non !

Je tourne comme un boulet avec un sourire crispé à l'adresse du jeune homme qui enfile tranquillement son caleçon.

– Je vous assure que je n'y suis pour rien ! De toute façon je ne vois rien… Non pas que j'insinue que vous n'êtes pas bien membré parce que ce n'est pas le cas, même si je n'ai rien vu, je veux dire que je suppose que…

Il fait un pas vers moi et j'arrête de parler en déglutissant, tirant plus fort sur ma main, et je commence à avoir le tournis. Il attend que je lui fasse de nouveau face et que mes deux jambes aient passé l'obstacle avant de m'arrêter d'une main sur l'épaule. J'écarquille les yeux dans l'espoir de les tenir sagement à hauteur de son visage alors qu'il décroche calmement Athéna de son autre main. La fourbe se laisse faire et en profite pour agripper son avant-bras musclé.

– Merci, soufflé-je.
– Je t'en prie. Ta technique est de loin la plus originale.
– Ma technique ?
– D'approche. Je crois qu'aucune femme ne m'avait fait encore ce coup-là, rit-il. La prochaine fois, tu peux aussi me dire que je suis bien foutu, ça sera plus simple que de venir dans les vestiaires des mecs pour te rincer l'œil. Je n'aurais rien contre le fait de partager mon corps avec toi en privé.

Il me balance un clin d'œil alors que je me sens obligée de rétablir la vérité :

– Oh non ! Je suis entrée pour attendre Jayden et…

Je m'arrête une seconde en le voyant grimacer et m'exclame de plus belle :

– Non pas que tu ne m'intéresses pas ! Je suis très intéressée ! Enfin, je veux dire que…

– Laisse tomber, ma jolie, je n'aime pas être le lot de consolation.

Il secoue la tête, attrape son pantalon et sort de la pièce sans même prendre le temps de l'enfiler. Je grogne en laissant tomber ma tête en arrière et lance un regard peu amène au plafond.

Et merde…

Je me dirige, dépitée, vers les portes que j'avais repérées et en ouvre une qui s'avère être une douche individuelle. Je me glisse à l'intérieur et pousse la porte derrière moi en laissant un mince espace pour avoir un œil sur l'entrée. Une éternité et trois allers-retours de mâles plus tard, ma cible entre avec un air indifférent sur le visage.

– Psst ! fais-je en ouvrant la porte.

Il tourne la tête vers moi et la surprise se peint sur ses traits pendant un instant. Je lui fais signe d'approcher et il se dirige à toute vitesse vers ma cachette, jetant un regard par-dessus son épaule.

– A. ? Qu'est-ce que tu fiches ici ? chuchote-t-il. Je t'ai dit que je ne voulais pas que Joey, Jeff ou qui que ce soit sache pour les photos !

– J'avais des informations à te transmettre.

– Tu n'aurais pas pu le faire par SMS ?

Je plisse les yeux d'un air faussement hargneux :

– Ce n'est pas fiable !

– Tout le monde va arriver ! C'est l'heure où la plupart des mecs viennent se changer pour rentrer chez eux !

– Entre là-dedans !

Il me jauge en haussant un sourcil d'un air condescendant, l'air de dire qu'il n'a plus 5 ans.

– Tu veux qu'on nous voie ensemble ? insisté-je.

Il soupire mais finit par entrer dans l'étroit espace et fermer la porte derrière lui. C'est là que je me rends compte que les cabines sont vraiment trop petites pour deux ! Ma poitrine généreuse frôle son torse à chaque respiration. Je sens déjà mes tétons durcir de cette caresse involontaire et je prie pour qu'il ne le remarque pas. Je refuse qu'il pense que je suis totalement subjuguée par sa personne alors qu'il semble si impassible. Même si c'est le cas… Un physique ne fait pas tout ! Et je suis maîtresse de mes hormones. Enfin, j'espère !

– J'ai réussi à géolocaliser l'ordinateur duquel on a posté tes photos olé olé.

– Tu as un nom ?

– Je n'ai pas cherché. Quel intérêt ? S'il y a plusieurs habitants dans la maison, ça sera ton boulot de trouver lequel est responsable du site.

– Et comment je ferais ça ?

– C'est forcément une personne qui t'en veut.

– Facile, lâche-t-il avec ironie. Donne-moi l'adresse.

Je fouille dans mon sac, ce qui me fait me tordre et me tortiller contre son corps dur comme de l'acier. Il grogne, probablement mécontent, et ce son viril fait frétiller mes hormones de manière inopinée. Nom d'une petite nymphe ! Je ne pensais pas que résister à cette fichue attirance sans passer pour une andouille relèverait d'un sport olympique ! Je finis par lui tendre le morceau de papier et il le prend tout en y jetant un œil. Ses yeux durs et agacés se plantent dans les miens.

– Ce n'est pas possible, dit-il avec un ton irrité.
– Je suis formelle : l'ordinateur dont on s'est servi se trouve à cette adresse.
– A., il s'agit de l'adresse de mes parents ! Ils sont beaucoup de choses mais certainement pas des pervers qui posteraient des photos à poil de leur propre fils !

Je reste coite quelques instants, avant de me secouer mentalement :

– Je ne me suis pas trompée ! L'ordinateur qu'on a utilisé est là-bas. Qui d'autre y a accès, à part tes parents ?

Il souffle par le nez et ouvre la bouche au moment où la porte des vestiaires s'ouvre bruyamment et que des éclats de voix retentissent. Quelques secondes après, Jayden plaque sa main chaude contre mes lèvres, son corps contre le mien, et je pousse un cri de surprise qui s'étouffe contre sa paume. Pas assez cependant, puisqu'il est suivi d'un silence religieux avant que des rires fusent.

– On dirait que certains prennent du bon temps dans les douches ! lance une voix.

Mes yeux croisent l'argent de ceux de Jayden tandis que mon cœur s'accélère. J'ai une conscience aiguë de sa présence et les paroles des hommes de l'autre côté de la fine paroi de la douche m'ancrent des images indésirables dans l'esprit.

– Dommage que ça soit trop petit pour tenir à trois, je me serais bien joint à eux ! lance une autre.

– Vous pensez qu'ils peuvent tenir combien de temps avant de reprendre et de crier de nouveau comme des bêtes ?

Des rires, de l'agitation alors que je sens l'humidité s'installer entre mes cuisses. Je ferme les paupières et déglutis en maudissant mon esprit tordu. Pourquoi ne puis-je pas être normale et être mortifiée plutôt qu'excitée par cette situation ? J'ai l'impression de sentir son érection contre mon bas-ventre, ce qui est stupide. Jayden Vyrmond est trop prétentieux et inaccessible pour s'intéresser à la femme qui lui a, un jour, lancé un petit four en pleine tête. Nous ne jouons pas dans la même catégorie et, même si mon orgueil en prend un sacré coup, c'est plus sûr ainsi. Il est déjà assez dur de me convaincre que je ne peux pas sauter sur cet homme sans que celui-ci décide que je suis à son goût !

– Allez les gars, ramassez vos affaires, on va les laisser tranquilles !
– Putain, si Jay était là, il ne se serait pas privé d'attendre jusqu'à ce qu'ils sortent !

Des gloussements, des réponses étouffées par l'éloignement tandis que la porte se referme dans un claquement. Jayden enlève sa main et je ne peux pas m'empêcher de passer ma langue sur mes lèvres sèches. Son goût envahit mon palais alors qu'il rétablit de la distance, s'appuyant contre la paroi opposée. Quelques petits centimètres entre nous. Des millimètres qui semblent amplifier mon état. J'ai l'impression que l'empreinte qu'il a laissée sur mon corps s'étire entre nous, devient plus lourde et obsédante. J'entends nos respirations qui résonnent et me noie dans son odeur entêtante. Il y a des millions de grésillements entre son torse musclé et ma poitrine tendue. Je reste fixée sur ses pectoraux, incapable de relever le visage vers le sien et d'y voir son indifférence. Je serre les dents pour museler le violent désir que je ressens pour lui.

Il se racle la gorge, ouvre légèrement la porte de notre cachette et scrute rapidement le vestiaire.

– Tout le monde est parti, finit-il par dire.
– Bien.

Ma voix est rauque, je tente de remettre mes idées en place. Je passe une main dans mes cheveux pendant qu'il me jauge d'un regard en coin.

– Comme je m'apprêtais à te le dire, reprend-il sans mal, beaucoup de monde passe chez mes parents. Mon père est dans la sphère politique, il se doit d'entretenir son image et de garder des contacts pour le bien de sa carrière.

Il marque une pause et semble réfléchir un instant. Cette fois, je suis bien obligée de le remarquer : il est tellement maître de lui-même que cela me fait l'effet d'une douche glacée, ce qui finit de calmer mes hormones.

– Ils organisent régulièrement des galas… Il y en a un samedi soir. Tu devrais m'accompagner.
– Pourquoi ?
– Tu auras accès aux ordinateurs, tu pourras peut-être trouver plus d'indices. Et puis, tu travailles avec Vanessa, tu as dû acquérir quelques réflexes. Si quelqu'un semble suspect, tu pourras le repérer…

Toutes les alarmes se déclenchent dans mon cerveau. Mauvaise idée ! Me raisonner pendant une heure est déjà compliqué, alors passer toute une soirée avec ce spécimen ? Pas question !

Je croise les bras comme une gamine butée.

– Non, hors de question.

– C'est une bonne idée.

– Je ne peux pas venir avec toi au gala de tes parents !

– Pour quelle raison ?

Il hausse de nouveau un sourcil, me scrutant avec cette condescendance qui lui est propre, et j'ai l'horrible envie d'effacer cette expression de son visage.

– Tu veux une liste ? Comment vas-tu justifier ma présence ? Et Athéna ? Tu l'as oubliée ?

– Difficile de l'oublier puisque tu me malaxais les fesses tout le temps que je tenais ta bouche, souffle-t-il avec un petit sourire arrogant.

Sa phrase me fait piquer un fard. En même temps, j'ai une pointe de regret : je n'aurais pas pu avoir un tout petit peu conscience de ce qu'elle faisait ? Il a vraiment un cul d'enfer ce mec ! J'aurais bien aimé en profiter un peu !

– Crois-moi, dis-je, ce n'est pas le pire qu'elle puisse faire.

Son expression prétentieuse redouble avant qu'il ne plante une de ses grandes mains à côté de ma tête et se penche sur moi. Mon cœur fait un bond alors que je reste totalement paralysée par son incroyable magnétisme.

– J'en fais mon affaire, tu n'auras rien à craindre de ta main baladeuse, réplique-t-il avec un petit sourire. Et je m'arrangerai également pour expliquer ta présence. Je passe te chercher à dix-neuf heures samedi. Les robes sont de rigueur pour les dames.

Il se redresse et pousse la porte sans un mot de plus, me laissant le souffle coupé. Je cligne des yeux en réalisant qu'il vient de se comporter comme un véritable goujat et sors en trombe à mon tour. Personne. Derrière moi, l'eau se met à couler dans la cabine qui jouxte celle de nos échanges. Mon cœur a un raté lorsque je l'imagine sous le jet, mon imagination décuplée par notre proximité récente et les photographies que j'ai pu voir sur le site. Ma peau s'enflamme à nouveau et je jure entre mes dents avant de prendre la tangente. Hors de question que je pousse le battant pour finir cette conversation ! Quand les risques deviennent trop tentants, ils sont encore plus dangereux…

7

A.

Mes sœurs ont un instinct animal. Comme les loups qui parcourent des kilomètres dans une direction précise pour trouver leur âme sœur et s'établir sur un nouveau territoire, mes sœurs savent toujours quand débarquer : au moment où je rêve de tranquillité.

En les voyant devant mon portail, je grimace. Si j'avais pour projet de calmer mes nerfs et changer ma lingerie trempée, c'est fichu ! Je tente de me composer un visage serein – loin de mon air actuel qui doit crier « femelle en chaleur cherche mâle en rut » – tandis que je m'avance vers elles.

Aglaé, Euphrosine et Thalie se précipitent pour m'étouffer sous leur poids. Elles appellent ça un câlin, moi : une tentative de meurtre.

– Qu'est-ce que vous avez fait à vos cheveux ? m'exclamé-je dans un dernier souffle.

Elles me relâchent alors que je tente toujours de déterminer qui est qui. Mes sœurs triplées se ressemblent comme trois gouttes d'eau et seuls quelques subtils détails me permettent de les distinguer. Néanmoins, avec leurs toutes nouvelles couleurs de cheveux, quelque chose me dit que cela va devenir plus facile !

— On s'est dit qu'on allait répondre à la fameuse question : les hommes préfèrent-ils les brunes, les rousses ou les blondes ?

Je reconnais le timbre plus rauque d'Aglaé, restée brune, sa couleur naturelle.

— On a le même visage et le même corps de rêve, poursuit Euphrosine, devenue rousse. En changeant juste la couleur de nos cheveux, on a toutes les conditions requises pour répondre à cette question existentielle !

— Une sorte d'expérience, conclut Thalie d'une voix plus posée et douce.

Cette dernière est devenue d'un blond blé. Je glousse alors qu'elles ont l'air fières d'elles-mêmes. Les triplées ont un point commun avec moi : elles sont fêlées. Ça doit être de famille ! C'est bien l'une des seules choses qui nous rassemble ! Aglaé, Euphrosine et Thalie ont hérité de la silhouette svelte de leur père, différent du mien. Mon paternel, lui, m'a plutôt fait hériter de la nature pulpeuse des gènes italiens chez les femmes. Notre mère commune nous a donné nos prénoms mythologiques et sa couleur brune. Cependant, si mes cheveux ont toujours un aspect indomptable avec leurs anglaises, mes sœurs ont une crinière joliment ondulée, digne de magazines de coiffure.

— On pensait que tu serais chez toi, me lance Euphrosine en plissant les yeux.

— Tu es pratiquement *toujours* chez toi, rajoute Aglaé en mettant les mains sur les hanches.

– Le terme important à retenir dans ta phrase est :
« pratiquement », répliqué-je en déverrouillant ma porte.

– Tu étais avec Vanessa et Jeannette ? tente doucement
Thalie.

Elles me suivent à l'intérieur alors que je m'aperçois
qu'Athéna a brandi majestueusement son majeur.

– Une nouvelle expérience ? dis-je. Vous essayez de vous
mettre dans la peau de l'Inquisition ?

Elles gloussent et glissent leurs bras les uns sous les
autres, formant les rangs, avant qu'Aglaé rétorque :

– Ne nous tente pas !

– Le dernier copain de Thalie s'en mord encore les doigts,
ajoute Euphrosine.

– Cette ordure, crache l'intéressée. Vouloir faire un plan
avec moi et mes sœurs !

– Si je me souviens bien : c'est vous qui l'avez chauffé
et qui lui avez fait cette proposition, relevé-je en haussant les
sourcils.

– Pour le tester ! s'offusque Aglaé.

– Qui est assez pervers pour accepter de coucher avec des
triplées en même temps ? s'irrite Euphrosine.

– Quelles filles sont assez dingues pour dire à un mec
qu'il pourrait s'envoyer en l'air avec le même modèle en trois
exemplaires ? contré-je. Sérieusement, les filles, vous avez
23 ans, pas 13 !

– Techniquement, il n'y a pas des triplées à chaque coin
de rue, donc les propositions de ce type sont forcément rares,
pointe Thalie.

– Et puis, on se voit un peu comme des sirènes, dit
Euphrosine, on tente les mecs et on les dévore s'ils sont vilains.

– Leur cœur, intervient Aglaé, on dévore leur cœur, pas autre chose.

Un éclat de rire m'échappe et je secoue la tête avant de reprendre :

– Les filles, j'aimerais bien poursuivre cette discussion fort intéressante d'un point de vue psychiatrique, mais je bosse sur une affaire avec Vanessa et je vais devoir repartir.
– Tu sors pour rentrer avant de ressortir ? relève Thalie. Il y a un truc qui cloche. Pourquoi rentrer, dans ce cas-là ?

Je reste interdite un moment, sans savoir quoi dire. Pourquoi passer chez moi ? Pour prendre une douche froide ? Taper dans un punching-ball ? Sortir mon sextoy du placard ?

Je savais que Jayden était beau. Je savais qu'il avait un côté prétentieux insupportable. Ce que j'ignorais, c'est qu'il pouvait réussir l'exploit de m'agacer et de m'exciter en même temps ! Si je ne peux pas compter sur son côté insupportable pour faire taire ce désir qui brûle en moi, comment vais-je réussir à rester maîtresse de moi-même en sa présence ?

En songeant que tu ne veux pas te prendre le râteau du siècle ? Que tu ne veux pas te ridiculiser et être mortifiée à chaque fois que tu le croiseras avec les maris de Vanessa et Jeannette ? Ou encore que tu ne veux pas être responsable d'un énorme malaise dans votre groupe d'amis ? D'accord... Les raisons ne manquent pas !

– Vous savez quoi ? esquivé-je en les poussant vers la porte. Je dois aller à un gala samedi soir ! Passez dans l'après-midi pour m'aider à me préparer !
– Un gala ?
– Samedi ?

– Avec qui ?

Elles parlent en même temps pendant que je les pousse dehors dans un dernier effort avant de claquer la porte. Elles tambourinent sur le battant en me promettant que je ne m'en sortirai pas comme ça. Je soupire et pars mettre de l'ordre dans ma tignasse. Je me compose un visage plus calme, natte ma crinière et tente de paraître docile. Avoir l'air inoffensif est un bon moyen pour que les gens se confient. J'ai besoin que les amis de Suzie s'épanchent sans avoir peur. Qu'ils me livrent leurs pensées sans fard. Chaque détail, chaque ressenti peut être important. Parfois, une intuition sauve une vie.

En avance, contrairement à ce que j'ai laissé entendre à mes sœurs, je prends le temps de me rendre à pied au café dans lequel j'ai rendez-vous. Je me sens mal à l'aise tout le long du trajet. Épiée. Une sensation désagréable qui ne me lâche pas. J'essaye de respirer calmement et regarde par-dessus mon épaule sans cesser de marcher. Personne. Est-ce que c'est une nouvelle équipe de flics, moins douée que la précédente, qui veille au grain à la demande de Lonan ?

Je fais rouler mes épaules et une pointe étincelante attire mon attention sur Athéna. Je remarque qu'elle s'est refermée sur mes clés, de manière à ce que seule la pointe dépasse de ses doigts. J'esquisse un léger sourire, presque rassurée. C'est comme si je n'étais pas vraiment seule, que j'avais quelqu'un sur qui compter.

En arrivant devant le café, je prends le temps de scanner l'intérieur avant d'entrer. Je repère les meilleurs amis de Suzie dans un coin grâce aux photographies que j'ai pu tirer d'eux. Ils parlent, épaules courbées et rentrées vers l'intérieur. Ils ont l'air inquiets et mal à l'aise, ce qui ne me rassure guère.

Je me dirige doucement vers eux et m'arrête à leur hauteur :

– Bradley, Sonia et Viny ?

Ils lèvent la tête vers moi dans un même mouvement et celle que j'ai identifiée comme Viny hoche la tête :

– C'est ça. Vous êtes Adeline ? L'amie d'enfance de Suzie ?

Je m'assois pour me donner contenance. Je ne suis pas une très bonne menteuse alors je profite du mouvement et de mon visage tourné vers le bas pour répondre :

– Oui, c'est moi. Je suis contente de pouvoir vous rencontrer.
– Suzie ne nous a jamais parlé de vous, lance le jeune homme.
– C'était avant son placement chez sa tante. On s'est connues au jardin d'enfants, avant l'entrée à l'école. On a cependant réussi à garder contact pendant toutes ces années. Je suis vraiment désolée de vous avoir contactés, enchaîné-je pour qu'ils ne puissent réfléchir à ma précédente déclaration, seulement je m'inquiète pour Suzie. On se donne des nouvelles chaque semaine mais depuis une quinzaine de jours, je n'arrive pas à la joindre…

Ils échangent un regard tendu avant que Sonia prenne la parole :

– En fait, on est venu parce qu'on espérait que vous auriez un message de la part de Suzie à nous transmettre.
– Je ne comprends pas.
– On ne sait pas où elle est ! explose Bradley d'un ton coléreux.

Il soupire bruyamment et passe la main dans ses cheveux

blonds alors que Viny pose la main sur son bras dans un geste réconfortant. Mon regard se fait plus acéré. Un tel emportement… Étaient-ils seulement amis ? Ou plus que cela ? Je me souviens que nous n'avions aucune information là-dessus avec Vanessa.

– Depuis quand ? demandé-je.
– Pareil que vous, dit Viny. On avait organisé une soirée et elle n'est pas venue. On ne s'est pas vraiment inquiétés, on pensait qu'elle était encore malade…
– C'est au bout de quelques jours, quand on n'a toujours pas eu signe de vie malgré nos textos qu'on a commencé à flipper, poursuit Sonia. On est allés chez elle mais elle n'a pas répondu.
– Suzie n'est pas le genre de personne à disparaître sans prévenir, affirmé-je.

En vérité, je n'en sais rien. Je tâtonne et lance des perches dans l'espoir qu'ils les rattrapent au vol afin de mieux cerner Suzie. Bradley me jette un regard blessé avant de dire d'un ton amer :

– Elle avait beaucoup changé, ces derniers temps. Si vous vous contentiez de vous parler par téléphone, c'est normal que vous ne l'ayez pas vu… Elle était différente. Ce n'était plus la même.
– Elle ne m'avait pas dit non plus que vous étiez en couple, tenté-je d'un air dégagé.

Bradley ricane et pose ses avant-bras sur la table, les mains jointes devant lui.

– Ce n'était pas moi, son mec.

Le ton qu'il continue d'employer me laisse penser que

ce n'était pas par manque d'intérêt de sa part. Je fronce les sourcils et pousse un peu plus :

– Qui alors ?

– On ne sait pas, répond Viny. Elle en avait un, c'est sûr. Elle nous avait dit qu'elle n'était plus seule et elle semblait très amoureuse. Suzie ne nous l'a jamais présenté. Elle disait qu'elle avait envie de le garder pour elle un peu plus longtemps avant de faire les présentations.

– J'y crois pas, dit Sonia en secouant la tête. C'est louche de ne pas présenter son mec à ses meilleurs amis au bout de six mois de relation…

– C'est deux mois après qu'elle s'est mise avec ce c… son petit ami mystère, se rattrape Bradley avant de lâcher une grossièreté, qu'elle a commencé à changer.

– Elle est devenue plus renfermée, confirme Viny.

– Si personne n'a de nouvelles, reprend Bradley avec un regard dur, on devrait contacter la police.

Je hoche la tête sans leur dire que son frère l'a déjà fait. Plus ils seront nombreux à s'inquiéter pour Suzie et à faire des signalements, plus il y aura de chance pour que la police daigne enfin bouger.

Je me lève alors qu'ils pèsent le pour et le contre. Je sors mon numéro de téléphone que j'ai griffonné sur un morceau de papier et le pose sur la table :

– Si vous avez des nouvelles, vous pouvez m'appeler à n'importe quel moment. Je veux juste être rassurée.

Viny s'en empare en me demandant de faire de même. Je hoche la tête et sors du café en attrapant mon téléphone de ma main droite. Je dicte mon message pour Vanessa après m'être éloignée de quelques pas.

[Je viens de voir les meilleurs amis de suie.
Pas de nouvelles non plus de leur côté.
Bras laid est à surveiller.]
[Suzie*]
[Bradley*]
[Fuck !]

[D'accord. Pourquoi faut-il
surveiller Bradley ? Il est louche ?]

[Il est sur les nerfs.
Il dit ne pas sortir avec Suzie mais
il a clairement des sentiments pour elle.
Un coup de folie ? Elle sortait avec quelqu'un.
La jalousie la petite poussette de
l'impensable.]
[La jalousie l'a peut-être poussé à
commettre l'impensable*]

[OK. J'espère que tu as tort.
Je préfère me dire qu'elle est vivante.]

Je soupire. J'ai l'impression de traîner un poids énorme : la responsabilité de découvrir ce que Suzie est devenue. Le devoir de l'aider si elle en a besoin. Je m'apprête à ranger mon portable lorsque la voix sexy m'annonce l'arrivée d'un message :

– Message de Jayden : « Je te fais livrer une robe pour le gala. J'ai besoin de tes mensurations. »
– Répondre : « Je n'en veux pas. Et on ne demande pas les mensurations d'une femme ! » Envoyer. Pas rations, merde ! Répondre : Mensurations ! Envoyer.
– Message de Jayden : « Tu préfères être décalée au gala et devenir le centre de l'attention ? Libre à toi. »

– Connard ! grogné-je à l'adresse de mon téléphone.

Je laisse échapper l'insulte avant de me rappeler que je suis dans la rue. Les gens m'observent avec une crispation hautaine qui me fait d'autant plus enrager et pester contre Jayden. Je respire un grand coup avant de dicter :

– Répondre : « Tu peux aussi m'indiquer ce que je dois acheter. » Envoyer.

Je manque l'infarctus en constatant que ma phrase s'est transformée en : « Tu peux aussi me niquer que je sois achevée. » J'ordonne à mon téléphone d'appeler Jayden et lance dès qu'il décroche :

– Ne lis pas ton dernier texto !
– Pourquoi ? Je l'ai trouvé fort intéressant…

Sa voix a une nuance moqueuse alors que j'aimerais soudainement disparaître de la surface de la terre. En y pensant bien : j'éprouve souvent ce besoin avec lui ! Pourquoi mon syndrome semble s'acharner à me tourner au ridicule avec ce mec présomptueux ?

– Je n'ai pas écrit ça…
– Vraiment ?
– J'ai une application vocale, pour éviter qu'Athéna fasse des siennes. Ça transforme toujours mes phrases de manière plus ou moins embarrassante…
– Je vois.

Ses réponses courtes me tapent sur le système. Je sens la moutarde me monter au nez.

– Ce que je voulais dire, grincé-je, c'est que tu pourrais m'indiquer ce que je dois acheter pour samedi soir, pour le gala auquel je ne voulais pas aller !

– Ton application émet des souhaits plus réalistes, princesse.

« Plus réalistes » ? Est-ce qu'il insinue qu'il pourrait se forcer à me sauter ?

– Sale con prétentieux ! marmonné-je.

Je l'imagine très bien lever un sourcil condescendant lorsque je l'entends répondre :

– Ce n'est pas de la prétention quand on peut tenir le défi. Donne-moi tes mensurations et je pourrai t'acheter une robe et t'achever en même temps…

Je pousse un grognement en même temps qu'Athéna lance mon portable avec violence, coupant la communication. Et explosant l'appareil.

8

Jayden

J'ajuste ma cravate, regarde mon reflet, puis je la retire et ouvre le premier bouton de ma chemise blanche. Cela devrait bien suffire. J'ai l'impression d'étouffer avec cette chose autour de mon cou. On dirait une laisse ! C'est peut-être un peu le cas d'ailleurs, un lien social, une reconnaissance ou une appartenance à un groupe qui n'est pas de mon goût. Déjà que la veste de costume me donne l'impression d'être enfermé ! Elle me serre les épaules et les bras d'une manière désagréable. On voit bien qu'elles sont faites pour le même type d'hommes que mon père : ceux qui ont seulement besoin d'avoir des muscles dans les doigts pour tenir un crayon toute la fichue journée !

J'attrape mes clés de voiture et monte à l'intérieur. J'ai un objectif pour ce gala : trouver qui a posté ces photos. Je n'en reviens pas que cela se soit passé chez mes parents ! Je savais bien que leurs invités étaient aussi dignes de confiance qu'un tigre devant un bon gros steak, néanmoins, ça me laisse toujours sur le cul ! Comment est-il possible qu'ils n'aient rien vu ?

Je serre plus fort le volant. Un objectif. Et une couverture pour que mes parents et les femmes gratinées me fichent la paix. Je n'ai pas dit à A. que je comptais la présenter pour la soirée comme ma petite amie. Rien qu'un petit mensonge pour qu'on me laisse tranquille. Leur faire croire que je me suis posé quelques semaines suffira à tenir mes parents à l'écart de ma vie privée pendant quelques mois. Même s'ils ne la verront plus après ce fichu gala, même si je compte mettre fin à cette fausse relation dès que je les verrai de nouveau, le fait que je me sois posé avec une femme pendant un temps suffira à les rassurer.

A. m'en voudra peut-être. Qu'est-ce que ça peut me faire ? Elle m'aide puis elle disparaîtra de ma vie. La froisser un peu n'est donc pas un problème. Je dois même admettre que ça m'amuse de l'irriter. J'ignore pourquoi mais il y a quelque chose de… jouissif. C'est peut-être parce qu'elle ne se laisse jamais faire et réplique avec force. Ou juste parce qu'elle paraît souvent à moitié folle et qu'elle l'assume de façon fascinante. Moi qui suis toujours dans le contrôle, elle est mon contraire le plus total.

Et puis, ce n'est pas comme si je ne pensais pas toujours ce que je lui dis. Je repense à notre dernière conversation. À ce message qui m'a fait frôler l'arrêt cardiaque. Elle ne s'imagine pas un instant que j'ai vraiment envie d'elle. Elle ne réalise pas à quel point j'avais envie de la prendre dans cette douche individuelle des vestiaires. De la plaquer contre la paroi et de m'enfoncer en elle. Que j'ai retenu mon souffle lorsque je me suis réfugié dans une autre cabine, l'érection douloureuse, crevant d'envie qu'elle me rejoigne. Elle ne sait pas que j'ai dû me soulager moi-même, me branlant comme un adolescent, pour pouvoir enfiler de nouveau mes fringues. Je la désire violemment. Parce que je ne me suis pas envoyé en l'air depuis plusieurs jours ? Parce que ses yeux verts ont un aspect sauvage excitant, comme s'ils mettaient qui que ce soit au défi de les dompter ? Parce que je l'ai d'abord vue comme intouchable pour ne pas briser mon amitié avec mes meilleurs potes ? L'interdit est toujours si tentant. Surtout au lit. Surtout pour moi.

Je me gare devant sa maison et sors souplement de ma voiture. En m'approchant de sa porte, j'entends plusieurs voix en provenance de la maison. Des piaillements féminins surexcités qui me laissent aussi surpris qu'amusé :

– *Oh my God !*
– Tu y vas avec un homme !
– Tu as vu ce spécimen !
– Et sa voiture !
– Dis-moi que sa marchandise est à la hauteur !
– Ça serait du gâchis d'avoir une nouille ridicule entre les jambes avec un visage pareil !
– Taisez-vous, toutes les trois !
– Je vais lui ouvrir !
– Aglaé !
– Attends, j'arrive !
– Moi aussi !
– Les filles !

Le battant bascule et trois jeunes femmes me sourient à pleines dents. Je ne leur donne pas 25 ans et reste un peu sonné devant elles. Même taille, mêmes courbes, même visage. Si leurs cheveux ne portaient pas une couleur différente, je pourrais croire que ma vision me joue méchamment un tour !

– Salut, me lance la brune en me détaillant goulûment.
– On est ravies de te rencontrer, moi c'est Euphrosine.

La rousse qui vient de parler me tend la main et mes bonnes manières reviennent. Je la serre poliment :

– Jayden.
– Tu emmènes Aphrodite à un gala ? dit la blonde.
– Aphrodite ? répété-je sans comprendre.

– Notre sœur, m'explique-t-elle en pointant un doigt derrière elle.

Mon regard passe au-dessus du trio vers… A. Je crois que c'est la première fois que je reste autant hébété. Abasourdi. Trop d'informations d'un coup. Aphrodite ? Son prénom complet ? Même sur l'adresse de leur agence, leur bureau, qui est en fait la maison de A., son prénom n'est pas mentionné. Seulement son initiale et son nom de famille : Zuliani. Une origine latine ? Est-ce qu'elle parle une autre langue que la mienne ? Cette pensée fait surgir des images de nos bouches liées, chaudes et humides, et de paroles étrangères rauques et incompréhensibles pour moi mais pourtant si excitantes…

Chasser mes fantasmes pour me fixer sur sa personne n'arrange rien à mon érection naissante. A. est d'une beauté charnelle, généreuse, sensuelle. La robe que j'ai commandée au couturier de ma famille lui sied à merveille. Je me souviens encore de ma conversation avec lui : après que je lui ai donné les mensurations de A., il m'a rétorqué qu'il n'avait pas l'habitude de travailler pour des personnes ayant de telles courbes. Je lui ai répondu que je n'attendais rien de moins que la perfection, ce pour quoi il était payé si grassement, et qu'il pouvait préparer son CV s'il s'en sentait incapable. Il faut croire qu'il a réussi à se surpasser. La robe d'un ton chocolat fond sur la peau crémeuse d'A., un délice qui me donne envie de mordiller l'arrondi de son sein, tout juste dévoilé, comme s'il s'agissait d'un dessert irrésistible. Le drapé qui s'entortille sur sa taille met sa poitrine et ses hanches en valeur, soulignant leur féminité extraordinaire. Je peux deviner une fente le long de la jupe qui s'ouvrira au moindre de ses pas, ne donnant que de brefs aperçus d'une de ses jambes, comme un défi silencieux de la convaincre d'en montrer plus. Même de là où je me trouve, je ne peux qu'être saisi par le vert sauvage de ses yeux, rehaussé par son maquillage doré. Ses lèvres charnues restent d'un rose sage contrastant tellement avec l'invitation sensuelle qui exsude d'elle, qu'il ne fait que renforcer le désir de s'emparer de sa bouche.

– Je crois que je pourrais avoir un orgasme simplement si quelqu'un me regardait comme ça…

La voix rauque de la rousse me tire de mes pensées. Je suis en train de dévorer A. du regard devant ses sœurs. Comment faire autrement ? Je n'ai jamais caché mon désir envers une femme et j'ai toujours eu ce que je convoitais. A. est plus que désirable et passer une nuit avec elle… J'en frissonne rien que d'y penser ! Je commence à me demander pourquoi je résiste à ce désir. Est-ce que mes liens avec Joey et Jeff en pâtiraient véritablement ? Est-ce que ça ne vaut pas le coup de prendre le risque ?

Je balance un clin d'œil à celle qui vient de parler alors que la main de A. tire sur son décolleté sans que cette dernière en ait conscience. Elle s'avance, passe devant moi et lance avec un ton irrité :

– Hey, le fantasme sur pattes, arrête de draguer mes petites sœurs ! On y va.

J'esquisse un petit sourire derrière elle et lui emboîte le pas. Je lui ouvre la portière côté passager, comme on m'a toujours appris à le faire, et je la vois ciller avant de monter en voiture. Est-ce mon côté vieux jeu, à ouvrir les portes pour les femmes, qui la perturbe ? Ou est-ce autre chose ? Je note sa réaction dans un coin de ma tête, préférant y revenir dessus plus tard, et je fais le tour pour m'installer derrière le volant.

– Aphrodite, hein ? C'est la première fois que j'entends quelqu'un t'appeler par ton prénom.

– Mes sœurs ne voient pas le mal à porter des prénoms mythologiques. Sérieusement ? Aphrodite, Aglaé, Euphrosine et Thalie ? Nos pères avaient dû fumer un peu d'herbe pour accepter que notre mère nous appelle comme ça !

– Ta mère est une historienne ?

– C'était une hippie. *Love and peace.* L'amour sous toutes ses formes avec tous et pour tous, pas de contraintes, pas de règles ni de normes…

– Était ? ne puis-je m'empêcher de relever.

– Elle est morte quand j'avais 14 ans. J'ai été ensuite élevée chez ma tante et les triplées chez leur père biologique.

J'entends ce qu'elle ne dit pas : son père aussi doit être décédé, sinon elle ne serait pas allée chez sa tante. J'ai un élan de tristesse pour elle, pour son histoire, et seules mes mains qui tiennent le volant m'empêchent d'esquisser un geste inopportun vers elle. On ne se connaît pas encore suffisamment pour que j'entre dans sa bulle et tente de la réconforter. Je vois son visage se crisper, puis elle soupire, comme si elle évacuait la douleur, avant de reprendre :

– Enfin, quelle idée de me donner le nom de la déesse de l'Amour ! Moi ! Une célibataire endurcie, s'amuse-t-elle à voix haute.

Elle ne me trompe pas. Pas avec sa main gauche crispée sur ma cuisse. J'ai l'impression que je peux me fier à cette main incontrôlable pour transmettre les états d'âme de A. C'est presque rassurant de savoir qu'elle ne peut pas mentir, cacher ses états d'âme. Peut-être est-ce l'une des seules personnes sur terre à être si transparente et c'est une sensation reposante de ne pas avoir à chercher ce qui se passe réellement en elle.

Je ne laisse cependant rien paraître, comme elle semble le vouloir, et réponds :

– C'est un choix ? Le célibat ?

– Maintenant oui. Je n'ai plus envie d'être cette femme en attente d'amour, dit-elle avec une grimace. Je mentirais cependant si je disais que c'est le cas depuis toujours. Athéna ne m'a pas vraiment aidée sur ce coup-là, elle fait toujours fuir mes prétendants.

Elle jette un coup d'œil à sa main et se rend compte de sa position. Elle rougit et la rabat contre elle. Je fronce les sourcils et je sens une partie de moi se froisser de l'entendre parler ainsi.

– Ta main n'y est pour rien. Ce n'est qu'une excuse. Tes prétendants n'avaient simplement pas assez de couilles pour combler une femme comme toi.

Concentré sur la route, je peux voir du coin de l'œil la surprise se peindre sur ses traits. D'accord, je ne suis pas vraiment un exemple ni un expert des relations amoureuses. Cela ne m'empêche pas d'avoir un respect infini pour les femmes. Cela n'enlève rien au fait que chaque femme devrait s'accepter et revendiquer ses différences.

– Et toi, alors, Monsieur Je-change-de-nana-chaque-soir, c'est un choix de butiner sans jamais se poser ?

Sa formulation me fait pousser un petit rire :

– Tout à fait. J'ai essayé une fois, à 16 ans. Une relation de six mois qui m'a complètement vacciné.
– C'était un fiasco à ce point ?

Je réfléchis une seconde à ma réponse. Je ne parle jamais de ma famille et de l'univers dans lequel j'ai toujours évolué. Des relations qu'entretient tout ce petit monde. Peut-être pour dissimuler un peu cette mélasse. Pour m'en dissocier. Néanmoins, A. va entrer dans cet univers ce soir. Elle va sentir ce doucereux poison qui s'écoule des bouches des uns et des autres. Et elle va m'aider à tuer un serpent. Je suppose que je peux me montrer honnête envers elle.

Je prends mon temps parce que ce n'est pas facile pour moi de me dévoiler. On m'a toujours appris à être dans la retenue, dans une posture et une apparence lisse, sans défaut, sans faille. Jeff dit que je suis un handicapé des sentiments parce que je suis incapable de les exprimer. Il a raison. Je n'arrive pas à dire qu'effectivement c'était un échec total, une vaste plaisanterie, et que je ne vois aucun intérêt à l'amour. Je décide alors de lui raconter ce qui s'est passé, sans fard. M'appuyer sur les faits pour tenter de transcrire ce que je suis aujourd'hui :

– C'était la fille d'un ami de mon père. Un riche ami, devrais-je dire, qui le soutient dans la sphère politique. On m'a poussé vers elle en me faisant comprendre que ça serait bien pour la carrière de mon père. Une sorte d'alliance pérenne. À force de persuasion, on finit même par développer des sentiments amoureux. Je n'étais pas heureux pour autant. Il n'y avait rien d'épanouissant. Et puis, un soir, sa meilleure amie m'a attendu complètement nue dans ma chambre. Sa *meilleure amie*. Elle ne voyait pas de mal à se trouver là, à me proposer de lui faire tout ce qui me passait par la tête. De mon côté, je n'ai rien trouvé d'assez fort en moi pour ne pas lui dire non. C'est là que j'ai compris que l'amitié et l'amour, c'est de l'escroquerie. Une apparence, un faux-semblant qu'on arrive à croire. Le lendemain, j'ai mis à terme à ma relation. Elle a été surprise mais pas chagrinée pour un sou.

Je marque une brève pause alors que je tourne dans la dernière rue qui mène chez mes parents :

– Tu vois, pour moi il n'y a que le sexe qui est authentique. Ce désir entre deux personnes, un instant précis. Rien n'est calculé. Ça tombe juste comme ça, là. Toutes les barrières sont relevées, tout ce qui compte c'est le plaisir.

Je tais l'autre partie, celle où je peux faire ce qu'il me plaît. Celle où à ce moment précis, je peux dépasser les normes et les limites conventionnelles qu'on s'impose. Certains font la bringue et se retournent le cerveau en soirée. Moi, je ne peux pas. Par contre, avec une partenaire d'un soir, pendant quelques heures intimes, je peux m'affranchir de tout, être libre, sans me soucier de la carrière de mon père ou de ma réputation sportive.

Je tourne sur le chemin privé de mes parents et les gravillons crissent sous les pneus de ma voiture. Je serre les dents : j'espère que leur fichue allée n'abîme pas le bas de carrosserie de ma bagnole !

Je me gare à côté de plusieurs autres voitures alors qu'elle me dévisage toujours sans rien dire, songeuse. Je me demande ce qu'elle peut bien penser, si elle comprend au moins ce que je veux dire et la façon dont peuvent être les gens qui évoluent autour de moi. La majorité des femmes se diraient sûrement que je suis juste un connard insensible. Elle cligne des paupières et ses lèvres frémissent avant qu'elle ne brandisse son poing en l'air d'un geste victorieux :

– Vive les coups d'un soir !

Elle glousse toute seule, me laissant à ma surprise et satisfait par sa déclaration, avant de détacher sa ceinture et de regarder par le pare-brise. Ses yeux s'écarquillent alors que sa bouche s'ouvre :

– Par l'Olympe !

9

A.

La robe m'avait mis la puce à l'oreille, je m'attendais à quelque chose de chic. Mais de là à être face à une immense demeure qui pourrait contenir trois fois ma maison ? Non !

L'allée illuminée qui conduit à l'entrée est bordée par l'eau. Un pas sur le côté et on se retrouve dans une immense piscine avec, en son centre, un cercle bercé par les remous. Rien qu'une fichue balnéo ! La propriété devant moi est une alliance d'ancien et de moderne, de pierres et d'immenses surfaces vitrées. De là où je me trouve, dans la voiture sur leur parking privé, je peux constater que le domaine s'étend bien plus loin. Je ne vois même pas les clôtures qui doivent délimiter l'espace, juste d'immenses pans de verdure et ce qui semble être des dépendances.

Soudain, même dans cette robe incroyable, je me sens intruse. Totalement déplacée. Crispée, je tente un sourire et une blague :

– Tu ne m'avais pas dit que je devais t'appeler monseigneur.

Il hausse les sourcils, reprenant son expression favorite : la condescendance. Son expression est si hautaine que j'ai l'impression qu'un fossé vient de s'ouvrir entre nous. Un froid, qui n'a rien à voir avec la température, m'envahit sournoisement.

– Je n'ai jamais caché que j'avais de l'argent.

– Il y a une différence entre « avoir de l'argent » et « venir tout droit d'un palais princier ».

Ma réflexion semble l'irriter. Je le vois dans le pli que fait sa lèvre supérieure et dans sa réponse acerbe :

– On ne choisit pas sa naissance ni l'éducation que l'on reçoit. Nous n'avons pas tous des parents hippies qui nous donnent naissance dans des pâquerettes. Tu ne devrais pas porter une couronne de fleurs, *princesse* ?

Sa pique me donne envie de le gifler. Comment peut-on passer d'un moment sincère et touchant à un instant de pure connardise ? Parler de ma mère était douloureux pour moi et le voir retourner mes paroles contre moi m'enrage. Et ce surnom ironique qu'il me donne depuis le début me tape sur le système. Je suis loin d'être une petite fille naïve ! Je connais la vie, ses douleurs et ses peines. Je sais parfaitement qu'elle peut se montrer cruelle.

– Laisse tomber, dis-je entre mes dents serrées. C'est une mauvaise idée d'être là, je le savais. Ramène-moi chez moi.

– Non. Reste. On a une mission à accomplir.

– La fille des champs trouvera un autre moyen, répliqué-je d'un ton sarcastique.

Il soupire et passe sa main derrière sa nuque pour la masser.

– Écoute, je ne voulais pas dire ça. Mon milieu social est toujours source de jalousie et de raillerie. J'ai la réplique facile à ce sujet.

Ça ne ressemble pas vraiment à des excuses. Est-ce qu'il sait au moins être désolé ? Est-ce qu'il connaît même le sens de ce mot ? Je fais claquer ma langue avec agacement parce que j'arrive à comprendre malgré moi. Il vient de se confier sur les relations tristement calculées de son monde et je lui balance juste après une remarque déplacée sur sa condition sociale élevée, nom d'un petit poney ! À croire qu'il n'est pas le seul à manquer de tact !

– Tu as quand même soulevé un point essentiel : je ne suis pas du tout issue de cet univers. La robe n'y change rien. Je serai totalement déplacée.

Il reprend son assurance et cette prétention qui commence à me faire sourire plus qu'à m'irriter.

– Tu n'entres pas là-dedans toute seule. Je serai avec toi.
– Et si Athéna se met à lancer des petits pains comme des missiles ? Tu es bien placé pour savoir qu'elle en est capable !
– Elle ne pourra pas, pour une raison très simple : je ne la lâcherai pas.

Il passe son bras sous le mien et vient enrouler sa main autour de la mienne. Je le regarde faire, interdite, alors que sa chaleur transperce ma peau et que sa force m'ancre à lui comme un roc. Quand je relève doucement les yeux, je tombe sur les siens et leur détermination brute. Je reste hypnotisée par cette volonté farouche qui semble prête à braver le monde pour moi. Je suis tellement troublée par l'intensité de ses iris qu'il me faut quelques secondes pour lui faire remarquer :

– Tu ne peux pas me tenir la main toute la soirée. Ça serait trop étrange !
– Pas si tu es mon rencard pour ce soir.

Il énonce cela avec un calme olympien, une sérénité tranquille. Il est mortellement sérieux. Toujours aussi décidé.

– Ta copine ? Tu veux faire croire que l'on est ensemble ? Tu as perdu la tête ?

Il hausse les épaules d'un air indifférent et répond :

– Je ne vois pas le mal. Personne ne te connaît ici. Il n'y a ni Joey ni Jeff, aucun moyen de savoir que tu m'aides sur une affaire personnelle. Personne ne risque de te revoir non plus et de te poser des questions plus tard.

Je suis légèrement ébahie et repose mes yeux sur nos mains entrelacées. C'est agréable. J'essaye de me rappeler la dernière fois que l'on m'a tenu la main, sans y parvenir. Même Lonan ne l'a pas fait. Et si cela avait été le cas, n'aurait-il pas plutôt pris ma main droite ? Docile et sous mon contrôle ?

Cela a quelque chose de rassurant qu'Athéna soit lovée contre la main de Jayden. Comme si je pouvais être parfaitement sereine. Et puis, cela a aussi un côté touchant. C'est étrange. Ce n'est pas mon petit ami. Même pas vraiment *mon ami*. Plutôt une connaissance qui a son importance dans mon cercle de proches. Pourtant, en attrapant ma main gauche dans la sienne, j'ai l'impression pour la première fois qu'Athéna est acceptée tout entière. Même avec Vanessa et Jeannette qui acceptent mon syndrome et me soutiennent entièrement, Athéna me donne quand même l'impression d'être cette extraterrestre qui me fait commettre des bourdes desquelles nous rions ensemble. Une étrangère qu'on accepte avec bienveillance. Là… c'est différent. Peut-être parce que Jayden, dans ses réflexions, ne l'a jamais dissociée de moi, même lorsque Athéna prenait les commandes : « *Tu dois faire un malheur aux fléchettes* », « *tu me malaxais les fesses* »… Alors, voir ses doigts autour de ma main incontrôlable, ça me fait tout drôle. Exit le handicap, le truc bizarre, la chose que l'on regarde avec curiosité et qu'on n'ose pas approcher.

Jayden ne fait pas de différence, n'a pas peur que je lui griffe les phalanges ou lui broie les doigts. Il accepte ma main dans la sienne de façon... naturelle.

Je me racle la gorge alors qu'une boule d'émotion commence à se former dans ma poitrine.

– D'accord, dis-je avec un hochement de tête.

Il dénoue ses doigts des miens et descend de la voiture pendant que je prends une grande inspiration. Je repousse mon angoisse, mes doutes et mes émotions à fleur de peau. Je vais chercher la petite étincelle qui brûle en moi : la folie pure qui me conduira sûrement à être sénile un jour. Quand Jayden m'ouvre la portière, j'ai recomposé mon sourire et en profite pour le dévisager une énième fois sans vergogne. Ce mec est sexy en diable avec un costume ! La veste accentue ses épaules carrées et le tissu se tend sur ses bras musclés. Sa chemise blanche, dont les deux premiers boutons sont ouverts, accentue le hâle de sa peau tandis que le col souligne la virilité de sa mâchoire. Avec ses cheveux coiffés d'une raie sur le côté tout en restant légèrement ébouriffés et ses yeux d'un gris froid argenté, il a l'air tout à fait dans son élément et exsude un certain... pouvoir. Un pouvoir dangereux. Jayden n'a pas l'air inoffensif avec sa veste qui semble vouloir craquer d'un moment à un autre, et cela lui ajoute un magnétisme troublant. Il ne fait pas l'effet d'un banquier ou d'un courtier. Il a l'air élégant et périlleux. Un cocktail détonant qui le rend incroyablement sexy.

La portière claque et il reprend ma main avant de m'entraîner derrière lui. On passe de l'allée calme et apaisante à la chaleur étouffante d'une petite foule aux mille conversations. Je n'arrive même pas à distinguer la pièce dans laquelle je me trouve. Jayden semble à l'aise, tranchant le monde sans se soucier des quelques interpellations ni des serveurs qui zigzaguent en proposant champagne et toasts. J'attrape une coupe au vol de ma main libre et manque de la renverser sur Jayden lorsqu'il pile soudainement devant moi. Quelques gouttes s'échappent du verre, dégoulinent sur mes doigts et le sol.

– Mère, dit-il en embrassant la joue de la femme devant lui. Père. (Un léger hochement de tête.) Je vous présente Aphrodite.

Je fusille Jayden du regard alors que ses parents me dévisagent avec froideur. Sa mère a un visage triangulaire pâle, des cheveux blonds tirés en chignon, et des yeux bleus si clairs que l'on pourrait croire qu'ils sont gris. Son père a plus de couleurs – une peau dorée, des cheveux bruns, et les mêmes yeux argentés que son fils – mais cela ne change rien à l'air glacial qu'il dégage. J'ai l'impression d'être passée au crible mais je m'efforce de sourire poliment :

– Ravie de vous rencontrer.
– Aphrodite est un drôle de nom, dit la mère de Jayden. Vos parents n'ont-ils pas pensé aux conséquences que pourrait avoir votre prénom dans votre vie d'adulte ? Difficile de prendre quelqu'un au sérieux avec une pareille appellation...
– Ils ont dû se dire que ma lumineuse personnalité suffirait à le faire oublier, répliqué-je avant de pouvoir me mordre la langue.

Mon sarcasme ne leur fait pas esquisser le moindre sourire tandis que Jayden à côté de moi est pris d'une quinte de toux. Essayerait-il de dissimuler un rire ? Ils sont tellement rares chez lui que c'est difficile à dire !

– Aphrodite est... à son compte, finit-il par ajouter. Son prénom n'est pas vraiment un problème pour la sphère professionnelle.

– Vraiment ? relève son père d'un air surpris alors que Jayden fait signe à un serveur. Et dans quelle branche ?

Mon cœur s'accélère. Qu'est-ce que je dois répondre ? *Recherches et piratage, à votre service ?* Non, décemment pas la vérité ! J'ouvre la bouche et, pendant quelques secondes, tout un tas de métiers me passent par la tête : danseuse de polka, sirène de parcmètre, câlineuse de panda…

C'est à ce moment-là que Jayden en profite pour me fourrer un truc dans la bouche de sa main libre. Avec un petit cri de surprise, je referme automatique mes lèvres et effleure ses doigts chauds pendant qu'il rétorque :

– Diététicienne spécialisée pour les sportifs de haut niveau. C'est comme ça que l'on s'est connus.

J'acquiesce et essaye de mastiquer le petit toast au caviar en gardant un semblant d'élégance.

– Vous pourriez peut-être me donner un conseil nutritionnel à…
– On ne parle pas de travail ce soir, Père, le coupe Jayden. Je crois qu'on vous monopolise un peu trop, d'ailleurs, vos invités vont finir par se lasser.
– N'oublie pas d'aller saluer les Warell, lance sa mère.
– Bien sûr, je n'y manquerai pas.

Il sourit une dernière fois et nous éloigne de ses parents pendant que je déglutis et avale une gorgée de mon champagne pour faire passer le tout.

– Tu n'aurais pas pu me faire taire en me fourrant quelque chose de plus petit dans la bouche ? râlé-je à son intention.

Ses lèvres pleines dessinent un petit sourire en coin. Ce n'est pas un sourire franc mais ça suffit à donner une note moqueuse plus douce à son expression suffisante :

– Je crains que non. L'autre chose que j'avais sous la main ne peut pas être qualifiée de petite et n'aurait pas été convenable en public.

Je grimace pour la forme alors que le feu me monte aux joues :

– Bah voyons ! ricané-je. Et j'aurais été censée la mastiquer aussi ? Je ne suis pas sûre que tu aurais apprécié !
– La mastiquer ? répète-t-il d'un air horrifié. Quelle horreur ! Comment une idée pareille peut te passer à l'esprit ?
– Sérieusement ? C'était une plaisanterie, tu ne crois pas que tu en fais un peu trop ?
– J'en ai des frissons jusque dans les couilles, princesse.

Je secoue la tête puis réalise qu'il nous a écartés de la réception.

– Où est-ce que tu nous emmènes ?

Il s'arrête, sa main libre sur la poignée d'une porte, et se retourne vers moi.

– Ne t'inquiète pas : après ce que tu viens de dire, il va me falloir quelques heures avant de fantasmer de nouveau sur ta bouche. Tu ne crains rien.
– Ah ah, très drôle, Jayden.

On entre et il referme la porte sans me lâcher. Je me retrouve coincée entre le battant et lui, nos doigts entrelacés et sa main gauche appuyée près de ma tête. Mon souffle se coince dans ma gorge au moment où ses yeux gris plongent dans les miens avec une intensité qui m'ébranle tout entière.

– Je suis parfaitement sérieux, souffle-t-il.

J'ai envie de lui demander à quel sujet mais je reste sans voix, captivée par sa proximité et son magnétisme. Du fait qu'il me trouve effrayante ? Ou qu'il fantasme sur ma bouche ? J'ai l'impression que l'air se raréfie alors que la tension monte inexorablement. Une tension chaude et délicieuse que je ressens au plus profond de mon être. Je tente de me raisonner, de me crier mentalement qu'il n'est pas en train de me dire que je lui plais, qu'il me désire et nous imagine dans des positions acrobatiques, mais mon corps n'est pas d'accord. Mon cœur accélère sous le coup de mon dilemme : mon corps qui me dit oui, ma raison qui tente de rationaliser cette étrange alchimie entre nous.

– Il y a un premier ordinateur, dans ce bureau, dit-il d'une voix plus rauque.

Il recule lentement et dénoue nos mains, me laissant un étrange sentiment de vide.

– Fais ce que tu as à faire.

Il se détourne et je reprends mes esprits. Je fonce vers l'ordinateur de bureau et sors ma clé USB de mon soutien-gorge.

– J'aurais pu la mettre dans ma poche, si tu me l'avais dit, me glisse-t-il.

Je ne me retourne pas vers lui, même s'il me semble entendre de l'amusement dans sa voix. J'enfonce le port dans la tour tout en lui rétorquant :

– Et l'esprit de notre mission, alors ? Dans les films d'espionnage, les femmes font toujours ça ! Dernièrement, j'en ai même vu un où la fille a fini par glisser la clé USB dans son va…

– Stop ! Ne le dis pas. Et, par pitié, surtout, ne le fais pas…

– Oh, ne t'inquiète pas pour ça. Je n'ai clairement pas envie de choper une mycose ou quelque chose du genre.

– Je croyais avoir atteint le summum du rustre avec Joey et Jeff mais, finalement, non : tu es pire qu'eux.

Je glousse de bonne guerre avant de lui faire face de nouveau. Son air faussement exaspéré cache mal son amusement, un mélange qui le rend particulièrement craquant.

– Ce n'est pas celui-là, dis-je en pointant l'ordinateur derrière moi. Où sont les autres ?

– Je t'y conduis… Enfin, dès que tu auras fini…

Je fronce les sourcils sans comprendre avant de baisser les yeux et de constater qu'Athéna s'est glissée dans la poche de son pantalon. Misère ! Pourquoi faut-il toujours qu'elle me mette dans des situations embarrassantes ?

– Je ne sais pas si tu fouilles ou si tu essayes de me caresser le paquet, ajoute-t-il après une seconde de pause.

Il essaye de retenir un sourire sans réellement y parvenir alors qu'il hausse un sourcil pensif. Je sors Athéna de là avec l'aide de mon autre main puis lance un regard faussement courroucé à Jayden, préférant tourner cette situation à la dérision.

– Ne sois pas blessant, je m'y prends beaucoup mieux que ça pour chauffer un mec !

– Intéressant.

Son murmure me fait le même effet qu'un chuchotement coquin et je me dis que ma libido a disjoncté définitivement. Comment peut-on passer du malaise à l'irritation puis à une familiarité coquine ? Comment peut-on jongler tour à tour avec ces trois états sans avoir le tournis ? Si on m'avait dit, il y a quelques jours encore, que j'aiderais Jayden à régler une histoire personnelle, j'aurais sûrement gloussé ! Si on m'avait dit que je mouillerais pour ce type, je… Ah non, au temps pour moi, j'y aurais cru ! Il faut être aveugle pour ne pas remarquer la beauté de cet homme. Il faut avoir une case en moins pour ne pas ressentir de désir pour lui. Ce type est une bombe sexuelle. Insupportable et prétentieux, certes. Cela n'enlève rien au fait qu'il est sexy !

Il me reprend la main et me conduit dans une autre pièce. Deux étages et cinq ordinateurs plus tard, je soupire bruyamment :

– Non plus. Tu es sûr que c'était le dernier ?

Il semble réfléchir puis hésiter un moment. Je le dévisage sous mes cils et il finit par me faire signe de le suivre. On entre dans une chambre qui détonne complètement par rapport aux autres pièces. Le mur du fond, sur lequel est appuyé un cadre de lit en bois, est entièrement couvert de motifs géométriques multicolores. Des vêtements et des objets sont semés un peu partout. La pièce se prolonge sur la gauche et je peux apercevoir quelques instruments de musculation. Sur le mur de droite, un bureau et un PC rose. Je me dépêche de l'ouvrir et de l'allumer. J'insère ma clé et lance le programme au but bien précis : trouver des traces du site Internet en question et des actions effectuées. Même en effaçant un historique, on arrive toujours à retrouver des éléments.

– Bingo ! C'est bien celui-ci ! On s'y est connecté deux fois. Tu sais à qui il appartient ?

Le visage de Jayden s'est assombri et une étincelle furieuse brille dans ses yeux alors qu'il acquiesce.

– Ma sœur. C'est l'ordinateur de ma sœur.

10

Jayden

– Ce n'est pas possible. Ma sœur ne ferait pas ça. De toute façon, elle ne rentre presque jamais ! Seulement le dimanche. Ce n'est pas elle !

J'explose, défendant bec et ongles ma sœur avant même que A. puisse ouvrir la bouche. Il n'y a pas énormément de choses qui peuvent me faire sortir de mes gonds. Mon sport demande que je contrôle mes nerfs, mes colères et frustrations. Mais, ma sœur, c'est différent ! Hors de question que l'on puisse l'accuser ! Je la connais ! C'est la seule personne dans cette famille à qui je puisse faire confiance les yeux fermés.

A. grimace et hausse les épaules.

– Tu es sûr de toi ? La jalousie entre frère et sœur, c'est courant.
– Tu ne connais pas Leo, elle n'est pas du tout comme ça. C'est une bouffée d'oxygène dans cette famille ! Fait chier ! Je n'en reviens pas qu'on ait pu se servir de son PC !
– D'accord, laisse-moi quelques secondes.

Elle se retourne vers l'écran et se met à taper sur le clavier. Je me mets à faire les cent pas pour évacuer ma frustration et masse ma nuque raide d'une main. Ça me rend dingue que l'on ait pu salir son ordinateur ! Je déteste l'idée qu'une personne mal intentionnée soit rentrée dans la chambre de ma petite sœur !

– Voilà, je ne peux rien faire de plus pour le moment.
– Qu'est-ce que tu as fait ?
– Je m'étais bien dit qu'il nous faudrait des preuves avant d'accuser une personne à tout va, alors j'ai mis un deuxième logiciel sur cette clé. C'est… comme un espion en sommeil, essaye-t-elle de m'expliquer. Si quelqu'un retourne se connecter sur le site pour poster d'autres photos de toi à partir de cet ordinateur, l'espion s'éveillera et enclenchera la webcam. Ça m'enverra directement l'image et là, pouf ! Celui ou celle qui poste ces images sera fini !

Je hoche la tête et je sens mes nerfs se dénouer légèrement. A. sait ce qu'elle fait.

– On devrait se mêler au gala avant qu'on ne remarque notre absence.

Elle récupère sa clé USB et me la tend, cette fois-ci.

– Je dois avouer que ce n'est pas confortable, dit-elle en fronçant son nez. Tu veux bien la garder ?
– Du moment que je peux me contenter de la mettre dans ma poche, répliqué-je d'un ton pince-sans-rire.

Elle a un sourire malicieux avant de glousser toute seule. Cette fille a un grain ! Sa folie douce est néanmoins rafraîchissante. Il n'y a pas de langue de bois avec elle, pas de filtres ni d'arrière-pensées… Cela me change radicalement de l'univers dans lequel j'ai grandi.

Je lui reprends la main et la guide jusqu'à la salle de réception. On se glisse parmi les convives et A. chipe une nouvelle coupe. Je dissimule un sourire. Elle a l'air d'avoir totalement oublié sa phobie pour le verre ! Ou alors, elle a totalement confiance en ma capacité de retenir sa main gauche contre toutes facéties. Je suis bizarrement touché par l'idée et cette pensée me fait serrer plus fermement sa main dans la mienne. Peut-être parce que la notion de confiance n'est pas à prendre à la légère dans mon milieu ? On ne la donne pas facilement, ni à n'importe qui.

— Allons voir les Warell avant que ma mère ne fasse une scène inconvenante qu'elle nous reprochera à jamais.

— Tu sais que je n'ai aucune idée de qui sont les Warell ? rétorque-t-elle d'un ton conspirateur. Et que ta mère ne pourra pas me le reprocher à jamais puisqu'elle ne me reverra plus ?

— Ne sous-estime pas ma mère, elle serait bien capable de faire appel à un médium pour te retrouver.

Je garde mon air parfaitement sérieux alors qu'elle me jette un regard interloqué puis je me détourne pour faire face à la famille Warell au complet. Père, mère et fille sont bâtis sur un même modèle : des cheveux d'un blond presque blanc parfaitement gominés, des traits si fins qu'ils en sont émaciés, des yeux verdâtres qui n'ont rien à voir avec la couleur sauvage de ma partenaire de ce soir.

— Lucille, Charles, Adele, c'est un plaisir de vous voir ici.

— Jayden, jeune homme, me lance le père de famille, comment va le sport ?

— Ça prend de l'ampleur, je ne m'en plains pas. Et votre cabinet d'avocats ?

— Les affaires marchent à merveille !

— Certains commencent à dire que mon mari est un véritable piranha, ajoute Lucille d'un ton guindé.

— Du moment qu'il range ses dents une fois à la maison, dis-je avec un petit clin d'œil à son intention.

Elle sourit avec connivence et acquiesce alors que son mari reprend la parole.

– Adele t'a-t-elle dit qu'elle ouvre une galerie d'art ?

Je jette un coup d'œil à sa fille qui me fixe avec l'attention d'un requin. Bien sûr, comme toute cette conversation, la question est dénuée de sincérité : Adele n'a rien pu me dire puisque je l'évite comme la peste. Je prends un air faussement intéressé :

– Non, je l'ignorais.
– Avoir sa galerie d'art à 25 ans ! Je dois avouer que je n'étais pas enthousiaste à l'idée que ma fille s'engage dans cette direction, mais j'avais tort ! Quelle réussite !
– Papa, je t'en prie…
– Pas de fausse modestie, jeune fille !
– Peut-être pourras-tu passer à l'inauguration, Jayden ? demande-t-elle en battant des cils.

Je souris pour me laisser le temps de trouver une façon polie de décliner l'invitation quand A. intervient :

– Je ne suis pas sûre qu'on ait un trou assez large dans notre emploi du temps, dit-elle d'une voix consternée qui manque de me faire rire. C'est vraiment dommage…
– Oh, je ne vous avais pas vue, vous êtes là depuis tout à l'heure ? demande Adele avec dédain.

A. glousse franchement et tapote sa hanche de sa main libre.

– C'est pourtant difficile de me louper ! Je dois faire deux fois la taille de toutes les femmes présentes ce soir.
– C'est toujours déroutant de voir des personnes prendre avec autant de légèreté le sujet de l'obésité…

Je sens A. prendre une grande inspiration, sûrement prête à lancer une réplique cinglante, mais je ne lui en laisse pas le temps, trop agacé moi-même. Ma voix, glaçante, tranche la conversation.

– A. est simplement trop intelligente pour savoir qu'avoir des courbes n'a rien à voir avec l'obésité. Faire l'amalgame est aussi stupide que dangereux. Tout comme dire des femmes minces que ce sont des anorexiques.

– Je… Tu sais… Je n'insinuais pas que ton amie…

– Jamais Adele n'oserait, intervient Lucille. Tu le sais bien, Jayden.

– On ne sait jamais ce qui passe par la tête des jeunes filles, Lucille, surtout avec les pressions qui pèsent sur elle. A. est une femme qui a assez de stabilité émotionnelle pour ne pas être ébranlée par des réflexions déplacées. Je m'assurais simplement qu'Adele sache également faire la part des choses. Sur ce, nous vous souhaitons une bonne soirée.

Après un dernier hochement de tête sous le regard faussement compréhensif de Charles et Lucille, et celui, assassin, d'Adele, j'entraîne A. à l'écart du groupe vers un coin de la salle.

– Tu es preux chevalier à tes heures ? dit-elle avec un sourire.

– Ça dépend : est-ce que tu vas me jeter ta coupe de champagne à la figure en criant que tu n'es pas une demoiselle en détresse ?

Elle pouffe et j'en profite pour lui voler son verre que je vide d'un trait avant de le poser sur un meuble.

– Merci. Même si je sais que j'ai deux ou trois kilos à perdre, c'était gentil de ta part de prendre ma défense.

Je ne dis rien. Je la regarde jusqu'à ce qu'elle en fasse vraiment autant. Puis, je descends mes yeux sur son corps, lentement. Je passe sur chaque courbe, sur chaque détail de son corps que je dévore. Je laisse la faim s'inscrire sans filtre dans mes yeux avant de les plonger dans les siens.

– Non. Tu es parfaite. Ne change rien.

Ses magnifiques iris d'un vert sauvage s'écarquillent et se mettent à luire. Ses lèvres s'entrouvrent et sa poitrine se gonfle d'une inspiration silencieuse, mettant sa poitrine en valeur. Je sens mes muscles se crisper et ma prise se raffermir autour de sa main alors que ma queue commence à s'éveiller. Je la veux. C'est irrésistible et irrépressible. Je la veux dans mon lit. Je la veux sous mon corps. Je la veux chaude autour de moi. Je la veux criant de plaisir.

Je me fiche de ceux que je considère comme mes frères et de leurs femmes. Je me fiche de tout foutre en l'air. Je me fiche de provoquer une dispute, un ouragan ou même un tremblement de terre. Je la veux et rien ne peut plus me détourner de cette pensée. Parce qu'elle est belle. Sexy. Torride. Parce qu'elle est intelligente. Grande gueule. Drôle. Déroutante. Je la veux, au moins une fois. Savoir ce que ça fait d'être en elle.

– Jayden !

Je ravale un grognement et me retourne pour accueillir Lime. Elle m'envoie un doux sourire et je la serre brièvement avec mon bras libre. Elle regarde ma main serrée autour de celle de A. avec curiosité mais ne fait pas de commentaire.

– Comment vas-tu ?

Sa voix est emplie d'une sincère sollicitude. Lime a souvent été à l'écoute de mes doutes et mes frustrations. Elle prend vraiment son boulot de chargée de communication à cœur et se fait un devoir de savoir comment vont ses clients. Je l'ai connue quand j'avais 14 ans. Elle en avait 29 et une oreille attentive à me proposer ainsi que des conseils et des attentions qui m'ont tout de suite fait considérer Lime comme une tante plus qu'une employée.

– Tout va bien, Lime. Et toi ?
– Je m'inquiète pour toi, dit-elle en tirant gentiment sur mon menton. Tu es sûr que ça va ?

Je lève les yeux au ciel et pousse A. en avant.

– Je te présente A., elle est au courant de l'affaire et m'aide à la résoudre.

La surprise passe dans les yeux bleus de Lime ; d'emblée sûrement curieuse de sa présence ici, elle reprend tout son sérieux :

– J'espère sincèrement que vous trouverez celui qui a posté ces articles… Jayden ne peut pas se permettre de faire la une de la presse à scandale.
– Lime est la chargée de communication de la famille, expliqué-je à A. qui semble aussi perdue que Lime deux minutes avant. C'est elle qui m'a averti pour le site.
– Je vois. Est-ce que je peux vous demander comment vous êtes tombée dessus ?

Lime me jette un regard bref avant de sourire à A. et de lui répondre :

– J'ai 45 ans, je fais ce métier depuis longtemps. J'ai appris qu'il fallait fouiller Internet encore plus intensément que le font les rapaces des tabloïds. C'est devenu une de mes routines habituelles.

– Ah ! Vous êtes là !

La voix de ma mère met subitement fin à la conversation et je la dévisage rapidement pour savoir si elle a pu entendre la moindre bribe de conversation.

– Brenda, je n'ai pas eu l'occasion de vous saluer aujourd'hui, lance Lime.

Ma mère balaye la remarque d'un geste de la main avant de reprendre :

– Les premiers convives s'en vont. J'en ai invité quelques-uns, triés sur le volet, à un brunch demain matin. Ils vont être logés dans la résidence des invités. Vous restez, vous aussi, bien entendu. Ta sœur sera ravie de te voir demain matin, je n'en doute pas, dit-elle en levant les yeux au ciel, et je suis sûre que l'étrange nom de ton amie lui plaira beaucoup. N'y voyez rien de mal, ma chère, Eleonore est un peu décalée.

– Leo n'a rien de « décalé », Mère, soupiré-je. Elle a une personnalité propre, c'est tout.

– Oui, oui, si tu veux, Jayden. Je vous laisse, mon rôle d'hôtesse m'incombe.

– Je vous accompagne, dit Lime, je dois m'entretenir avec votre mari.

Elles s'éloignent et je me tourne vers A. qui semble légèrement affolée.

– Un brunch ? Je ne peux pas bruncher avec vous !

chuchote-t-elle d'une voix crispée. Ce n'était pas prévu au programme. Je n'ai pas d'affaires de rechange ! Même pas une petite culotte !

Sa dernière remarque me fait esquisser un sourire.

– Tu peux peut-être te passer de culotte pendant une journée.
– Seulement si tu te passes de sous-vêtement aussi, réplique-t-elle d'une voix sarcastique.
– Marché conclu !

Elle reste ébahie et je l'entraîne à ma suite :

– Il est temps de s'éclipser pour nous aussi. Et ne t'inquiète pas, je te trouverai des vêtements pour demain… excepté la culotte, bien entendu.
– Tu as un sens de l'humour tordant.
– Je suis tout ce qu'il y a de plus sérieux.

J'ouvre la porte de ma chambre, la pousse à l'intérieur et verrouille derrière nous. J'enlève ma veste de costume que je pose au sol pendant qu'elle regarde la pièce en me tournant le dos.

– Où est-ce que tu vas dormir ? demande-t-elle. Parce que, il n'y a pas photo, je prends le lit !

Elle se retourne sur cette acclamation et un petit cri s'étrangle dans sa gorge en me voyant défaire les derniers boutons de ma chemise. Je laisse cette dernière choir derrière moi et je ressens une satisfaction primaire à la voir me dévorer du regard, ses yeux s'accrochant au moindre détail de mon torse.

Je fais un pas vers elle et elle relève vivement le regard, la respiration rapide, alors que je réponds d'une voix rendue rauque par mon désir :

— Je ne compte pas dormir, A.

11

A.

Je halète.

Jayden est tellement près de moi que ne pas le toucher est une torture. Pourtant, je résiste de toutes mes forces. Malgré mon envie. Malgré son désir évident.

– Ce n'est pas possible, soufflé-je.
– Vraiment ? rétorque-t-il sur le même ton. Pourquoi ?

Sa voix râpeuse me fait frissonner. Il écarte doucement une mèche de mes cheveux, le bout de ses doigts effleurant mon visage. Sa caresse s'ancre sur ma peau. J'humidifie mes lèvres sèches, et le voir suivre le mouvement de ma langue avec une faim primitive manque de me faire gémir. Comment arrive-t-il à créer un désir si fort sans me toucher ?

Je brûle.

– Coucher avec l'ami d'un ami n'est jamais une bonne idée. Ça finit toujours mal.

Il se rapproche encore. Il me frôle de tout son corps. Sa chaleur me transperce. J'ai presque l'impression de sentir son énergie vibrante contre moi. Une aura électrique qui me grise tout entière.

– Pas si on sait ce que l'on veut. Ce que l'on attend.

Il incline la tête vers le bas. Ses lèvres dessinent les miennes sans les toucher, me mettant au supplice.

Je tremble.

Sa bouche voyage sur ma joue jusqu'au lobe de mon oreille, une caresse légère qui m'embrase. J'ai l'impression de me charger en électricité. L'humidité s'installe entre mes cuisses.

– Aucun de nous deux ne veut une relation, reprend-il. Juste du sexe, princesse. Tout est clair.

Il mordille ma mâchoire.

Je fonds.

Je me moule contre lui, enroule mes bras autour de son cou et trouve sa bouche. Ses lèvres pleines me capturent, brûlantes, alors qu'il m'embrasse avec ardeur. J'ouvre la bouche pour lui et sa langue trouve la mienne sans hésitation. Il m'explore, me caresse, suce ma langue avec un érotisme qui finit de me rendre complètement dingue. Je gémis et il me mord la lèvre inférieure. Je tressaille.

Une pensée éclair me traverse soudain :

– A... Athéna, haleté-je, je ne peux pas te garantir ses réactions...

Il grogne et soulève mon menton pour me faire plonger dans son regard argenté. De l'argent en fusion.

– Je ne veux pas que tu penses. Je veux que la seule chose qui remplisse ton esprit soit ton plaisir. Que la seule chose qui te remplisse soit moi.

Je n'ai pas le temps de répondre quoi que ce soit. Il pince mon sein à travers ma robe, me faisant pousser un petit cri, avant d'érafler mon cou pendant qu'il ouvre ma robe en un mouvement précis et rapide. Elle glisse contre ma peau, caresse involontaire qui ne fait qu'amplifier les siennes. Je frissonne.

Sa main remonte de ma taille à mon sein qu'elle empoigne avec exigence. Son pouce passe fermement sur mon téton et je me cambre contre lui, réclamant davantage. Je râle lorsqu'il se recule. Il défait sa ceinture et je le fixe avec attention, gourmande. Cependant, il n'enlève pas son pantalon. Il tend sa ceinture et fait un pas en avant, prédateur.

– Fais-moi confiance, dit-il.

Il passe le cuir sous mes poignets avant de le repasser dans la boucle et de serrer. En un mouvement, je me retrouve les mains liées devant moi, sans espoir de pouvoir les dégager. En moi, mes sensations vacillent. Mon corps a une poussée d'excitation alors que mon esprit tente de percer le brouillard de mon désir pour me demander si je peux réellement lui faire confiance à ce point-là.

– J'ai besoin que tu sois entièrement avec moi, A.

Je ne comprends pas tout de suite ce qu'il veut dire alors qu'il se baisse et mordille mon téton à travers la dentelle de mon soutien-gorge. Je m'enflamme, oublie un instant mes maigres doutes, et lâche un petit cri étranglé. Mon corps est d'une réactivité incroyable avec lui, dans cette position-ci…

– N'aie pas peur, ronronne-t-il.

Il suce ma pointe durcie et je pousse des petits gémissements.

– Lâche prise, A.

Il souffle contre mon sein. Sa chaleur se mélange à l'humidité du tissu, créant un contraste exquis entre les deux températures. Et je comprends. Je me divise toujours en deux. J'ai toujours un coin de mon esprit réservé à Athéna et ses bourdes. Sur le qui-vive à cause de ce qu'elle pourrait faire. Je n'ai plus à y penser maintenant. J'ai les mains liées. Athéna ne peut rien faire. Il s'agit juste de moi. Moi et lui. Il s'agit juste de l'instant.

C'est comme une barrière qui cède, emportée par le torrent. Je lâche prise. Je cède. Mon désir explose. Me coupe la respiration. Un bruit de gorge m'échappe et cela semble être le déclencheur que Jayden attendait. Il écarte ma culotte et enfonce deux doigts en moi, m'arrachant un cri. Ils glissent facilement, humides de mon désir brûlant, et Jayden ajoute son pouce sur mon clitoris. Il le masse pendant que ses doigts vont et viennent rapidement. Le plaisir m'étreint alors qu'il me baise avec sa main. Mon bas-ventre se contracte et je me mets à remuer contre sa paume chaude. Des sons étranglés passent à travers ma gorge et… je crie de frustration lorsqu'il se retire, me laissant insatisfaite et frustrée. Je baisse les yeux vers lui alors qu'il me retire ma culotte, se met à genoux devant moi et attrape une de mes chevilles. D'un mouvement souple, il passe ma jambe derrière son épaule, une main sur ma hanche, l'autre glissant jusqu'à ma fesse qu'il empoigne avec force. En une seconde, sa bouche fond sur moi. Il aspire mon clitoris et je hurle sous les sensations exquises qu'il me procure. Doux, chaud, humide. Soyeux. Merveilleux. Sa langue me caresse en un mouvement ample qui manque de me faire décoller. Je suis totalement livrée à lui, à sa bouche qui me dévore et ses mains qui me tiennent. Il frotte contre mon bouton de plaisir et maintient un rythme rapide qui me fait rejeter la tête en arrière.

– Oh mon Dieu, oh mon Dieu…

Je ne sais plus ce que je dis. Plus ce que je fais. La pression s'amplifie, devient insoutenable. Je me fissure en un millier de fragments. Il ne s'arrête pas. Je hurle. J'explose. Je jouis violemment pendant qu'il me maintient contre lui et sa bouche experte. Embrumée par le plaisir, je sens vaguement qu'il repose ma jambe au sol. Je le vois se relever avec une expression satisfaite, enlever son pantalon et son boxer avant de m'entraîner à sa suite. Je me laisse docilement faire, redescendant peu à peu de mon nuage, et m'aperçois que l'on entre dans une salle de bains attenante à sa chambre.

Il se retourne vers moi et sa main plonge dans mes cheveux qu'il tire légèrement. Son autre main caresse mon cou, descendant sur mes seins toujours emprisonnés puis sur ma taille et ma hanche avant d'effectuer le chemin inverse, rallumant mon désir. S'est-il jamais éteint ? Il semble plus féroce et brûlant, comme si mon corps avait déjà intégré le bien que Jayden pouvait lui faire.

– Maintenant, dit-il d'une voix si grave qu'elle paraît peser contre ma peau, je vais te prendre, A. Je vais te baiser fort. Je n'ai pas de patience pour être doux.

Ses paroles crues m'incendient et un élancement presque douloureux étire mon entrejambe. Il me fait avancer encore jusqu'à l'immense meuble double vasque. Il passe derrière moi et me fait me pencher en avant, le haut du corps sur la surface en bois massif du meuble. Le miroir me renvoie l'image de nos deux corps pendant qu'il m'écarte les cuisses. Je le sens et le vois. La double stimulation m'excite davantage alors qu'il se place derrière moi et déroule un préservatif sur sa verge turgescente. Il agrippe mes hanches, enfonce ses doigts dans ma peau tandis que son sexe dur se place à l'entrée de mon intimité. Je gémis, impatiente. J'ai besoin de le sentir en moi. Dans le miroir, ses yeux cherchent les miens. Il les capture, soude nos regards et plonge en moi d'un coup de reins. On crie ensemble au moment où sa verge me pénètre durement sur toute sa longueur. Mes parois s'écartent juste assez pour l'accueillir et la friction me laisse pantelante. Ses mouvements souples et rapides se reflètent sous mes yeux. Je sens sa queue qui me pilonne et ses couilles qui claquent contre mon point sensible. Je me laisse totalement peser sur le meuble alors qu'il me prend avec vigueur, me faisant bouger à chaque coup de reins. Je me resserre autour de lui, nos cris de plaisir exerçant une troisième stimulation exquise. Je nous vois, je nous entends et je nous sens baiser ensemble. Je ne suis plus que sexe et jouissance.

– Putain ! grogne-t-il alors que la pression devient intolérable.

Je bascule. Mon orgasme me ravage complètement. Mes spasmes de plaisir finissent par l'achever et il se penche en arrière, plongeant encore plus loin en moi, tandis que son sexe pulse dans le mien, prolongeant mon plaisir.

Je reste sans bouger. Hébétée. Les yeux fixés sur notre reflet toujours emboîté. Je le regarde reprendre doucement sa respiration et ses esprits alors que j'ai du mal à récupérer les miens. Je n'ai jamais connu autant de plaisir. Je n'ai jamais eu d'orgasme aussi puissant. Sûrement parce que c'est la première fois que je lâche réellement prise.

Il décrispe ses doigts de mes hanches et se retire avec lenteur. Ça me fait presque bizarre de ne plus le sentir en moi. Je déglutis et me redresse tant bien que mal. Sans un mot, il tend les mains et dénoue la ceinture, me redonnant ma… liberté. C'est étrange à dire puisque je n'ai jamais été aussi libre qu'à l'instant précédent.

– Je te laisse prendre ta douche, dit-il d'une voix éraillée.

Il esquisse un mouvement de menton vers la cabine et je hoche la tête, incapable de parler. Je me glisse sous le jet pendant qu'il sort de la pièce.

Jayden Vyrmond est un connard prétentieux beau à tomber et un dieu du sexe. Et, par-dessus cette première couche qui modèle l'apparence qu'il s'est construite, il est ce premier homme à me prendre entièrement, telle que je suis, sans me distinguer de ma main. Il est le premier également à m'en libérer, me rassembler, lier les deux morceaux de mon être que j'ai moi-même dissocié.

Jayden est peut-être bien plus complexe qu'il n'y paraît.

Les bris de verre ressemblent à des étoiles. Des milliers d'étoiles ensanglantées. Je cligne des yeux. Ma tête est trop lourde. Le sang afflue sous mon crâne. Tout est sens dessus dessous. Le seul truc normal, le seul truc qui tourne encore dans ce chaos, c'est la musique. Elle sort intacte, joue sans discontinuité.

– Maman ?

Je m'agite un peu. La douleur me lance instantanément, des points dansent devant mes yeux. Je grogne et des larmes m'échappent. Je les sens vaguement descendre sur mes tempes, mon front et mes cheveux. J'ai faiblement conscience que c'est étrange.

– Papa ?

Je ne les vois pas. D'ailleurs, je ne vois rien. Rien que ces petits bouts de verre aussi brillants que tranchants. La ceinture m'étrangle, coupe ma chair à la jonction de mon cou et mon épaule. Et la musique chante. Toujours. Je m'accroche à cette mélodie de toutes mes forces. Comme une corde tendue entre la mort et la vie, là dehors. Je m'y cramponne comme une damnée pour ne pas entendre le murmure sous mon crâne. Ce chuchotement qui me dit qu'ils sont partis. Ce grincement à mon oreille qui m'appelle et me dit que je vais bientôt les rejoindre.

– A. ? Aphrodite ? Aphrodite, réveille-toi !

Je me réveille en sursaut avec l'impression que je viens de repousser les records de l'apnée. Je me redresse d'un coup en prenant une grande inspiration par la bouche et entends un grognement de douleur.

– Fait chier !

Je cligne des paupières, un peu perdue, avant de saisir quelques éléments : un lit *king size* ultraconfortable, une chambre typiquement masculine et… Jayden qui lance un regard courroucé à sa clavicule. Je fronce les sourcils et lui prête davantage attention. Au temps pour moi : Jayden lance un regard courroucé aux trois griffures rouges qui zèbrent sa peau.

– Tu as une drôle de façon de remercier les gens qui te tirent d'un mauvais rêve, lance-t-il en frottant les marques avec sa main.

Je lui montre les dents avant de répondre :

– J'aime être surprenante.
– Oh, ça, on peut dire que tu l'es : tu sais que tu n'as pas arrêté de me tripoter en dormant ?
– Moi ? dis-je avec une mine faussement offusquée. Certainement pas ! Je n'aurais jamais fait ça ! Athéna, par contre…

Il ricane avant de s'étirer de tout son long. Je ne peux pas m'empêcher de me rincer l'œil. C'est beau. Tous ces muscles qui s'étirent avec une grâce féline, tout en élégance et puissance…

– Ça va aller ? demande-t-il, interrompant mon observation purement scientifique.

Son beau visage est froid, indifférent. Je commence cependant à comprendre qu'il s'agit d'une façade. Une apparence et une attitude savamment cultivées depuis son enfance mais qui n'ont pas empêché l'homme de se construire un réseau émotionnel complexe. Comme lorsqu'il affirme que l'amitié est une hypocrisie alors qu'il en a noué une formidable avec Joey et Jeff. Il ne s'en rend probablement même pas compte. N'empêche, il ne m'aurait pas posé cette question s'il ne se sentait pas un peu concerné. Je suppose que l'aider *et* m'envoyer en l'air avec lui me fait bénéficier de quelques égards.

Je lui souris et balaye sa question d'un geste nonchalant de la main :

– Évidemment.

Il se lève, nu comme un ver pour mon plus grand plaisir visuel, et me dévisage un moment avant de dire :

– Ça avait l'air d'être un sacré cauchemar… Tu gémissais et sanglotais dans ton sommeil.

– Oh, tu sais, les trucs habituels : je rêvais que mon vibro avait disparu, tu imagines le drame ?

Ma diversion semble marcher. Il esquisse un sourire qui ne dévoile toujours pas ses dents, mais je m'en contente alors qu'il me demande :

– Tu en as vraiment un ?
– À ton avis ?

Il secoue la tête et se retourne, me présentant son dos musclé et les deux globes parfaits de ses fesses.

– Une tenue t'attend dans la salle de bains, lance-t-il par-dessus son épaule.

– Ne me dis pas qu'un type est passé dans la chambre pour la déposer pendant que je dormais ?

– D'accord, je ne te le dirai pas.

Je grogne et me lève sans grâce avant de me traîner vers la salle de bains. Des flashs de la nuit m'assaillent à la vue du meuble et je serre les cuisses en essayant de repousser mes pensées.

Je tourne la tête jusqu'à tomber sur un joli tissu jaune. Je m'avance, fais passer mes doigts sur la robe, puis sur le soutien-gorge posé à côté et…

– Jayden ! hurlé-je. Je veux une culotte !

12

A.

Je sors sur la terrasse du jardin dans ma robe jaune, la main dans celle de Jayden. Les convives – une longue tablée comprenant les Warell – sont presque tous là. Je ne peux pas m'empêcher de serrer les jambes quand je les aperçois, me donnant probablement la démarche d'un canard alcoolisé. Je n'ai toujours pas enfilé de culotte. Il était hors de question que je remette celle d'hier, surtout après nos cochonneries de la nuit ! Jayden a refusé de me donner celle assortie au soutien-gorge qui m'attendait dans la salle de bains, arguant qu'il respectait bien sa part, *lui*. Le savoir sans boxer sous son pantalon m'émoustille, je dois l'avouer. Je ne pensais pas que ça pouvait être aussi sexy, un homme se passant de sous-vêtement ! Cependant, Jayden est bien à l'abri derrière sa braguette. Moi, avec mes jambes à l'air, il suffit d'un simple coup de vent pour tout le monde connaisse l'état d'épilation de mon maillot…

On arrive à s'asseoir tant bien que mal en se tenant la main avant que je lui jette un regard désemparé. Merde ! On va bien être obligés de se lâcher si on veut manger quelque chose ! Avec une tranquillité aberrante, Jayden dénoue ses doigts des miens et pose Athéna sur ma cuisse. Je balaye la table garnie du regard en grimaçant : viennoiseries françaises, fruits, pain, bacon, confiture, jus, café, thé… C'est un véritable festival de tentations pour mon estomac et la fourberie d'Athéna !

– On ne vous demande pas si vous avez bien dormi, lance la mère de Jayden en guise de salutation. On a beau ne pas être installés au même étage, ces deux-là ont de sacrées voix…

Elle ponctue sa phrase d'un petit rire alors que le rouge me monte aux joues. Le père de Jayden enchaîne avec le même sans-gêne hallucinant :

– Heureusement que nous avons construit cette petite maisonnée pour les invités ! Nous avons sauvé votre nuit !

Des petits rires fusent et je rêve de disparaître. Jayden reste parfaitement calme en nous servant un café pendant que sa mère reprend :

– Enfin, nous vous taquinons. Nous sommes toujours heureux de savoir que le couple de notre fils est épanoui sous tous les aspects !

C'est donc cela ! pensé-je avec consternation. Parler de sexualité à table me paraissait être une discussion incongrue pour ces personnes. Cependant, cela n'a rien à voir avec le sexe ! Seulement avec la réussite, encore et toujours, sur tous les plans !

– Tout va bien ?

L'interrogation sur un ton trop aigu me tire de mes pensées et je tourne la tête vers la mère de Jayden, qui me dévisage avec inquiétude. Je croise le regard de Jayden qui baisse les yeux avec un sourire. Je l'imite et m'aperçois qu'Athéna vient de planter mon couteau à la verticale sur la table, le poing encore serré dessus.

J'émets un petit rire incrédule et gêné alors que tous les visages sont braqués sur moi. Sauf Jayden, trop occupé à se concentrer sur son assiette pour ne pas ricaner !

– Oh, oui, oui ! Tout va bien ! dis-je avec un peu trop de force. C'est… euh… une tradition… européenne ! Planter son couteau quand on a fini de… hum… l'utiliser.

Plusieurs paires de sourcils se lèvent avec effarement et je m'empresse de croquer dans une viennoiserie pour cacher mon embarras.

– Vous êtes Européenne ? demande le père de Jayden, visiblement très intéressé.

Je prends mon temps pour mâcher tout en hochant la tête et le traître à mes côtés – lâcheur de main incontrôlable – pince les lèvres pour garder son sérieux.

– Mon père est Italien, réponds-je en m'appuyant sur la vérité avant de mentir de nouveau. Il m'a transmis son sang chaud et quelques coutumes locales…

Je suis tellement crispée que ma mâchoire me fait mal. Une femme d'une trentaine d'années, que je ne me souviens pas avoir croisée la veille, me lance avec perplexité :

– Vraiment ? Je suis allée en Italie l'été dernier et je n'ai aucun souvenir de cette tradition…
– Les villes italiennes les plus touristiques ont abandonné cette habitude pour ne pas effrayer les visiteurs…
– On comprend pourquoi ! me coupe une autre.

Des rires secouent la table. Jayden en profite pour se pencher et me murmurer à l'oreille :

– Tu vois, tu t'en sors bien.

– Espèce de sale…

Je n'ai pas le temps de finir ma phrase qu'Adele Warell m'interpelle :

– J'ai été fascinée d'apprendre que vous étiez diététicienne ! Je n'aurais jamais parié sur ce métier, avec votre morphologie !

Visiblement, Adele n'a pas apprécié que Jayden me défende hier soir ni qu'il fasse comprendre qu'elle n'était pas encore une femme à ses yeux. Cependant, avant que je puisse répondre avec une désobligeance qui défriserait l'ensemble de la tablée, Lime vole à mon secours :

– Vous savez ce que l'on dit, Adele : ce sont les cordonniers les plus mal chaussés ! À force de concevoir des repas pour ses clients, elle n'a sûrement pas le temps de s'occuper des siens, n'est-ce pas ?

Je me force à sourire et à hocher la tête. En voulant prendre ma défense, elle a aussi admis, sans le vouloir, que ma morphologie n'était pas idéale. Je retiens cependant son élan de gentillesse et me contente de dire :

– Tout à fait. C'est parfaitement résumé, Lime.

La chargée de communication me renvoie un sourire doux et posé alors qu'Adele émet un petit hoquet incrédule.

– Lime ? Elle vous appelle Lime ?

Cette fois, je suis véritablement perdue. Ne s'appelle-t-elle pas comme cela ? Je n'ai pas rêvé, Jayden l'a nommée ainsi ! Non ?

– Vous connaissez Jayden, intervient la mère de ce dernier, il ne l'a sûrement pas présentée dans les formes.

Mon visage doit être marqué par l'incompréhension tandis que Lime – si c'est bien son nom – sourit avec une affection évidente à Jayden. Sans se défaire de cette expression tendre, elle m'explique avec un sourire dans la voix :

– Je m'appelle Lemon. Quand Victor – le père de Jayden – m'a engagée, j'étais habillée d'une robe verte. Je discutais dans la cuisine avec lui et Brenda lorsque Jayden est arrivé. À l'époque, il avait 14 ans et il m'a dévisagée pendant que ses parents lui expliquaient qui j'étais et quel était mon travail. Il m'a tendu la main et, avec un sérieux troublant pour son âge, il m'a dit : Lemon, hein ? Tu ressembles pourtant plus à un citron vert !

Il y a des petits rires, encore une fois, alors qu'elle conclut :

– D'où le surnom qu'il m'attribue depuis : Lime.
– J'ai toujours dit que mon frère n'avait pas l'esprit très vif, lance une voix derrière nous.

Je me retourne et dévisage la nouvelle arrivée qui pose un gros sac à terre. Sa vue me laisse complètement bouche bée. Petite, menue et… colorée. C'est le moins que l'on puisse dire ! Son pantalon est un jean rouge orné d'étoiles noires au niveau des poches, alors que son tee-shirt est un débardeur moulant d'un jaune aussi vif que ma robe ! Cependant, ce sont ses cheveux qui retiennent le plus mon attention. Bouclés, quelques mèches tombant sur son visage, ils sont… arc-en-ciel. C'est le seul qualificatif possible. Je n'aurais jamais cru qu'une fille pouvait porter un tel mélange de couleurs sur sa tête, mais celle-ci le fait avec brio. Rose, violet, bleu, vert, jaune, orange… Tout se mêle et se transforme au gré de ses boucles, suivant ses vagues et ses courbes. Avec son sourire, ses lunettes de soleil rondes et la forme de son visage oscillant entre le carré et le rectangle, elle est... étrangement rayonnante !

– Leo ! s'exclame Jayden.

Il se lève d'un bond et va serrer sa sœur dans ses bras, laquelle lui rend son étreinte avec enthousiasme. Je comprends pourquoi Jayden disait que sa sœur était différente, une vraie bouffée d'oxygène pour lui ! Avec son physique et son sourire sincère, elle est totalement en contradiction avec cette famille un peu pincée !

– Salut, grand frère !
– Eleonore, la salue sa mère dans un soupir, je regrette toujours de te voir avec cette coupe ridicule.
– C'est complètement insensé, réplique-t-elle d'une voix faussement abasourdie, j'allais vous dire la même chose, Mère : cette coupe tirée en chignon que vous vous infligez est ridicule !
– Eleonore ! tonne sa mère en même temps que son mari.
– Leo n'est là que rarement, ne pouvons-nous pas lui épargner les remarques désobligeantes sur ses choix capillaires ? la défend Jayden.

J'ai envie d'applaudir des deux mains mais je me retiens en le voyant se tourner vers moi, mettant fin à la joute verbale avec ses parents :

– Leo, je te présente A. ; A., voici ma sœur Leo.
– Ravie de te rencontrer, A., dit-elle avec un clin d'œil complice qui m'étonne.
– Euh... moi aussi.

Leo attrape une chaise vide et revient avec avant de demander aux invités assis à côté de Jayden de se décaler. Elle s'installe à côté de son frère avec un soupir joyeux, s'empare de la cafetière puis se sert un croissant.

– J'ai l'impression que tu n'as pas mangé depuis trois siècles, la taquine Jayden.
– C'est presque ça ! répond-elle la bouche pleine. Je n'ai pas mangé de croissant depuis trois siècles !
– Ton entraîneur est si dur que ça ?
– C'est un tyran ! Franchement, tu as de la chance d'avoir Ulrich comme coach !
– Tu es dans quel domaine sportif ? questionné-je, intriguée.
– Quoi ? Tu couches avec son frère mais tu ne sais pas ça ? lâche Adele.

Leo me regarde avec ses yeux pétillants et joue des sourcils de façon à ce que Jayden et moi puissions être les seuls à la voir. Elle ignore cependant Adele avec superbe alors qu'elle me répond :

– La boxe ! Je dois remercier mon frère pour ça : je me suis rendu compte que j'arrivais à lui remettre les idées en place lorsque je le cognais, enfant, ça a été pour moi une révélation ! Était-ce là un moyen de guérir les cons ?
– Eleonore ! tonnent ses parents d'une même voix.

Brenda et Victor la foudroient du regard alors qu'elle éclate d'un rire jovial et contagieux. Je ne peux pas m'empêcher de sourire pendant que Jayden rétorque :

– Hélas, nos petites bagarres lui ont laissé de terribles séquelles neurologiques ! On compte ses neurones au nombre de trois…

Elle lui tire la langue comme une gamine de 5 ans et je glousse de mon côté. Avec Leo l'exubérante et moi, l'inconnue aux « traditions » bizarroïdes, on doit détonner dans ce sage brunch dominical. D'ailleurs, le père de Jayden se racle la gorge pour reprendre la main sur le cours des choses :

– Je suis sûr que tout le monde est très intrigué par vos recettes *healthy*, ma chère. D'autant plus si elles sont aussi délicieuses que la réputation de la nourriture européenne ! Vous devriez en profiter pour nous faire un petit quelque chose…
– Père, commence Jayden, tu ne vas pas lui imposer de travailler un di…
– Oh oui, quelle excellente idée ! approuve Brenda. Un petit smoothie, peut-être ? Vous trouverez tout ce qu'il faut dans la cuisine ! (Elle tape des mains avec enthousiasme.) Eleonore, veux-tu bien montrer la direction de la cuisine à Aphrodite ?

Je grimace en entendant mon prénom. Fichu sportif ! Pourquoi m'a-t-il présentée par mon prénom à ses parents ? Je me lève néanmoins, bien consciente de ne pas avoir le choix. C'est assez judicieux comme proposition, le père de Jayden meurt d'envie depuis hier d'en savoir plus sur mon – faux – métier et cela sert d'excuse toute trouvée pour se débarrasser des deux énergumènes de la table : Eleonore et moi.

Athéna profite du mouvement pour plonger dans les cheveux ébouriffés de Jayden et tirer dessus. Je me tends de la tête aux pieds, priant pour le geste soit fugace et passe pour intime, alors que je sais pertinemment que je ne peux pas la retirer avec mon autre main sans paraître étrange.

Soudain, les longs doigts chauds de Jayden se referment délicatement sur mon poignet qu'il soulève. Avec habileté, il dégage ma main de sa tignasse puis la retourne avant de déposer un léger baiser en dessous de ma paume. L'attention me trouble, plus que je ne l'admettrai jamais, même si j'ai conscience qu'il ne s'agit que d'un jeu savamment exécuté pour entretenir l'image de notre « couple », sans laisser le temps au moindre soupçon de se former.

Je lisse ma robe pour être sûre qu'elle me couvre bien avant de suivre sa sœur. Celle-ci a une démarche presque sautillante et j'ai du mal à l'imaginer sur un ring ! D'un autre côté, je ne dois pas être la seule et cela doit être un sacré avantage pour elle lors des combats !

– Comme tu peux le constater, mes parents n'ont parfois aucune subtilité ! lance-t-elle dans le couloir qui mène à la cuisine. Mais pour une fois, je ne m'en plains pas !

On passe la porte et l'endroit manque de me donner le vertige. On pourrait placer là plusieurs chefs et leurs commis ! Sans parler du matériel dernier cri que je ne sais même pas utiliser ! Je me sens pâlir tandis que je me demande comment je vais bien pouvoir me sortir de cette situation.

– Je suis vraiment ravie de te pouvoir te rencontrer enfin, poursuit-elle en commençant à rassembler des ustensiles. C'est rare d'entendre mon frère parler plusieurs fois de la même femme !

Je cligne des yeux et me détache de ce qu'elle est en train de faire pour me concentrer sur son visage. L'aurais-je mal jugée ? Je ne vois pas pourquoi Jayden lui aurait parlé de moi alors qu'il y a quelques jours encore nous n'étions rien de plus que de vagues connaissances. Pourtant, j'ai du mal à croire que cette fille puisse mentir simplement pour entretenir l'image d'un lien fraternel parfait et sans faille.

– Jayden t'a parlé de moi ? répété-je.

– Oui, je crois qu'il essaye à sa manière de me dire que je ne suis pas seule ! dit-elle avec un petit rire. Il m'a d'abord parlé de Vanessa dès qu'il a su qu'elle était synesthète. Toujours avec sa délicatesse habituelle, du style : en fait, Joey se tape une nana qui a deux sens associés. Message subliminal à saisir : tu n'es pas vouée à rester célibataire ! Puis, après la soirée où tu lui as lancé un petit four en pleine tête, il m'a appelée tout de suite pour me raconter qu'il venait de rencontrer une fille qui avait le syndrome de la main étrangère !

Je la dévisage, totalement éberluée, alors qu'elle met en route ce qui semble être un blender. Nom d'un petit poney ! Je ne me serais jamais attendue à ce qu'elle en sache autant ! Je fronce les sourcils et relève :

– Je ne comprends pas, pourquoi dis-tu qu'il te montrait que tu n'étais pas seule ?

– Oh, c'est juste que je suis achromate : je vois en noir et blanc depuis ma naissance. Jayden a toujours essayé de compenser la déception de mes parents à mon égard. Tu comprends, je ne suis pas parfaite ! Horreur ! plaisante-t-elle. Mon frère, avec toute la délicatesse d'un éléphant dans un magasin de porcelaine, m'a parlé de toi et de tes copines pour me montrer que je n'étais pas la seule de son entourage à avoir un trouble étrange. C'est un peu l'équivalent, pour lui, de brandir une pancarte où il est écrit : tu es NORMALE.

Je me détends instantanément et souris. Comment pourrais-je faire autrement ? Leo est vraiment attachante. Elle a une joie de vivre communicative. Je comprends mieux ce mélange étonnant de vêtements : comment coordonner les couleurs quand on ne les voit pas ? Quant à ses cheveux, je suppose que c'est une façon de s'approprier ce qu'elle ne peut pas voir.

– C'est plus ou moins facile à accepter, dis-je. D'être normale quand on se sent si différente des autres.

– Je ne sais pas. Je ne me suis jamais vraiment sentie différente. D'accord, mes parents ont toujours manqué de finesse avec moi mais… je n'ai jamais vu autrement qu'en noir et blanc, alors…

Elle ne termine pas sa phrase et hausse les épaules. Oui, je vois ce qu'elle veut dire. Vanessa aussi a toujours trimballé son syndrome avec elle. Est-ce que cela a été plus facile pour elle ? Vanessa a construit sa vie par rapport à son trouble, une bulle bien solide pour pouvoir survivre dans ce monde. Jusqu'à ce que Joey lui apporte un peu plus d'oxygène et qu'elle puisse réellement vivre. Pour ma part, je n'ai pas grandi avec mon syndrome. C'est différent. J'ai vécu plusieurs années sans une main pénible et récalcitrante. Si Athéna avait toujours été avec moi, l'accepterais-je pleinement ? N'aurais-je cure des âneries qu'elle pourrait faire ? Cela me semble impossible et, pourtant, quand une chose a toujours été, il est logique qu'elle fasse partie intégrante de nous.

– Je comprends mieux, soupiré-je avec un sourire. J'étais, disons, impressionnée par la capacité de Jayden à accepter les différences des autres et à en rire.

Elle délaisse un instant ce qu'elle fait pour se tourner vers moi avec un air sérieux :

– Est-ce que tu sors vraiment avec lui ? demande-t-elle. Jayden m'a dit que tu l'aidais sur cette histoire d'Internet. On se dit tout, ajoute-t-elle en voyant ma surprise, on sait qu'il y a au moins une personne sur terre sur qui l'on peut compter, lui et moi.

– Euh… Non, pas vraiment.

J'ai le rouge aux joues en répondant à sa question et elle esquisse un petit sourire en comprenant ce que je ne dis pas. Pas besoin d'être devin !

– Tu sais, tu es la seule à être entrée aussi loin dans sa vie. Tu as dépassé la barrière physique, ce qui est facile pour la gent féminine, mais tu as aussi noué une relation avec lui en l'aidant sur cette histoire. Enfin : vous communiquez, rit-elle. Ça ne lui arrive pas souvent avec les femmes, je pense. Et puis, tu es la seule à avoir pénétré l'univers familial. Même Joey et Jeff ne l'ont pas fait.

– Pourquoi est-ce que tu me dis ça ? demandé-je, mal à l'aise.

– Parce que je crois que tu pourrais être une bonne chose pour lui. Mon frère s'est mis beaucoup de pression pour être parfait. Et il a mis les bouchées doubles pour que nos parents me laissent tranquille. Il a cloisonné toutes ses envies, tous ses besoins et ses sentiments pour être ce qu'on attendait de lui. Toi, tu as un plan d'ensemble. Tu l'as connu avec ses amis, tu as vu l'importance de sa carrière, tu vois d'où il vient et tu le connais de manière intime. Tu as vu les pièces du puzzle qu'il garde soigneusement séparé. Et je pense que mon frère aurait besoin d'être entier de temps en temps.

Je n'ose pas lui dire qu'elle se trompe. Je ne connais pas Jayden. Je n'ai pas saisi tous les morceaux dont elle parle. Et surtout : ni lui ni moi ne voulons une relation. C'est sur ce désir de non-relation que s'est basée notre relation sexuelle la nuit dernière. Ironique, non ?

Je cherche un moyen de détourner la conversation et mes yeux se posent derrière elle. Je remarque alors la mixture qui attend sagement dans l'appareil.

– Tu as fait un smoothie ? m'exclamé-je.

– Un smoothie *healthy*, dit-elle en singeant son père.

À mon grand soulagement, elle ne tente pas de reprendre la conversation précédente et poursuit :

– Je me suis dit que mon frère t'avait sûrement mise dans de beaux draps avec son mensonge. Heureusement pour toi que j'étais au courant de ton vrai métier et que mon coach m'a fait boire assez de boissons énergétiques saines pour en faire moi-même !
– Tu me sauves !

Elle pouffe alors qu'elle verse la boisson dans plusieurs verres, qu'elle dispose ensuite sur un plateau. Elle hisse ce dernier sur sa main avec un clin d'œil à mon attention :

– Je suppose qu'il vaut mieux ne pas te le confier.

Je lui coule un regard reconnaissant et la suis jusqu'à la terrasse où les conversations se poursuivent calmement, loin de l'agitation hurlante qui règne avec mes sœurs lorsque nous partageons une pizza ensemble.

– Et voici, lancé-je avec un sourire forcé, une boisson qui devrait vous tenir en forme pour toute la journée !

Il y a quelques exclamations ravies et je laisse Leo distribuer les verres. Jayden hausse les sourcils avec intérêt, ses yeux passant de sa sœur à moi, et je me dirige vers lui le plus rapidement possible. Je suis toujours en train de contourner la table lorsqu'une légère brise se lève. Je plaque ma main contre ma robe, paniquée à l'idée de montrer mon derrière à tous les convives. J'éprouve un bref soulagement à ne pas jouer les Marilyn Monroe sans culotte avant d'entendre un claquement et des cris offusqués. Je relève vivement la tête et plusieurs choses me sautent aux yeux : tous les regards sont braqués sur moi, Athéna me pique étrangement, Adele a la joue rouge et les yeux aussi exorbités qu'humides. J'ouvre la bouche, sous le choc, alors que l'information me monte peu à peu au cerveau. Nom de Zeus ! Je viens de gifler Adele !

– Je… euh…

Comment justifier ça ? Qu'est-ce qui pourrait bien expliquer mon geste ? On ne gife pas quelqu'un en plein brunch ! Surtout pas en jouant la petite amie du fils parfait ! Dans les quelques secondes qui se jouent entre mon geste et ma tentative d'explication, une seule image me vient à l'esprit.

– Un moustique !

Je secoue la tête et prends un air terriblement mélodramatique tandis que je répète un peu plus fort :

– Un *énorme* moustique !

13

Jayden

Je me gare devant sa petite maison tellement modeste qu'elle me fait presque grimacer. Comment fait-elle pour y trouver du confort ? J'ai l'impression que le toit risque de s'arracher au moindre coup de vent ! D'accord, le palace de mes parents est bien trop ostentatoire à mon goût. Néanmoins, je ne peux m'empêcher de me demander s'il serait inconvenant de lui payer quelques rénovations. Après tout, elle m'aide gracieusement, ne pourrais-je pas lui rendre service à mon tour ?

– Bien, lâche A., visiblement mal à l'aise. Je te contacte dès que j'ai du nouveau.

Je vois sa main glisser sur la poignée et, avant même d'y réfléchir, je la retiens par le bras :

– Attends. Est-ce que tu as un suspect ? Un doute sur quelqu'un ?

Elle soupire et se recale dans le siège. Je la lâche et m'appuie contre la portière pour l'observer.

– Honnêtement, avec toutes les personnes qu'il y a à toutes les réceptions que font tes parents, ça pourrait être n'importe qui.

– Je pensais qu'un adversaire aurait tout à gagner à m'éliminer avant les prochaines compétitions. Il n'y avait aucun sportif de convié ce week-end chez mes parents, mais ça ne veut rien dire. Mon père est un ancien champion, il a gardé des contacts dans le monde du sport...

– Possible, dit-elle en haussant les épaules, mais tenter de provoquer un scandale qui te concerne touchera également ta famille et, par conséquent, la carrière de ton père. Tu n'es peut-être pas la cible directe, juste un dommage collatéral.

– Fait chier...

– Et puis il n'y a pas seulement la question de savoir qui a posté ces photographies mais également qui les a prises. Une personne ? Plusieurs ? Un professionnel ? Dans les deux derniers cas, ça voudrait dire que de l'argent entre en jeu. Dans le premier... Je reviens au fait qu'une nana puisse t'en vouloir. Adele peut-être ?

– Je n'ai jamais couché avec Adele.

– C'était la seule femme invitée qui semble assez obsédée par toi et assez machiavélique pour fomenter un plan pareil...

Je ricane avant de rétorquer avec ironie :

– Vraiment ? Je pensais que tu l'appréciais, vu que tu lui as presque dévissé la tête pour la sauver d'un moustique.

Ses joues se colorent alors qu'elle s'offusque :

– Je t'avais prévenu des risques avec Athéna et tu m'avais promis que je n'aurais pas à m'en inquiéter, ronchonne-t-elle. Au moins, je sais ce que vaut ta parole...

Ses mots ont à peine quitté ses lèvres que je bondis vers elle, piqué au vif. Ma susceptibilité a repris le dessus et je vois rouge. Cependant, au lieu de répliquer avec animosité, j'attrape instinctivement sa nuque d'une main et approche mon visage à quelques centimètres du sien, bloquant sa fuite. Pour quoi faire ? Je n'en sais rien. Je fouille ses yeux, si farouches qu'ils me donnent envie de grogner, et souffle sur sa bouche :

– J'ai promis que tu n'aurais pas à t'en soucier lors du gala et ça a été le cas. Je n'avais rien dit à propos du brunch.

– Tu apprécies que je me ridiculise en plein repas ?

Sa réponse essoufflée me donne envie de lui rendre le souffle plus court encore. Je me tends et sens ma mâchoire se crisper pour lutter contre la pulsion soudaine de la prendre dans ma bagnole.

– Je t'ai trouvée souvent déroutante, agaçante, surprenante, mais jamais ridicule, A. Cette gifle que tu lui as mise…

– Athéna, pas moi.

– C'était totalement inattendu et déplacé, continué-je comme si elle n'avait rien dit. Cocasse. Surtout avec l'excuse que tu as trouvée. Et, par certains côtés, jouissif parce que tu n'es pas la première, ni la dernière, à avoir eu envie de la gifler. Mais, en aucun cas, c'était ridicule. Aucun.

De la douceur vient se mêler à la force sauvage de son regard. Je me demande ce qu'elle pense. Ce qui peut bien lui passer par la tête pour qu'elle me dévisage ainsi. Que voit-elle en ce moment ?

J'étouffe dans un grognement le besoin inopiné de goûter une nouvelle fois à la saveur de ses lèvres et lâche d'une voix rauque :

– Accuse-moi encore une fois et je t'attacherai de nouveau les mains avec ma ceinture. Mais je ne suis pas sûr de t'en libérer, cette fois…

Ses pupilles se dilatent légèrement et je me demande si c'est sous l'effet du même désir que je ressens. Avec un effort, je décrispe mes doigts autour de sa nuque. Je me recule tant bien que mal et me repositionne contre la portière, un bras sur le volant.

— En parlant de ça, j'ai une proposition à te faire.

Je tente de reprendre mes esprits alors que mon cerveau semble vouloir se situer sous ma ceinture. Mon érection est douloureuse et je meurs d'envie de la libérer de mon pantalon. Je brûle encore plus que A. se penche et me prenne dans sa bouche, là, tout de suite. Fait chier ! Il faut que je me concentre !

— Tu dois avouer que notre nuit ensemble a été... satisfaisante, dis-je en hésitant volontairement sur le mot.
— Satisfaisante ? répète-t-elle.

Son air choqué, offusqué, me fait sourire. Elle se reprend néanmoins très vite, renâcle, et lâche d'une voix plate :

— Pas mal, oui, même si c'était loin d'être mon meilleur coup.

J'arque un sourcil bravache.

— Je prends ça comme un défi, A.

Ses yeux s'étrécissent et me fusillent tandis que mes épaules frémissent d'un rire contenu. Ses réactions m'arrangent, m'emmènent exactement là où je voulais aller.

— Tu ne prends ça comme rien du tout ! peste-t-elle. C'était une nuit et nous étions d'accord pour que ça reste entre nous.

– Je ne compte pas revenir sur le fait que ce que nous faisons de nos fesses ne regarde que nous, princesse. Seulement, je ne vois pas pourquoi nous devrions nous contenter d'une seule nuit.

Elle ouvre la bouche, la ferme, cligne des paupières sans trouver quoi répondre. Je profite de son mutisme pour enchaîner :

– Tu m'as interdit de m'envoyer en l'air avec n'importe qui tant que l'affaire n'était pas résolue. Or, cela prend beaucoup plus de temps que prévu. Je ne suis pas un moine, A., j'ai besoin de sexe. Tout comme toi. C'est humain. Étant donné que tu n'es pas celle qui balance des photos de moi sur Internet et que nous sommes tous les deux d'accord pour dire que nous avons passé un bon moment, pourquoi ne pas le prolonger ? Pas d'attaches, pas d'accroches, juste une collaboration accompagnée de quelques extras qui ne feront de mal à personne.

A. me contemple un instant avant d'éclater de rire. Elle hoquette pendant que sa main incontrôlable caresse ma cuisse, bien trop près, et en même temps pas assez, de mon érection.

– Tu as le chic pour présenter les choses de manière absolument irrésistible ! ricane-t-elle. Une collaboration avec des extras ? Ça fait un peu la secrétaire qui passe sous le bureau pour tailler une pipe à son patron !
– Sauf que je ne suis pas ton patron et tu n'es pas ma secrétaire. Seulement deux adultes, liés par un groupe d'amis, qui s'aident et baisent de temps en temps.
– *So romantic*, se moque-t-elle encore.

Je ne comprends pas pourquoi elle s'obstine alors que cet arrangement me paraît clair et évident. On a passé du bon temps, même plus que bon, alors pourquoi ne pas recommencer le temps de résoudre cette histoire ?

– Je suis sûre que la plupart des femmes doivent tomber les jambes écar…

Sa phrase s'étrangle dans sa gorge au moment où je me penche vers elle, ma main droite sur son appuie-tête, la gauche sur son genou. Je plonge dans son regard et je trouve immédiatement cette passion ardente qui couve entre nous. Ce désir charnel, électrique, qui fait dresser ma queue et décuple le plaisir au lit. Je fais glisser ma main sur sa peau nue, lisse et douce, pendant que je murmure sur ses lèvres :

– Dis-moi que tu n'as pas envie de ça.

Ma voix est rauque, empressée, alors que ma caresse est lente sur sa jambe.

– Dis-moi que ça ne te plaît pas. Que tu veux que ça cesse.

Je remonte sur sa cuisse, mes doigts entrent en contact avec le tissu de sa robe que j'emporte doucement sur mon passage.

– Dis-moi stop. Dis-moi que tu ne veux pas recommencer. Que tu n'as aucun désir de continuer.

Son souffle est court, le mien rapide. Sa peau devient chaude, ses lèvres s'entrouvrent. On pousse tous les deux un gémissement quand mes doigts effleurent son intimité offerte, sans lingerie, brûlante et humide de désir. Je m'immobilise une seconde pour lui permettre de dire non. Je fouille ses iris pour trouver une réponse. Elle ne dit rien et ses yeux enfiévrés me mettent à genoux. J'humidifie mes lèvres et ajoute d'une voix cassée :

– Je te propose quelques nuits de plaisir simple et pur, sans l'habillage du prince charmant et sans attentes le lendemain.

Je frotte légèrement son intimité de deux doigts et elle geint. Instinctivement, ses cuisses s'ouvrent davantage, autant que l'espace le permet.

– Mais, je ne t'y forcerai pas, bien sûr…

Je retire ma main, mes doigts mouillés de son désir, et me recale contre la portière en mobilisant toute ma volonté. Elle se crispe de frustration et serre les jambes, les frottant l'une contre l'autre. Ses joues sont rouges et ses yeux brillent d'un mélange d'excitation et de frustration qui tourne à l'orage.

– Connard, lâche-t-elle.

Je souris tandis que sa main incontrôlable essaye de glisser sous sa robe, visiblement aussi frustrée et déterminée à se soulager. A. l'en empêche tant bien que mal et décide d'ouvrir la portière avant de balancer ses jambes à l'extérieur. Elle se penche dans l'habitacle avant de la refermer et me lance un regard peu amène :

– C'est d'accord à une seule condition : je ne suis pas un moyen de seulement te soulager. Pour ça, achète-toi une poupée gonflable. Tu as intérêt à m'assurer les meilleures nuits de ma vie.

Elle claque la portière avant que je ne puisse répondre et tourne les talons. Je l'observe entrer chez elle avec un sourire satisfait et murmure pour moi-même :

– Ne t'inquiète pas pour ça, princesse, j'y compte bien.

Parce qu'une nuit n'était pas suffisante pour découvrir, explorer, saisir toutes les nuances de cette femme totalement hors norme.

***

C'est toujours étrange de revenir d'un week-end de faste et d'excès à un lundi de sobriété et de régime maigre. Je navigue entre deux mondes que tout oppose et qui pourtant s'imbriquent régulièrement ensemble. Ici, la plupart des sportifs viennent d'un milieu plutôt aisé. Peut-être pas autant que le mien, mais d'une classe où l'on ne manque jamais de rien quand même. Jeff est vraiment l'exception qui confirme la règle.

Je pose ma tête contre la mosaïque humide derrière moi, laissant le hammam me purger de l'homme que j'étais hier. Ici, plus question de coupe de champagne et de toast au foie gras. Un corps sain est essentiel. Là, il n'y a plus de rires forcés et de conversations vides. Seulement une concentration et une volonté de fer. Un objectif. Je me demande comment on ne devient pas tous schizophrènes. Le monde du sport nous hisse dans un bain de popularité et les sommes engrangées nous livrent au monde des strass et paillettes. On passe d'un univers presque austère à un autre gouverné par les apparences. Puissance dix mille dans mon cas.

La porte s'ouvre et deux silhouettes féminines entrent à leur tour en maillot deux-pièces. Ivanka et Amya, les inséparables piranhas. Croqueuses d'hommes et de diamants, les deux nageuses en natation synchronisée prennent leur sport comme tremplin pour atteindre la haute société. Deux nanas que Joey et Jeff évitent comme la peste. Pour moi, c'est la routine. Être détestable est presque un point clé pour intégrer le paysage des Vyrmond. Je n'ai aucun mal à comprendre comment elles fonctionnent ni à répondre en conséquence.

Elles viennent s'asseoir de part et d'autre de moi et je sais que ce n'est pas un hasard. Je ne bouge pas d'un millimètre, la tête toujours appuyée en arrière et les yeux levés vers le plafond.

– Salut Jayden, chuchote Amya à ma droite, je suis contente de te trouver là.

Je ne réponds pas. Aucun intérêt. Ce ne serait que l'encourager dans des conclusions erronées. J'accepte de travailler avec elles parce qu'elles sont également sélectionnées pour de grosses compétitions. Or, on partage un même milieu aquatique. La discipline est différente, certes, mais cela ne veut pas dire que nous n'avons aucune technique à échanger. Quant au reste… Amya et Ivanka ont été un plan plaisant d'une nuit que je n'ai pas envie de renouveler.

– On se voit toujours tous les trois ce week-end ?
– À part si vous avez mieux à faire que vous entraîner, répliqué-je d'une voix égale.

Elles gloussent toutes les deux et Ivanka glisse d'un ton mutin :

– On pourrait sûrement trouver…

Je fais tourner doucement mon visage vers elle et l'observe avec apathie. Son sourire se meurt et j'attends encore quelques secondes avant de reprendre ma pose initiale :

– Je serai dans ma piscine samedi, en train de viser le podium. Vous, vous faites ce que vous voulez et surtout, si ça ne concerne pas l'entraînement, vous le gardez pour vous.

Elles se taisent et je suis sûr qu'elles échangent un coup d'œil incertain par-dessus mon corps. Je ne baisse cependant pas ma garde.

Amya et Ivanka seraient typiquement le genre de nanas prêtes à tout. À me dévorer comme à m'éliminer, pour peu que ça leur apporte quelque chose…

14

A.

Je tape à la porte de Vanessa en priant pour qu'elle ouvre vite. Encore quelques secondes et mon épaule va se déboîter ! Le battant bascule et je la bouscule avant de poser mon fardeau dans un bruit de verres s'entrechoquant. Par toutes les bouteilles de Dionysos ! Faire tout le trajet en portant un sac rempli d'alcool de ma seule main fiable a failli me coûter mon bras !

– Tu as dévalisé un bar ? demande Vanessa en louchant sur le sac en question.
– Bien obligée : tu n'as que de l'eau et du jus de carotte bio dans tes placards depuis que tu es avec ce fichu sportif !
– Le jus de carotte est très bon pour la santé, réplique-t-elle en plissant les yeux.
– Je crois surtout qu'il t'en fait boire pour te rendre aimable, dis-je. Tu as menacé un voisin récemment ?

Elle me tire la langue avant d'entreprendre de ranger les bouteilles. Je n'en vois aucun intérêt puisqu'on les ressortira d'ici quelques heures. Vive notre soirée filles !

Je m'installe dans le canapé et ferme les yeux pour masser mon épaule endolorie pendant qu'elle s'affaire. Si seulement ça pouvait être la grande main chaude et experte de Jayden qui dénouait mes muscles…

– Tu as fait quoi ce week-end ? demande Vanessa en rangeant la dernière bouteille.

Je me crispe instantanément et mets quelques secondes à répondre avec un sourire forcé et un ton pince-sans-rire :

– Oh tu sais, la routine : regarder une comédie romantique, me faire livrer une pizza et commander un mec sur Tinder.

Je déteste mentir. Le malaise me gagne alors qu'elle me rejoint et je m'empresse de fouiller dans mon sac à main pour me donner contenance.

– C'était si mauvais que ça ?
– Quoi ? demandé-je, perdue.
– Ton coup d'un soir ! Pas de détails croustillants ? Pas de positions, de questionnements, d'anecdotes à me raconter ? Ça ne te ressemble pas ! Alors, il était si mauvais que ça ?

Mes yeux se perdent dans le vide alors que des images de ma nuit avec Jayden m'assaillent. Oh. Mon. Dieu. Je sens le rouge me monter aux joues.

– Attends une minute, reprend-elle. Je me trompe ! Bordel ! C'est tout le contraire, c'est ça ?
– C'était… normal, croassé-je.

Elle se met à rire franchement, rejetant sa crinière blonde en arrière. Ses yeux bleus pétillent de malice et elle m'enfonce son coude dans mes côtes, me faisant grimacer.

– Alors ça ! Je n'aurais jamais cru te voir réduite au silence par un mec après une nuit ! Dis-moi que tu as son nom et son numéro de téléphone ?

Gênée par la situation, je tente de répondre par l'humour comme je l'aurais habituellement fait :

– Pourquoi ? Joey n'assure plus ? Il paraît que le mariage a cet effet !

Elle glousse encore et secoue la tête :

– Quand je le dirai à Jeannette ! On rêve depuis un moment de pouvoir t'asticoter sur ce genre de sujet, histoire de te rendre la monnaie de ta pièce.

Je grogne et pointe les papiers ainsi que les photographies étalées devant nous :

– On n'est pas censées bosser ?

Elle pouffe encore un peu avant de balayer l'air devant elle d'une main et de reprendre son sérieux :

– Tu as raison.

Je retiens un « alléluia » de justesse et dirige toute mon attention sur notre affaire, chassant le corps de Jayden de mon esprit.

– Bon, j'ai vu le frère de Suzie, annonce Vanessa avec un frisson.

J'imagine qu'elle se remémore sa voix et la sensation qu'elle a pu ressentir en discutant avec lui.

– Il n'a pas été d'une grande aide. Il ne sait pas avec qui elle sortait mais, quand je lui ai demandé s'il connaissait un certain « Bradley », il s'est crispé et son visage s'est fermé.

Il m'a confirmé que Bradley désirait plus qu'une relation amicale avec Suzie, qui ne ressentait pas la même chose de son côté. Il ne l'aime clairement pas. Je pense que je vais passer du temps à suivre ce fameux « ami », cette semaine, peut-être que je trouverai quelque chose d'intéressant.

— Tu crois qu'il aurait pu l'enlever ? demandé-je.

— Je ne sais pas. S'il a une obsession pour Suzie, possible qu'il l'ait enfermée quelque part et qu'il joue un double jeu.

— Hum… Il y a un truc qui ne colle pas, dis-je en réfléchissant à voix haute. J'ai épluché les mouvements bancaires de Suzie. Il n'y a rien depuis sa disparition. Cependant, elle a retiré huit cents dollars le matin de sa disparition.

— Où ça ?

— Une borne de retrait extérieure. Même pas sa banque.

— Possible qu'il l'ait forcée à le faire… Histoire de brouiller les pistes si quelqu'un s'intéressait à la disparition de sa copine. Tu as la possibilité de regarder les comptes de Bradley ?

Je souris pour toute réponse et sors ma tablette de mon sac à main. Je tapote pendant plusieurs dizaines de minutes pendant qu'elle cogite de son côté, avant de lui fourrer le relevé sous le nez.

— Aucun signe particulier. Il n'a pas fait plus de courses que d'habitude, n'a pas acheté dans un endroit inhabituel, rien.

— C'est quand même le seul élément que l'on ait, dit-elle dans un soupir. Il se sert peut-être des huit cents dollars de Suzie.

Je passe les heures suivantes à fouiller de fond en comble l'ordinateur de Suzie. Rien. *Nada.* Un historique sur les relations de couple, des sites Web féminins et des recherches pour ses études. Pas de journal intime version numérique, pas de plan tout cuit nous indiquant : « Je suis ici ».

Je repousse l'ordinateur que Vanessa entreprend de nettoyer une première fois de nos empreintes, juste pour le cas où. Elle va devoir le reposer là où elle l'a trouvé. J'ai le cerveau en miettes et une bonne dose de blues lorsque des coups résonnent dans l'appartement. Jeannette entre quelques secondes plus tard et nous observe toutes les deux avachies dans le canapé.

– Qu'est-ce que vous faites ?
– On faiblit, dit Vanessa.
– On dépérit, j'ajoute.
– On meurt, surenchérit Vanessa.
– Sers-nous un verre, commandé-je.
– Pour votre gouverne, répond Jeannette en se chargeant les bras de bouteilles, je ne suis pas barman.
– Dommage, tu fais ça tellement bien, dis-je.
– Tu devrais songer à une reconversion, approuve Vanessa.
– Moquez-vous, réplique Jeannette, on sous-estime toujours les barmans.

On s'enfile notre premier verre après que le syndrome de Jeannette lui a fait lâcher un « VIPÈRES » tonitruant et j'attends que ma gorge arrête de cracher du feu avant d'acquiescer :

– C'est clair ! À force de secouer en tous sens pour faire leurs cocktails, ils développent une résistance incroyable dans les bras et les mains non négligeable pendant les préliminaires…
– Sans parler du nombre de couples qu'ils sauvent en servant à boire et en écoutant les déboires, dit Jeannette en nous resservant.
– Tu oublies ceux qui se forment grâce à la magie du cocktail, ajoute Vanessa.
– Ceux-là ne durent jamais bien longtemps, relève Jeannette.

— Ceux-là peuvent finir en mariage à Vegas ! contrecarré-je avant de prendre un ton mélodramatique. Encore une expérience que j'ai loupée… Dire que j'aurais pu finir mariée à un milliardaire venu dépenser un surplus de dollars…

— Tu veux dire un de ces mecs à la peau huileuse que l'argent persuade d'être irrésistibles ? questionne Vanessa avec une grimace.

— Un de ces types accros aux strip-teaseuses et qui auraient tôt fait de demander le divorce avec dommages et intérêts pour tentative d'escroquerie ? interroge Jeannette à son tour.

— Pourquoi vous sentez-vous obligées de casser mes fantasmes ? grogné-je en sirotant mon troisième verre.

Vanessa hausse les sourcils avant de lâcher :

— Ton fantasme, ce n'est pas plutôt ton rencard du week-end ?

— J'ai loupé un truc ? demande Jeannette.

— Non !

— Oui ! A. a tellement pris son pied avec son plan qu'elle nous cache tous les détails !

— Je n'ai rien à dire, tout simplement !

— Bah voyons ! Tu as toujours quelque chose à dire, rétorque Jeannette. Tu as son numéro ?

— Non, mens-je en priant pour qu'elles ne lisent pas le prénom de Jayden sur mon front.

— Je n'en reviens pas, siffle Vanessa.

— Elle ment ! s'insurge Jeannette.

Elles se concertent du regard alors que je plonge le nez dans mon verre sans le boire cul sec. Nom de Zeus ! Elles seraient prêtes à m'arracher les informations en attendant que je sois pompette ! D'un coup, elles se jettent sur moi en me faisant couiner. Je sens Athéna agripper des cheveux, sans savoir lesquels, j'entends un cri en réponse, je sens mon verre se renverser sur moi et probablement sur la tête des filles avant qu'elles se redressent, mon nouveau portable à la main.

– Qu'est-ce que vous faites ? dis-je, ahurie.
– On fouille, répond Vanessa en haussant les épaules.

Je me détends instantanément. J'ai pris soin d'effacer les SMS de Jayden que je n'ai même pas nommé par son prénom dans mon répertoire. Elles finissent leur quatrième verre au-dessus de l'écran de mon appareil et commencent à faire défiler la liste de mes contacts après avoir fait chou blanc dans les messages.

– Ah ah ! lance triomphalement Vanessa. Qui est Gertrude ?

Je la dévisage sous mes cils, blasée.

– Une vieille dame de ma rue, je lui ai donné mon numéro en cas de besoin mais je ne suis pas sûre qu'elle s'en souvienne…
– Je n'y crois pas, me coupe Jeannette en secouant la tête. Pas UNE seconde !
– Les filles, dis-je du ton le plus sérieux possible alors que ma peau se réchauffe subtilement sous l'effet de l'alcool, vous avez bu. Il arrive un stade où vous ne croyez plus qu'aux licornes et à votre prochain verre de rhum !

Elles semblent essayer de se regarder dans les yeux sans vraiment y parvenir, ce qui me fait glousser toute seule devant leurs têtes impayables. Mon rire s'étouffe lorsque je vois Vanessa pianoter sur mon téléphone.

– Mais qu'est-ce que tu fais ? demandé-je.

– Salut beau gosse, articule-t-elle en continuant de pianoter, j'aimerais beaucoup te revoir. Appelle-moi. A.

– Tu ne vas quand même pas...

– Envoyé, m'interrompt Jeannette en appuyant elle-même sur la touche.

– Je n'irai plus jamais promener Kiki pour Gertrude, asséné-je en secouant la tête.

Mes deux copines complètement folles et pompettes gloussent comme des dindes.

– Tu crois qu'il va répondre quoi ? demande la blonde.

– Quand tu veux, où tu veux ? suggère Jeannette.

– Ouais, ça serait typiquement le genre de mecs qu'elle aimerait...

– Eh ! Je suis là et je n'aime pas les tocards, merci, répliqué-je en nous resservant.

La sonnerie de mon portable nous interrompt et le nom de Gertrude s'affiche en gros. Je peste alors qu'elles décrochent avec un « allôôô » langoureux et ridicule.

– Aphrodite, c'est toi ? demande la voix de Gertrude au timbre tremblant. Je crois que tu as fait une erreur de numéro, pupuce. Aphrodite ?

Je ne réponds pas, mortifiée, pendant que mes amies semblent en apnée. Ma vieille voisine finit par ronchonner contre le réseau avant de raccrocher. *Par pitié, faites que son début d'Alzheimer efface cet instant de sa mémoire...*

– C'était pas lui, constate Vanessa.

Elle jette un regard dépité à Jeannette avant de faire redéfiler ma liste de contacts.

– Allez, arrêtez ça avant de m'obliger à changer de quartier !
– Attends ! s'écrie Jeannette. Tu as vu ça ?
– MPEIMSS, dicte Vanessa lettre par lettre.

Je me retiens de justesse d'exposer le sens de ces lettres :
Mec Prétentieux Et Insupportable Mais Super Sexy convient
bien mieux à Jayden que son fichu prénom !

– C'est forcément ça ! s'exclame Jeannette avec excitation.
– Pas du tout, répliqué-je avec un brin de panique, c'est
l'acronyme de mon assurance maladie que je paye une
fortune !

Vanessa me jauge et étrécit les yeux avant de hocher
vigoureusement la tête.

– C'est lui, assène-t-elle.

Mon cœur rate un battement en la voyant appuyer sur
l'icône des messages. Et si Jayden décroche comme Gertrude ?
Elles vont reconnaître sa voix ! Il a beau être actuellement
avec Joey et Jeff, ça ne me rassure pas du tout ! Il faut que je
fasse quelque chose !

C'est à ce moment-là que le premier jet d'alcool inonde
Vanessa. Je me rends compte qu'Athéna tient la bouteille
entamée dans sa main serrée alors qu'elle asperge Jeannette.
Les filles crient, se lèvent et je les imite d'un même bond et
hurlement alors qu'Athéna continue de les arroser par à-coups
successifs. Je ne sais pas qui réagit la première : soudain, l'une
des filles attrape une autre bouteille d'alcool pour m'arroser
en retour, suivie de la deuxième. On vide les bouteilles dans
une bataille d'alcool puérile improvisée à l'odeur écœurante
et je ne sais plus qui de moi ou d'Athéna finit par continuer
ce jeu.

La seule chose que je sais, c'est que mon portable est posé, totalement oublié, pendant qu'on ricane comme des bécasses, mouillées d'un mélange de tequila, rhum et gin, le cul par terre.

15

Jayden

Nous nous dirigeons avec Joey et Jeff vers notre pub habituel, tous trois éreintés par notre journée d'entraînement.

– Avouez-le, dis-je avec un petit sourire, vous avez gardé cette soirée rituelle pour avoir une excuse quand vous avez besoin de souffler loin de vos nanas.
– On a gardé cette soirée parce qu'être en couple ne signifie pas qu'on ne puisse pas avoir des activités indépendantes, me contredit Joey.
– Parle pour toi, intervient Jeff, je suis complètement dépendant de ma gonzesse et j'en ai pas honte. Non, moi j'ai gardé ces soirées rituelles pour voir l'évolution de Jayden en tant que célibataire ayant dépassé la trentaine ! C'est une observation scientifique…
– Une observation scientifique ? relevé-je. Évite d'utiliser des termes que tu ne comprends pas…

Il glousse et contre-attaque :

– Chacun son handicap, mon vieux, j'ai peut-être un problème de vocabulaire mais j'arrive à exprimer mes sentiments… À quand est-ce que remonte ta dernière déclaration ?

– À midi, quand je t'ai prié de t'étouffer avec tes œufs durs.

Il met sa main sur son cœur, les épaules frémissantes de son rire :

– Ah, mon vieux, j'étais sûr que tu m'aimais…
– La ferme, triple crétin.

Joey nous ouvre la porte en riant à gorge déployée et nous pénétrons dans l'ambiance chaleureuse du pub. Notre table nous est réservée, comme d'habitude, et on se hisse sur les tabourets alors que le patron, Richard, vient vers nous en poussant les clients de son ventre bedonnant.

– Alors les garçons, quand est-ce qu'vous allez me présenter vos femmes ?
– Jamais, dit Joey parfaitement sérieux.

Richard rit et Joey ne prend pas la peine de lui expliquer que ce n'était qu'une moitié de blague. Vanessa ne pourra jamais descendre dans ce pub bien trop bruyant pour elle. Enfin, là encore, ce n'est qu'une demi-vérité : Joey s'est transformé en super-héros pour sa belle et trouve toujours des moyens de lui faire vivre de nouvelles expériences ! Il serait bien capable d'organiser une soirée sur le thème du silence avec des casques antibruit pour tout le monde afin que Vanessa puisse intégrer le lieu de nos soirées pendant quelques heures.

– Ma femme mettrait de l'ambiance à n'en pas douter, glousse Jeff, mais ton vieux pub de poivrots ne la mérite pas !
– Sale petit ingrat, lance Richard, depuis quand elle est ta femme ? Vous n'êtes pas mariés, si j'me trompe ?

Jeff hausse un sourcil, cette fois parfaitement sérieux.

– Ça n'empêche pas que ce soit ma femme.

Richard explose de rire devant cette réponse primaire et possessive, une main posée sur sa bedaine, l'autre me mettant une claque sur l'épaule.

– Enfin, argue-t-il, je peux toujours compter sur Jayden pour rester fidèle à lui-même dans votre trio d'emmerdeurs ! D'ailleurs, j'ai repéré des petites minettes pour toi au bar…

– Sans vouloir te vexer, Richard, dis-je d'une voix dégagée, dès qu'un homme commence à appeler les femmes « minette » ou « bibiche », il ne joue plus dans la même catégorie que moi : je ne suis pas très porté sur les lots de consolation…

– Saligaud, rigole-t-il. Allez, dites-moi plutôt de quoi j'vais bien pouvoir vous remplir l'estomac !

Je commande une salade et de l'eau pétillante, ce qui ne manque pas de faire hurler de rire Jeff avec sa pinte et son burger. Il passe le repas à lever le petit doigt pour se foutre de moi jusqu'à ce que je le menace de le lui fourrer dans son trou le plus profond et le plus sombre.

– Tu ne peux pas, mon vieux, glousse-t-il, il s'agit de mon âme !

Je lève les yeux au ciel, réaction que la plupart des gens adoptent face à ce mec, et sens une main délicate se poser sur mon épaule. Je tourne légèrement mon visage, jetant un œil à la femme à la crinière auburn qui m'aborde dans un sourire :

– Salut…

Je hausse les sourcils dans une expectative distante et hautaine que je maîtrise parfaitement. Elle coince une de ses longues mèches de cheveux derrière son oreille et enchaîne en ne me voyant pas répondre :

– Je me demandais si ça te dirait te prendre un verre avec moi un peu plus tard…

Je souris avec indulgence, car j'ai beau être un connard prétentieux comme le dirait A., mon éducation stricte m'a inculqué quelques manières envers les femmes.

– Pas ce soir, désolé.
– Un autre soir, alors ?

Son insistance effrite ma patience et je lâche malgré moi :

– Je n'aime pas programmer mes plans baise, ça en gâche toute la saveur.

Elle cille et tourne les talons sans un mot de plus, probablement vexée. Je reprends mon verre pour boire une gorgée, quand le sifflement sidéré des mecs m'interpelle.

– C'était quoi, ça ? demande Joey.
– Quoi ? dis-je sur la défensive.
– T'es malade, vieux ? ajoute Jeff avec un air concerné. Depuis quand tu rembarres ce genre de nana ?

Ma susceptibilité me titille quand je réplique :

– Qu'est-ce qu'il y a, mon pote ? Tu commences à rester sur ta faim au bout d'un an de relation exclusive ?
– C'est qu'il s'agace en plus ! s'exclame l'emmerdeur de service en retroussant les lèvres. Tu ne vas pas me dire que l'allure mannequin à la taille de guêpe n'est plus ton style ?

Les courbes rondes des hanches de A., ses seins généreux, ses fesses rebondies... Moi, m'agrippant à ses lignes séductrices, féminines... Fait chier ! J'ai la trique rien que d'y penser !

– Regardez-moi ça, dit Joey avec un petit sourire devant mon absence de réponse, c'est qu'il nous cache un truc !
– Qu'est-ce qui te fait dire ça ? J'ai peut-être déjà un plan pour ce soir.
– Arrête ton char, Edouard, lance Jeff. Tu aurais un plan que tu n'aurais quand même pas dit non à cette fille ! Tu l'aurais embarquée pour rejoindre ton autre coup pour une partie à trois et tu aurais rembarré l'autre si elle avait refusé ! Je sais comment tu fonctionnes à ce niveau-là, mon vieux !
– Je vais tout faire pour ne pas relever que tu as l'air de bien connaître les habitudes sexuelles de Jayden, intervient de nouveau Joey.

Jeff glousse, puis prend une gorgée de sa pinte avant de reprendre :

– Moque-toi mais on sait tous les deux que cette bête-là ne dirait jamais non à une nana !
– La bête t'emmerde, dis-je avec tout le détachement dont je peux faire preuve.
– Tu as rencontré quelqu'un ? demande subitement Joey.

La question me fait m'étouffer avec la bouchée que j'étais en train de mastiquer. Je tousse bruyamment, attrape mon verre d'eau pétillante et bois plusieurs gorgées pour faire passer le tout.

– Moi avec la corde au cou ? Tu rêves, mon pote, finis-je par lâcher d'une voix éraillée.

– Si fermé d'esprit, soupire Joey.

– Je dirais plutôt que c'est un nourrisson, dit Jeff avec son air crapule. Il est au stade zéro du développement des émotions.

– À son âge, j'ai peur qu'il soit une cause perdue.

– Ou alors ça sera l'un de ces types de 60 ans qui se casent avec une jeunette dont personne n'arrive à croire à son amour pour son mari...

– Épousé par intérêt dans un moment de solitude.

Leur conversation faussement dépitée à mon sujet me glace plus que je ne veux bien l'admettre. Mon pire cauchemar ! Finir avec une de ces sangsues qui gravitent autour de moi depuis toujours ! L'horreur à l'état pur qui pourrait bien se concrétiser, plus vite que ne le laissent entendre Joey et Jeff, si mes parents trouvent un moyen de pression à me mettre dessus ! A. m'a laissé quelque temps de répit en venant à ce gala avec moi. Néanmoins, elle ne sera pas toujours là pour me sauver la mise et aucune autre femme qu'elle ne fait preuve de désintérêt et de sincérité.

Je secoue la tête sur cette pensée. A. est la seule femme en qui je peux avoir confiance. C'est fou ! Elle est tellement différente de toutes ces filles comme Amya, Ivanka ou Adele ! Pourtant, nous ne sommes pas faits pour avoir une relation autre que charnelle, elle et moi. Entre nous, il y a quelque chose de physique qui prendra fin dès sa mission achevée et ça vaut bien mieux comme ça ! Si elle est la seule femme loyale et franche qui m'entoure, c'est aussi celle qui me rend le plus chèvre ! On serait même bien capable de finir marteau tous les deux avant qu'elle ne découvre qui poste ces photographies ! Elle a une manière d'être tellement déboussolante... Ce côté titilleur, à la réplique facile, qui n'hésite pas à me renvoyer dans les cordes dès que ma susceptibilité me rend hargneux. Elle est... agaçante. Irritante. Et intrigante, je dois l'admettre.

– Tu es toujours avec nous ? demande Joey en me secouant par l'épaule.

Il a un air inquiet qui me force à sourire avant de jeter quelques billets sur la table et de sortir du pub. Les gars m'imitent et on marche ensemble vers le complexe où on a laissé nos voitures. Jeff passe le trajet à me vanner, comme à son habitude, avant de monter dans sa caisse et de se tirer. Joey m'attrape par la nuque avec un sourire amical :

– Il a beau t'asticoter sur tes sentiments, Jeff ne sait pas montrer qu'il tient à quelqu'un sans l'emmerder en permanence !
– Ce gars doit avoir une envie cachée de se faire casser la figure par des gens qu'il pousserait à bout, plaisanté-je.
– Il est inquiet pour toi. Tout comme moi.
– Il n'y a pas de quoi.
– Si. On se voit moins qu'avant tous les trois et c'est normal : on mène chacun notre vie. Mais on a remarqué que tu étais plus distant en ce moment, et on veut juste que tu saches qu'on est là pour toi si besoin.

Je lui donne une tape dans le dos parce que je ne sais pas comment lui exprimer ce qui me touche droit au cœur. Ces mecs… Ils sont rares de nos jours. Ces hommes sur qui on peut compter en toutes circonstances et qui sont comme des frères que l'on n'a jamais eus.

– Vous devenez trop sentimentaux, mon pote, lâché-je en ouvrant ma portière. Vous vous prenez la tête pour rien, vos femmes ont une mauvaise influence sur vous ! Faites gaffe à ne pas avoir les seins qui poussent !

Je le vois secouer la tête en souriant alors que je claque la portière et fais rugir le moteur. Je roule en pilote automatique et me gare dans la rue qui jouxte une résidence qui n'est pas ma maison. Je vois la voiture de Joey passer et j'attends.

Je sais que A. est là-dedans et qu'elle ne va pas tarder à sortir pour rentrer chez elle. Or, ce soir, je n'ai pas envie de passer ma nuit tout seul comme celle, morose, du dimanche au lundi que j'ai subie après l'avoir déposée devant sa maison.

J'ai besoin de lâcher prise, de contrôler ma vie, d'avoir une main sur les prochaines heures. J'ai besoin d'être un gars normal, un mec pouvant faire ce qu'il lui plaît. Un homme pouvant repousser les limites avec une femme. Avec A.

16

A.

La brise de la nuit me fait frissonner sous mes vêtements encore humides d'alcool. J'ai presque honte à l'idée de prendre le bus ainsi mais je n'ai pas le choix ! Je prie pour que le chauffeur m'accepte malgré ma dégaine et l'odeur que je dégage.

– Tu cherches un taxi ?

Je sursaute et mon cœur, l'insensé, se met à courir dans ma poitrine. À croire qu'il n'est pas au courant que nous ne sommes pas sportifs !

– Nom de Zeus ! Tu m'as fait peur, Jayden !

Penché dans sa bagnole avec son petit air condescendant et ses traits parfaits, il ressemble à un fichu ange déchu. Ou peut-être que j'ai simplement trop enchaîné d'épisodes de *Lucifer* dernièrement… Oui, c'est forcément cela !

– Monte, dit-il avec un petit sourire en coin.

Son ton m'agace mais je me mords la langue pour ne rien dire. Petit un : l'option est meilleure que de prendre le bus. Petit deux : je sais qu'il va râler dès que je serai montée, ce qui me réjouit d'avance.

Je me glisse sur le siège passager et ça ne loupe pas : il se recule en plissant le nez, une moue dégoûtée sur son visage parfait.

– Pourquoi tu empestes autant ? J'ai l'impression d'être le parrain d'une alcoolique !
– Les filles et moi, on a voulu tester les vertus d'une douche à l'alcool.
– D'une douche à… Fait chier ! Mes sièges !
– C'était du cuir ? Mince ! J'ai cru que tu étais un de ces mecs où tout l'attirail n'était qu'apparence…
– Qu'est-ce qui te rend de si méchante humeur ? contre-attaque-t-il. Ne me dis pas que tu es l'une de ces filles qui deviennent exécrables à l'approche de leurs règles ?

La voiture s'immobilise et il tourne vers moi son regard acéré. On se défie, plongés dans les yeux de l'autre, sans qu'aucun cède. Mon monde devient aussi argenté que ses iris à l'intensité brûlante et je sens ma respiration s'accélérer. Mauvaise idée ! Je suis poisseuse et je pue l'alcool ! J'ai besoin d'une douche illico presto !

Je cède avec une grimace, lui tournant le dos pour sortir. Je trottine jusqu'à l'entrée de ma maison et je l'entends ouvrir sa portière avant de la claquer tranquillement. Je sais qu'il va me suivre à l'intérieur et un frisson d'excitation me parcourt. Même dans mon état nauséabond, j'ai envie de lui. Ce mec est un crime contre la raison. La logique. La bienséance. Nom d'une nymphe en chaleur ! Ce type est un attentat à lui tout seul, faisant exploser mes hormones.

Je me jette sous ma douche pendant qu'Athéna entreprend de me balancer du savon en pleine figure. Je peste contre la douleur qui me vrille les yeux au contact du produit et me dépêche de me récurer soigneusement. Je prends le temps de faire deux shampoings et de m'appliquer une crème pour être sûre de ne plus sentir comme une rave-party.

Je sors de la salle de bains, enroulée dans mon peignoir blanc, et suis la lumière tamisée qui provient de ma cuisine. Jayden est là, debout derrière une chaise, les mains tenant le dossier, les bras tendus soutenant le haut de son corps. Il me scrute avant de me faire signe d'approcher. Mon cœur se met à battre la chamade alors que j'avance vers lui, irrésistiblement attirée.

Il contourne la chaise, tend la main et défait le nœud de mon peignoir. Ses yeux plongés dans les miens attisent l'électricité qui sature l'air et crépite entre nous. D'un geste délicat, il repousse le tissu éponge blanc et moelleux qui me recouvre et ses mains effleurent ma taille nue avec une douceur qui me crispe de l'intérieur. Mes seins se tendent, mes tétons se dressent et un lancinement étire mon bas-ventre. Je suis déjà prête pour lui, c'est insensé.

Il s'immobilise soudain et esquisse un petit sourire en coin en baissant le regard. Je l'imite et constate qu'Athéna a décidé d'entreprendre les choses sérieuses et d'ouvrir sa braguette. Il me saisit doucement les poignets et souffle :

– Pas encore, princesse.

Il profite de sa prise pour me faire pivoter puis reculer jusqu'à la chaise où il me fait asseoir. Je me retrouve à hauteur de son pantalon déboutonné et je ne peux m'empêcher de passer ma langue sur mes lèvres, lui faisant pousser un grognement.

– Ne fais pas ça, j'ai une promesse à tenir. Tu m'as défié de t'offrir les meilleures nuits de ta vie et c'est ce que je compte faire.

Il me lâche d'une main pour fouiller dans la poche arrière de son pantalon avant de sortir une paire de menottes roses que je reconnais directement.

– Espèce de sale fouin…
– Je me suis permis de fouiller un peu, ça t'apprendra à me faire patienter, lâche-t-il avec un rire dans la voix.

Il fait souplement le tour de la chaise, me tire les bras derrière le dossier avant de refermer les menottes sur mes poignets. Il prend son temps pour revenir devant moi maintenant que je suis attachée à la chaise de ma propre cuisine. Il dégage une assurance tranquille qui le rend incroyablement sexy. Comme si des ondes de sex-appeal se détachaient par vagues de son corps pour venir percuter le mien et renforcer mon désir pour lui. Il se penche sur moi, saisit mes hanches et avance mes fesses à la hauteur qu'il souhaite avant d'écarter ma jambe droite. Avant que je comprenne son intention, il verrouille ma cheville au pied de la chaise, côté extérieur, avec la ceinture de mon peignoir. Puis, lentement, il fait coulisser sa propre ceinture en cuir avant d'écarter mon autre jambe et de répéter l'opération.

Je sens le rouge me monter aux joues tandis que je tente vainement de me tortiller. Je ne peux pas faire grand-chose, si ce n'est bouger mon bassin en un mouvement équivoque. Peut-être devrais-je me sentir gênée d'être dans cette position, si offerte et vulnérable. Ce n'est pas le cas. Mon excitation monte encore d'un cran et l'épicentre de mon désir devient un véritable incendie.

À genoux devant moi, il se glisse entre mes jambes et s'empare de ma bouche. Il m'embrasse avec une ferveur furieuse qui me fait gémir alors qu'une chaleur humide se répand entre mes cuisses largement ouvertes. Ses lèvres expertes se moulent aux miennes, sa langue me goûte, ses dents m'agacent jusqu'à ce que mon souffle se fasse court et que je meure d'envie qu'il accélère les choses.

– Fais-moi confiance, chuchote-t-il.

J'ai envie de lui dire que c'est le cas. Même offerte à lui, totalement à sa merci, j'ai confiance. Il est le seul à réussir à me faire sentir ainsi : complète.

Après un coup d'œil à la cuisine, il disparaît un instant de ma vue avant de poser un tissu sur mes yeux, me plongeant dans le noir le plus total. Ma respiration résonne plus fortement à mes oreilles, et ma peau se couvre de chair de poule. Sa bouche glisse sur mon cou et je penche la tête sur le côté dans un gémissement. Il remonte jusqu'à mon lobe d'oreille que sa langue vient taquiner et je me mords la lèvre inférieure en découvrant cette nouvelle zone érogène.

Je le sens bouger dans mon dos, faisant bondir mon cœur, alors que l'anticipation amplifie mon excitation. Le fait de ne pas le voir, de ne pas savoir à l'avance ce qu'il va faire, d'essayer de deviner ses intentions… Tout cela crée un mélange de stimulations totalement nouveau et provocant.

Ses mains sur mes genoux me font presque sursauter de surprise. Il est devant moi et ses doigts remontent sur mes cuisses en une caresse séductrice. Ils dévient au dernier moment, me faisant grogner alors qu'ils parcourent mes hanches puis mon dos. Sa bouche se pose sur mon sternum où il dépose un baiser, et je râle malgré moi contre cette torture :

– Jayden…
– Qu'est-ce que tu veux ?

Je peux presque sentir son sourire satisfait sur ses lèvres mais je m'en moque.

– Je veux que tu me touches. Que tu me touches vraiment.

Un coup de langue sur mon téton me fait pousser un petit cri et me cambrer autant que je le peux vers lui. Le pic de plaisir redescend aussi brutalement qu'il est monté alors qu'il délaisse mon sein avec un petit rire, alimentant ma frustration et mon besoin de le sentir.

– Si réactive, ronronne-t-il.

Il mordille mon autre téton, me faisant ravaler l'insulte que j'allais lui lancer.

– Je dois t'avouer une chose, poursuit-il.

Ses doigts effleurent mon intimité et j'inspire longuement pour apaiser l'empreinte brûlante qu'il laisse dans son sillage.

– Je n'ai pas trouvé que les menottes…

Il écarte les plis de mon sexe et je pousse un petit cri. La tête rejetée en arrière, je bouge autant que je le peux contre sa main, provoquant des petites vagues de plaisir frustrant. Je me mords la lèvre quand il retire ses doigts avant de sentir quelque chose d'autre. Une surface lisse, ronde et douce qu'il pousse en moi avec lenteur, me faisant haleter.

Je sais de quoi il s'agit. L'œuf vibrant télécommandé que j'avais acheté en pensant un jour qu'il pourrait pimenter mon hypothétique et fantasmagorique vie de couple. Autant dire qu'il n'a jamais servi !

La seconde d'après, des vibrations m'emplissent et me crispent délicieusement. J'aimerais serrer les cuisses pour contenir ces nouvelles sensations mais je ne le peux pas. Je gémis alors que le plaisir monte lentement. La bouche de Jayden se pose subitement sur mon sein, aspirant mon téton avec vigueur avant de le lécher et le mordiller. La double sensation me fait crier et je m'arque sur ma chaise. Ses lèvres se déplacent, remplacées par sa main, alors qu'il accorde le même traitement à mon autre sein.

– Oh mon Dieu…

Je sens mon bas-ventre se tendre de plaisir pendant que les vibrations et la bouche de Jayden continuent leur manège. Le bourdonnement entre mes cuisses s'amplifie doucement, à la commande de Jayden, tandis qu'il me caresse et laisse descendre sa bouche sur mon ventre. J'ai l'impression que chaque parcelle de mon corps est sollicitée, touchée, embrassée et je ne sais plus où donner de la tête. Ma jouissance gonfle, me contracte. Des sons inarticulés sortent de ma gorge et je sais que je franchis le point de non-retour.

La tête en arrière, complètement abandonnée aux sensations qui enflent en moi, je ne ressens plus que le plaisir et les vibrations exquises qui s'intensifient un peu plus. Je hurle lorsque la langue de Jayden fond sur mon clitoris, taquinant mon bouton féminin avec volupté et expertise au moment où mon sexe se resserre encore et encore. J'explose en un orgasme dévastateur, secouée par les spasmes, déchirée par le plaisir. Mon esprit part, complètement catapulté, alors que je gémis encore sous les sensations incroyables qu'il me fait vivre.

Je sens vaguement que les vibrations cessent et qu'il détache mes chevilles avant de me hisser contre lui. Le dossier de la chaise glisse entre mes bras toujours liés par les menottes à mes poignets, et le bandeau improvisé tombe sur le sol.

Je dévore du regard son visage, beau à en crever, habité par une faim primitive qui fait repartir mon cœur dans une course folle. Il me pose, assise sur la paillasse, passe ses mains sous mes genoux et approche son bassin du mien avec une maîtrise impitoyable. Je me rends compte qu'il est nu lorsque le bout de son érection, couverte de latex, caresse mon entrejambe humide. Mon regard descend sur nos deux corps sur le point de fusionner et je ne peux m'empêcher de gémir une nouvelle fois. Je l'observe s'enfoncer en moi millimètre par millimètre avec un érotisme dévastateur. Mon sexe, toujours sensible sous l'effet des précédentes vibrations, accueille le sien avec un frémissement manquant de me renvoyer directement au septième ciel.

Appuyée sur la paillasse, je noue mes chevilles derrière lui. Ses mains se déplacent sur mes hanches, ma taille puis mes seins alors qu'il commence un lent va-et-vient. Ses pouces titillent mes tétons et je ferme les yeux, aux prises avec le plaisir qui monte de nouveau inexorablement. Je le sens se tendre, accélérer progressivement son mouvement, l'amplifier, le durcir au fur et à mesure que le plaisir l'assaille. Il pousse un râle, ses doigts s'enfoncent dans ma peau et nos cris se mêlent aux claquements de nos corps l'un contre l'autre alors qu'il me prend avec toute sa vigueur. Je tremble de la tête aux pieds contre lui, les dents enfoncées dans ma lèvre et les jambes serrées autour de ses hanches.

– Aphrodite…

Son murmure rauque, presque un souffle, me fait basculer avec fracas et je hurle sous le coup d'un nouvel orgasme, le rejoignant dans l'extase.

Je mets plusieurs minutes à redescendre de mon nuage et la première pensée cohérente qui traverse mon cerveau embrumé de plaisir, c'est qu'il n'y a que cet homme insupportable pour me faire aimer le son de mon prénom ridicule.

17

Jayden

J'ai passé la nuit dans son lit. Une première pour moi. Je ne dors jamais chez une femme avec qui je viens de coucher. Cela me permet de séparer une histoire de cul banale de ma vie personnelle. Une sorte de barrière.

Cependant, A. n'entre dans aucune catégorie préétablie par mon cerveau. Aucune situation semblable à celle-là ne s'est présentée avant elle. Ce n'est pas une de ces femmes que je n'avais jamais vues avant et que je ne reverrai jamais. Ce n'est pas non plus une véritable garce prête à me dépouiller de tout : mon fric, mon nom, mon statut... Elle est... unique dans ma vie. Tout comme cette nuit que l'on vient de vivre.

J'avais déjà cru atteindre un seuil de plaisir inégalé la première fois que j'ai couché avec elle. Néanmoins, ces heures sensuelles – perdu dans l'observation de son plaisir, perdu dans le goût de son corps, perdu en elle – ont été si intenses que je n'arrive toujours pas à les absorber. Comme si je ne pouvais toucher qu'à cet instant fabuleux avec elle et que mon cerveau seul ne pouvait mémoriser cette jouissance à l'état pur qui m'a secoué.

J'ouvre les yeux, entortillé dans ses draps. La couverture ne la couvre qu'à moitié, laissant deviner ses seins et soulignant sa peau laiteuse. Ses cheveux s'étalent en boucles serrées sur les oreillers comme des centaines de tourbillons noirs et soyeux. Elle bouge, ses paupières papillonnent et elle pousse un petit grognement avant que ses yeux se fixent sur moi.

– Quelle horreur !

Je hausse les sourcils, un brin vexé, me réfugiant derrière un masque hautain alors qu'elle poursuit :

– Ne me dis pas que tu me regardes depuis tout à l'heure !

Son exclamation est aussi surprenante qu'attendrissante et je retiens un éclat de rire pour mieux répondre avec un air exaspéré :

– Pourquoi je ferais ça ? Tu ronfles et tu baves, pas de quoi exciter un mâle en rut.
– Tu mens !

Son air est si mortifié que je suis obligé de rouler hors du lit pour cacher mon sourire.

– Pas du tout. Tu devrais te filmer la nuit et envoyer ça à un comité scientifique.
– Tu parles de ceux qui étudient le sommeil et te mettent des électrodes partout ? couine-t-elle.
– Non, je parle de ceux qui s'intéressent aux phénomènes paranormaux. Sérieusement, ce qui se passe la nuit au niveau de ton système respiratoire ne peut pas être naturel.
– Espèce de…

Sa phrase finit par une exclamation rageuse alors qu'elle me lance un oreiller en pleine figure. Je ris en lui renvoyant le coussin et elle me pointe d'un air menaçant :

– À ta place, je ferais attention ! Athéna peut envoyer bien pire qu'un simple oreiller dans ton joli minois !

Je continue de glousser en descendant les escaliers, vêtu de mon simple caleçon, pendant qu'un vacarme résonne derrière moi. Je ne sais pas si elle se bat avec sa main ou les derniers lambeaux de sommeil, mais elle est aussi délicate qu'un éléphant dans un magasin de porcelaine.

J'atteins le rez-de-chaussée et le vase posé sur le meuble, non loin de l'entrée, attire mon regard. Je ne l'avais pas remarqué avant, pourtant... Il n'y a rien de normal dans ce vase. Des stries le parcourent comme un réseau veineux, de la colle s'échappe de-ci de-là des lignes sinueuses... C'est perturbant. Lourd. On s'est acharné à reconstituer ce vase qui devait être en mille morceaux. Et pas qu'une fois, visiblement. Pourquoi ? Et pourquoi l'exposer ainsi ?

– Qu'est-ce que c'est ? demandé-je quand elle arrive derrière moi.

Elle se fige et son visage se ferme tandis qu'elle rétorque :

– Une relique, j'imagine.

Elle me dépasse sans rien expliquer, traverse le salon et disparaît dans la cuisine. Je la suis, frustré de ne pas comprendre. Je déteste être mis sur la touche.

– C'est toi qui l'as recollé ?
– Un nombre incalculable de fois, confirme-t-elle avec une pointe d'amertume.
– Pourquoi ? Ça n'a aucun sens. Il te suffisait d'en acheter un autre.
– Crois-moi, ce n'était pas mon idée...

– Quoi ? Enfin, c'est ridicule ! Pourquoi quelqu'un aurait voulu que tu...

J'esquive une orange au dernier moment, puis une deuxième et une troisième qui suivent la première comme des missiles. D'accord, message compris, elle n'a pas envie d'en parler ! Les réactions de sa main ne me trompent jamais. A-t-elle seulement conscience elle-même que c'est un véritable décodeur de ses émotions ?

Je me redresse et hausse un sourcil moqueur à son intention pour alléger l'atmosphère.

– Tu essayes de jongler, princesse ?
– Je tente plutôt de remettre au goût du jour cette humiliation publique où on jetait des fruits et légumes sur une personne prisonnière d'un carcan. Tu n'aurais pas vu mes menottes ?
– Tu veux m'attacher ? Entre nous, c'est beaucoup plus sexy sur toi...
– Tu dis ça parce que tu as peur qu'Athéna jette la clé après t'avoir fait prisonnier...
– Ça serait normal qu'elle veuille me garder, je suis irrésistible.
– Fichu prétentieux, ricane A.
– Je te l'ai déjà dit : ce n'est pas de la prétention à partir du moment où c'est vrai.

J'ai un petit sourire au coin des lèvres alors qu'elle secoue la tête, mains sur les hanches. D'un geste souple, je ramasse les oranges avant de la pousser gentiment de la paillasse. Je fais mine de ne pas remarquer le regard qu'elle me lance, celui qui traîne sur mon corps à moitié nu alors que je m'attelle à faire le petit déjeuner.

– Qu'est-ce que tu fais ?

– Je te montre que le fruit se mange, femme de Néandertal.

– Ah ah, très amusant…

Je détache un quartier d'orange et je le présente devant sa bouche. Elle me fixe un moment, plissant les yeux sans bouger, avant d'ouvrir ses lèvres. J'y glisse le fruit et elle referme ses dents dessus avec délicatesse. Je suis hypnotisé par l'instant. Je n'aurais jamais imaginé que ce simple geste puisse être aussi érotique. Qu'est-ce qui me prend ?

Je m'oblige à me détacher de son visage et m'applique à couper les quartiers de deux oranges. On mange sans rien dire de plus, simplement côte à côte devant la paillasse sur laquelle je l'ai prise hier soir. Je me retourne et m'y appuie afin de chasser les images brûlantes qui sillonnent mon esprit. Peine perdue, mon regard tombe sur les chaises de sa cuisine et une nouvelle salve de ce moment avec elle m'inonde la tête.

Je me frotte la nuque d'une main, engloutissant un autre quartier d'orange. C'est comme si je n'arrivais pas à me détacher d'elle. Ça me perturbe. Je n'ai pas l'habitude de gérer ce genre de choses. Je n'ai jamais eu à le faire. Me retrouver là, complètement obnubilé par ces instants si intenses… Je ne sais pas, cela me fiche les jetons.

Je m'excuse comme un poltron et pars prendre une douche dans sa petite salle de bains. Je laisse l'eau me laver le corps et l'esprit, chassant la moindre de mes pensées, avant de repasser mes vêtements de la veille.

Je ressors pile au moment où des coups résonnent contre sa porte. Elle me jette un coup d'œil alors que je m'immobilise complètement, comme un gamin pris sur le fait. Je la vois courir en tee-shirt et culotte jusqu'à la porte qu'elle ouvre tout juste assez pour voir qui est derrière.

– Lonan !

Son exclamation joyeuse est accompagnée d'un sourire radieux alors qu'elle ouvre la porte et les bras en grand. Je sens ma mâchoire se contracter quand le grand métis, que j'ai déjà aperçu au mariage de Vanessa, la serre dans ses bras avec chaleur. Il semble remarquer ma présence pendant qu'il étreint A. et il me jette un petit coup d'œil méfiant sans faire de commentaire. Quoi ? Je suis habillé et je ne serre pas une fille en culotte dans mes bras, moi. Fait chier ! Ça ne me plaît pas de la voir si peu vêtue dans les bras de ce géant. Je ne l'aime pas. Pas du tout. Il y a un truc qui ne me revient pas. C'est presque épidermique.

– Il faut que je te parle, dit-il en la relâchant sans même me saluer. Seul à seul.

Il lance un petit coup d'œil dans ma direction, que A. suit naïvement du regard avant de tomber sur moi. Elle rosit légèrement et ouvre la bouche sans trouver comment me foutre dehors poliment. J'ai les nerfs en vrille et mes poings se serrent.

– J'dois y aller.

J'articule avec difficulté avant de passer devant eux sans un mot de plus. Je sors, respire une grande goulée d'air avant de m'enfermer dans ma voiture et de démarrer en trombe. Je bous. Fichue susceptibilité ! C'est insensé mais je ne peux pas m'empêcher d'être en colère. Je n'aime pas ce type. Je n'aime pas sa façon de m'ignorer. Je n'aime pas sa manière d'être. Et surtout, je n'aime pas qu'il se pointe comme une fleur et qu'on me foute à la porte ! Fait chier ! Je déteste être mis sur la touche par un autre. Sûrement mon esprit de compétition qui se mêle à mon orgueil. J'ai quand même passé la nuit avec elle ! Voilà qu'un autre se pointe et je deviens transparent. Pire, je deviens « de trop » ! Je déteste ça !

Une petite voix dans ma tête murmure que, normalement, c'est moi qui fous les femmes dehors. Ou qui les laisse en plan après une partie de jambes en l'air. J'ai beau essayer de me raisonner, je reste sur les nerfs.

J'arrive comme un boulet de canon au complexe et je fonce dans les vestiaires. Bien sûr, je suis encore à la bourre. Joey et Jeff, en pleine discussion, se tournent vers moi comme un seul homme.

– Comment ça se fait que tu arrives toujours le dernier en ce moment, mon vieux ? me lance Jeff. C'est l'âge ? On arrive plus à se lever quand on atteint la trentaine ?

Lors de nos premiers échanges, j'aurais sûrement réagi au quart de tour et répondu d'un ton acerbe, piqué au vif. Maintenant, ce genre de remarque ne me fait plus rien : Jeff est un emmerdeur, il ne changera jamais. Ce qui ne veut pas dire qu'il n'arrive plus à me faire sortir de mes gonds...

– C'est plutôt que mon sex-appeal est multiplié chaque année et ça commence à me poser des problèmes, répliqué-je d'un ton aussi sarcastique que le sien. Tu comprends, les femmes n'arrêtent pas de me stopper dans la rue pour que je les soulage.

– Merde, vieux, dit-il avec un air concerné, tu dois avoir la queue en feu. Rouge écrevisse avec des cloques, ça doit faire mal.

– Je te rassure, mon pote, mon engin va très bien. Désolé que tu aies eu à subir ce genre d'expérience... La prochaine fois, pense au lubrifiant si ces dames ne mouillent pas assez pour toi, ça t'évitera ce genre de frottements désagréables.

Jeff glousse, comme le parfait emmerdeur qu'il est, alors que Joey sourit avec indulgence de nos piques.

– Sans rire, Jay, lance-t-il, les mondiaux approchent, tu ne devrais pas être le premier ici ?

Je lui lance un regard peu amène, agacé d'être rappelé à l'ordre.

– Si tu veux jouer au père de famille, mets ta femme en cloque, mon pote, et arrête de m'emmerder.

Joey prend une expression surprise et Jeff siffle entre ses dents avant de commenter :

– Dis donc, en plus d'être en retard, tu t'es levé du pied gauche on dirait…
– Ce n'est pas les affaires que tu portais hier ? demande Joey pendant que je les roule en boule dans mon sac.

Je ne réponds pas et enfile rapidement ma tenue pour l'épreuve de course combinée avec le tir. Je n'aurai qu'à imaginer Lonan en guise de cible…

– C'est pas vrai ! On aurait découché toute la nuit, mon vieux ?
– Une première… Elle devait vraiment valoir le coup…

Ou un de ces deux crétins… Je tourne les talons en lançant un « on se voit à midi », et je file vers la porte au moment où Jeff m'interpelle une dernière fois :

– Tu comptes nous la présenter quand ?

Vous la connaissez déjà, c'est la meilleure amie de vos femmes et on n'a fait que s'envoyer en l'air avant qu'elle ne me fiche dehors.

Je serre les dents pour ne pas sortir une réponse aussi brute et acerbe avant de lever le majeur et de me tirer de ce guêpier. Je les entends rire derrière moi et je secoue la tête, exaspéré.

Putain de merdier.

18

A.

– Je ne te pensais pas attirée par les « fils à papa », me lance Lonan dès que la porte s'est refermée derrière Jayden.

Je me tourne vers lui alors qu'une partie de mon esprit reste focalisée sur le départ de Jayden. Sa sortie précipitée me donne un petit coup au moral. J'ai aimé ce réveil avec lui. J'aurais voulu le prolonger un peu plus… Est-ce qu'il a apprécié lui aussi ? La manière dont il est sorti me fait presque grimacer. Je ne sais pas s'il était pressé de partir, s'il a compris que je n'avais pas d'autre choix que de lui demander de s'en aller ou s'il était tout simplement en colère.

Je me dégage tant bien que mal de mes réflexions pour répondre à Lonan avec agacement :

– Jayden n'est ni coincé, ni gauche, il ne correspond pas du tout à un « fils à papa ».
– Tu vois ce que je veux dire…
– Oui : qu'il a de l'argent, et alors ? Ça n'a jamais défini quelqu'un.

Mes réponses sont un peu vives. C'est tout juste si je ne montre pas les dents et Lonan me scrute avec intérêt.

– C'est donc sérieux entre lui et toi ?

Mon cœur bondit dans ma poitrine avant de se serrer douloureusement.

Par Héra ! Il ne manquerait plus qu'il pense que nous sommes en couple !

– Non !

Mon exclamation ressemble presque à un cri, ce qui n'arrange pas mes affaires. Lonan me fait son regard de flic et je souffle par le nez avant de reprendre plus posément :

– Non. C'est juste… un ami.
– Un ami qui traînait chez toi le matin pendant que tu te trimballes en culotte ?
– Tu oublies le tee-shirt. Et, au cas où tu ne l'aurais pas remarqué, tu te retrouves dans la même situation que Jayden.
– Sauf que je n'ai pas passé la nuit ici.
– Comment est-ce que tu peux savoir qu'il a passé la nuit ici ?

Il prend une expression blasée, pas dupe, et je ferme les yeux. D'accord, encore un truc de flic. Il a dû remarquer ses vêtements froissés ou quelque chose comme ça. Ou alors, ses collègues qui me surveillent lui ont dit que je n'étais pas seule… Misère ! Jayden me fait tellement perdre la boule que j'avais oublié que j'avais des flics aux fesses !

– OK, juste : ne pose pas de questions, tu veux ? Et si tu pouvais aussi garder ça pour toi.
– Garder pour… Mais dans quoi est-ce que tu t'embarques ?
– Pas de questions, tu te souviens ?

Il grogne et finit par acquiescer, ce qui me soulage plus que de raison.

– Je ne suis pas là pour ça de toute façon.
– Tu as retrouvé ceux qui te menaçaient ?
– Non. Pas encore.

Je fronce les sourcils. Je vois bien qu'il veut me dire quelque chose et qu'il peine à l'exprimer. Son visage est devenu sérieux, dur et froid. Je croise les bras, comme pour me protéger, et le pousse :

– Pourquoi es-tu venu ?
– Tu es suivie.

Mon cœur suspend ses battements, mes poumons cessent leur activité et mon cerveau s'arrête. Je ne comprends pas tout de suite, pourtant, une peur vicieuse fleurit dans mon estomac.

– Quoi ?

Un simple mot interrogatif, comme si j'avais mal entendu, mal compris, mal interprété ce qu'il vient de dire. Une interrogation dans un souffle, une question qui prolonge mon état figé.

Lonan soupire, passe la main sur son front et son crâne rasé avant de se laisser tomber sur le canapé. Moi, je reste totalement immobile, incapable d'esquisser le moindre geste.

– Une voiture t'a suivie pendant plusieurs minutes alors que tu te rendais à un café. Quand mes collègues ont été sûrs qu'il s'agissait bien d'une filature, ils ont appelé une deuxième patrouille pour la prendre en chasse pendant qu'ils continuaient d'assurer tes arrières. Dès que la voiture de police a débarqué, le véhicule suspect s'est fait la malle. Ils ont essayé de le suivre mais... Je ne sais pas ce qui s'est passé, ils l'ont perdu !

Je repense à ce trajet pour rejoindre les amis de Suzie. À ce moment où je me sentais épiée mais où je pensais qu'il s'agissait de flics un peu moins doués... Ont-ils attendu que j'entre à l'intérieur avant d'essayer d'intervenir ? Est-ce pour cela que je n'ai rien vu ?

C'est un capharnaüm sans nom dans mon cerveau. Des questions en bazar, des émotions filantes, un tournis régulier.

– Ils ont relevé la plaque d'immatriculation mais elle est fausse. Ça va prendre du temps pour retrouver cette voiture...

Il me prend la main et je me rends compte que je me suis assise à ses côtés. Je secoue la tête pour faire place nette. Il faut que je me reprenne !

– Je suis désolé, A. Vraiment. Tu ne devrais pas te retrouver en danger à cause de moi.
– Ce n'est pas ta faute.

Je me racle la gorge pour reprendre une voix plus claire avant de poursuivre :

– Ne t'accuse de rien, Lonan. Tu n'as certainement pas décidé d'être menacé par des fous, ni qu'ils me choisissent comme cible. Enfin ! C'est même incompréhensible ! On est amis ! Juste amis ! Ça fait des siècles que l'on n'a pas couché ensemble !
– Je pensais faire preuve de zèle aussi en te mettant sous protection mais il n'y a pas de doute, A. La filature, la fausse plaque... Cette personne dans la voiture en avait après toi.

Ils doivent me surveiller depuis longtemps, c'est la seule explication.

Cela me semble illogique. Pourquoi s'en prendre à moi pour atteindre Lonan ? Si ces gens le surveillent réellement depuis un moment, ils ont bien dû se rendre compte que notre relation a changé ! Et s'ils s'intéressent à lui depuis peu, je ne devrais pas avoir plus d'importance qu'une autre. J'ai l'impression qu'on loupe quelque chose. Quoi ? Je n'en sais rien. Peut-être que c'est une réaction naturelle : je rejette tout en bloc comme si c'était impossible. Et pourtant...

— Qu'est-ce qu'on fait ? demandé-je.

Encore un soupir. Il laisse tomber sa tête en avant, se prend le crâne dans les mains avant de se redresser et de m'expliquer avec culpabilité :

— Je ne peux pas te mettre sous protection dans un endroit sous clé. J'aimerais bien, mais c'est impossible. On ne sait pas combien de temps ce ou ces types vont mettre à sortir de leur trou. Le mieux à faire est de vivre ta vie pendant qu'une de mes équipes continue de te suivre. Ça ne me plaît pas mais c'est la meilleure solution. La patrouille aura peut-être dissuadé celui qui te suivait. Il sait que tu es protégée et surveillée maintenant.
— D'accord, dis-je en hochant lentement la tête. On va faire ça.

De toute façon, je n'ai pas le choix. Ce n'est pas comme si j'avais envie qu'on me mette en cage pour me préserver.

Lonan m'observe et je peux voir la douleur qui l'habite. Il doit souffrir de cette situation. Forcément. Il a choisi de protéger toute une population, quitte à mettre sa vie en danger, et voilà qu'il ne peut pas empêcher le danger de rôder autour d'une amie. Je l'enlace pour lui apporter autant de réconfort que possible, pour lui dire que je ne lui en veux pas.

– Je t'assure qu'on ne te lâchera pas d'une semelle, chuchote-t-il à mon oreille.
– Je vous fais confiance.

Il me relâche, se lève et se dirige vers la porte, avant de se retourner une dernière fois vers moi :

– Sois prudente.
– Toi aussi.

Il sort et l'angoisse m'étreint avec sauvagerie. Comme si elle attendait que je sois seule pour mieux m'assaillir. Athéna se pose sur mon ventre et j'acquiesce en silence avant de faire des exercices de respiration.

Je ne peux rien faire. Je ne peux pas empêcher un individu de me suivre. Et si je n'y peux rien, à quoi bon paniquer ? Il faut que je laisse les policiers faire leur travail. Il faut que…

La sonnerie de mon portable me fait faire un bond et je pousse un petit cri. Au temps pour la raison, en avant toute pour la démence !

– Décrocher en activant le haut-parleur, énoncé-je. Allô ?
– A. ? Est-ce que ça va ? me questionne Vanessa. Tu as une voix bizarre !

Je tente d'arrêter de couiner en reprenant :

– Bizarre ? Comment ça ?
– Je ne sais pas. J'ai l'impression d'avaler de la vase plutôt qu'une grosse vague d'eau, tu vois ?

Je souris et grimace en même temps de l'image. Il n'y a que Vanessa pour parler de cette manière. Sa synesthésie la rend vraiment unique.

– Tout va bien, lui assuré-je. Je commence peut-être à attraper un rhume. Qu'est-ce que tu fais ?

– Je lutte contre le sommeil. Sans rire, j'ai reposé l'ordinateur de Suzie à sa place, au cas où les flics décideraient finalement d'enquêter et de faire un tour chez elle. Et depuis, je suis en planque devant le logement de Bradley. Il tourne tellement en rond chez lui que ça me donne la nausée.

– La journée est loin d'être finie, peut-être que tu passeras aux vomissements d'ici quelques heures.

– Tu es d'un incroyable soutien, A., tu sais toujours quoi dire pour me remonter le moral.

Je ricane :

– C'est à ça que servent les amis ! Tu ne crois pas qu'il aurait autre chose à faire s'il était coupable ?

– Je n'en sais rien… Peut-être. En même temps, s'il est assez dingue pour enlever une femme, je ne suis clairement pas apte à entrer dans son cerveau ! Peut-être qu'il aime tourner en rond avant d'aller voir sa proie.

– Je devrais peut-être… tu sais, emprunter quelques caméras de l'État.

Autrement dit, jouer avec l'illégalité pour faire une bonne action. Vanessa se tait pendant un instant avant de soupirer :

– Pas maintenant. Je veux retrouver Suzie. Bordel, ça me rend dingue de ne pas l'avoir encore retrouvée ! Mais je ne veux pas que tu joues avec le feu si on peut l'éviter. Attends encore, on va suivre un peu les faits et gestes de Bradley, et si vraiment on ne trouve rien, alors tu pourras user de toute ta magie.

– Je ne suis pas sûre que les autorités qualifieraient mon talent de magique…

– Pourquoi pas ? On brûlait bien les sorcières à une époque.

– Oh mon Dieu mais c'est ça ! Je suis une descendante d'une lignée de sorcières ! D'où les mouvements incontrôlables de ma main : c'est la magie en moi qui cherche à jeter des sorts ! Tu sais, comme avec une baguette magique !

Je l'entends glousser au bout du fil :

– Bien sûr, dit-elle, et Jeannette recompose les ingrédients d'une potion magique tandis que j'identifie d'une seule voix les forces du mal et les forces du bien…

– C'est tellement excitant ! dis-je en jouant l'hystérique.

– Il y a du mouvement, Carabosse, je dois filer.

Elle raccroche sans attendre alors que je marmonne dans ma barbe :

– Carabosse est une fée, pas une sorcière.

Mon ordinateur émet un bip d'alerte pile à ce moment-là et je me précipite dessus. La fenêtre est celle du programme qui tourne en arrière-plan pour Jayden. Je mets une minute à lire les données que je reçois et comprendre qu'il ne s'agit pas du logiciel espion installé dans l'ordinateur de sa sœur. Quelqu'un s'est connecté au site Internet depuis un autre appareil, impossible donc d'enclencher la webcam. Mes doigts survolent les touches alors que je lance un programme de triangulation. Celui-ci pénètre les différentes barrières si facilement que j'en sourcille.

– Je te tiens, soufflé-je.

Un murmure pas vraiment convaincu mais le fait est là. Je l'ai trouvé. Géolocalisé, du moins. Alors, pourquoi cela me semble trop facile ?

J'ai l'impression de me faire rouler dans la farine.

19

A.

Je monte dans la voiture de Jayden après avoir regardé autour de moi. Bien évidemment, aucun signe de malade mental ni des policiers chargés de ma surveillance aujourd'hui.

J'ai passé la journée à ruminer et à retourner cette nouvelle avancée dans ma tête. Quelque chose cloche. J'en suis intimement convaincue. Ou peut-être n'ai-je pas envie de trouver celui ou celle qui poste les photos de Jayden sur le Net ? Une fois identifié, Jayden reprendra le cours de sa vie de sportif célèbre sans moi. Enfin, nous n'aurons plus aucune raison de nous voir. Jayden aura un panel de filles à sa disposition et moi... je retrouverai ma vie de vieille fille en devenir. Celle-là même qu'il a réussi à me faire oublier jusqu'à présent.

Mon cœur se serre et j'ai l'impression d'étouffer en bouclant ma ceinture.

– Où est-ce qu'on va ?

Sa mâchoire est serrée, son ton froid, ses yeux gris distants. Ma gorge se serre devant son attitude. Est-ce une façon de me préparer à un retour tout juste cordial de notre relation ? Ou bien cela cache-t-il autre chose ?

Je lui dicte l'adresse qu'il entre dans son GPS avant de faire gronder le moteur. Peut-être devrais-je lui dire que les flics me collent au train avant qu'il reçoive une amende ?

– On ne trouvera peut-être rien, dis-je en brisant le silence installé.

– Tu doutes de tes capacités ?

– Non. La géolocalisation est exacte. Tout comme elle l'était chez tes parents et, finalement, nous n'avons pas trouvé le responsable.

– Il a dû le faire cette fois-ci de son domicile.

– Sûrement... Mais pourquoi ne pas continuer sur l'ordinateur de ta sœur ? Pourquoi subitement changer ? Et pourquoi ne pas avoir utilisé un VPN comme au début ? Pourquoi arrêter de se cacher ? Je n'ai eu aucun mal à remonter à la source, il n'y avait aucune barrière ! C'est bizarre...

– Une imprudence de sa part ? Une erreur ?

Je secoue la tête sans répondre et me plonge, pensive, dans la contemplation du paysage qui défile par ma fenêtre.

– Je ne pensais pas que le flic et toi étiez si proches.

Je tourne la tête vers Jayden et son intonation tranquille. Cette soudaine constatation m'étonne.

– On est bons amis.

– Seulement amis ? Il y a l'air d'avoir plus que ça entre vous...

– Non, dis-je en haussant les épaules. On est sorti brièvement ensemble mais ça n'a pas fonctionné.

– Tu es sûre ? Il tient à toi et c'est le genre de type « bien », le héros qui se bat contre le mal rongeant ce monde. Le parfait prince charmant, princesse.

Je fronce les sourcils, irritée qu'il me pousse dans les bras d'un autre homme.

– Eh bien, non. Peut-être que les princesses en ont leur claque des princes charmants !
– Je disais ça pour toi…

Son ton peu préoccupé m'horripile. Je le fusille du regard alors qu'il reste concentré sur la route.

– Demande si j'ai envie d'écouter tes conseils la prochaine fois, ça t'évitera de gaspiller inutilement ta salive !
– Ma salive ne te dérangeait pas, hier soir, marmonne-t-il.

Je ravale mon flot d'injures alors qu'il tourne dans une petite allée en arc de cercle. Il s'arrête devant la propriété au moment où le GPS indique que nous sommes arrivés à destination.

Je n'ai pas envie de descendre de la voiture. Pourtant, je m'en extirpe avec raideur et suis Jayden jusqu'à la porte. Je me sens nerveuse. Il examine la façade avec condescendance, avant de frapper deux coups. Le battant s'ouvre sur une élégante jeune femme, dotée du même air hautain que Jayden. Une longue crinière ondulante d'un blond blanc, des traits fins, une stature gracile, de grands yeux bleus lui mangeant le visage.

Elle lève des sourcils parfaitement épilés, toute son attention concentrée sur l'homme à mes côtés.

– Jayden ? Qu'est-ce que tu fais ici ?

Elle semble à la fois surprise et pas vraiment ravie de le voir. Mon regard passe de l'un à l'autre, comme si je pouvais saisir ce qui se joue entre eux.

– Clementine ? Alors c'est toi ?

Il la scrute avec une sidération sincère et une étincelle de colère.

– Pourrais-tu être plus explicite ? s'agace-t-elle.
– Ne te fous pas de moi ! Tu es à l'origine de ce stupide site !
– Je savais que tu étais un enfoiré, Jayden, mais j'ignorais que tu avais des problèmes mentaux.

Je touche le bras de Jayden qui s'apprête à répondre vertement et il s'arrête dans son élan pour me jeter un regard en coin. La fameuse Clementine semble me remarquer et son beau visage de glace me toise sans subtilité.

– Peut-être devrions-nous entrer pour avoir cette conversation, proposé-je. Sauf si vous voulez que tout le voisinage en profite…

C'est cette dernière phrase qui semble la convaincre. Elle ouvre la porte et se décale pour nous laisser passer, visiblement soucieuse des commérages.

– Et vous êtes ? me demande-t-elle comme si je n'étais guère plus importante qu'un insecte.

J'esquisse un petit sourire confiant et j'énonce avec assurance :

– Mademoiselle Zuliani, je travaille pour une agence de détectives privées.

Le doute passe sur son visage alors que je soutiens son regard. J'ai toujours rêvé de faire ça ! Est-ce que Clementine se demande ce que je peux bien savoir sur elle ? Je me crois presque dans un film !

Elle esquisse un geste et on passe dans son salon. Je m'assois à côté de Jayden dans le canapé alors qu'elle s'installe dans un fauteuil en face de nous. Elle croise les jambes, le dos bien droit, et je tente de l'imiter avant de laisser tomber. Comment peut-on se tenir de manière si rigide sur une surface tellement moelleuse ? Je louche sur ses fesses pour déterminer si elle est vraiment assise ou si elle est juste en position de chaise au-dessus du fauteuil. Peut-être qu'elle fait du sport sans en avoir l'air ? Histoire de gagner du temps sur sa journée et d'entretenir son corps de déesse ?

Elle me regarde d'une manière étrange et j'arrête de me concentrer sur son postérieur pour me fixer sur son visage.

– J'ai deux questions pour toi, dit Jayden avec rudesse. Pourquoi est-ce que tu fais ça et où as-tu eu ces photos ?

– Dis-moi, Jayden, tu es sûr que l'eau de la piscine ne t'a pas créé des bouchons au niveau des oreilles ? Je ne comprends pas ce que tu racontes !

Sans un mot, Jayden attrape son portable dernier cri, pianote une minute et fait glisser l'appareil vers elle. Elle s'en empare, fait défiler le site et un sourire s'inscrit sur ses traits avant qu'elle ne rejette la tête en arrière pour rire avec délectation.

– Oh, Jayden, dit-elle, je ne sais pas qui est à l'origine de ce site mais je l'applaudis des deux mains.

Je cligne des yeux comme un fichu poisson rouge tandis que Jayden se penche en avant, ses avant-bras appuyés sur ses cuisses.

– Je sais que c'est toi, Clementine, assène-t-il d'un ton si glacial qu'il pourrait receler mille menaces.

Son sourire grimaçant me fait frissonner. Elle a l'air de se régaler de cette situation.

– Non. Crois bien, cependant, qu'il me tarde de parler de ce site à toutes mes connaissances…

Je sens Jayden se tendre à côté de moi, même si son visage ne laisse apparaître qu'une extrême froideur.

– Non, interviens-je, vous ne le ferez pas.
– Et pourquoi ça ?
– Nous avons remonté la source jusqu'à votre réseau. Ce qui veut dire que nous avons de quoi vous accuser pour la publication de ces photographies privées.

Je garde mon ton assuré en priant pour qu'elle ne pense pas au mot « piratage » et je poursuis :

– Si vraiment vous n'y êtes pour rien, alors cela veut dire qu'une personne mal intentionnée rôde autour de vous et essaye de vous faire couler avec Jayden. Entre vous et moi, je choisirais l'option « aider à débusquer le traître » plutôt que celle où vous nous déclarez la guerre et perdez.

Elle me considère d'un œil nouveau. Je suis passée d'invisible à insecte nuisible et pour finir, ennemie à abattre. Je ne sais pas ce qui est le mieux. Elle croise les jambes dans l'autre sens et acquiesce difficilement :

– Je vois, dit-elle. Que puis-je faire ?
– Me laisser l'accès à votre ordinateur.

Elle soupire et se lève. On la suit jusque dans un petit bureau et je me mets au travail. J'analyse l'appareil avec le même logiciel que celui utilisé lors du gala.

– C'est bien celui-ci, aucun doute. Il y a eu une connexion à onze heures ce matin sur le site en question.

– C'est ridicule, s'exclame-t-elle. Je n'étais pas ici à onze heures. Vous pouvez vérifier, j'avais un *shooting* jusqu'à quinze heures.

– Qui a accès à cette pièce ? Ou à votre maison en règle générale ?

Elle lâche un petit rire incrédule en me toisant. À nouveau, j'ai l'air d'un cloporte dans son regard. Magnifique.

– Vous voulez dire à part mon personnel ? Je dois vous faire la liste de tous les gens que je fréquente ? Vous n'avez pas fini de chercher !

– Fais-la, dit Jayden.

Elle n'apprécie pas l'ordre et soupire bruyamment.

– Bien. Je te la transmettrai au plus vite.

Il se rapproche d'elle, ses yeux gris pouvant geler toute une surface de la terre, avant d'articuler distinctement :

– Si tu contribues à la popularité de ce site d'une façon ou d'une autre, si j'ai le moindre doute sur toi, j'engage des avocats qui démoliront toute ta vie, Clementine.

– C'est ta spécialité de toute manière, lance-t-elle avec un mouvement de recul involontaire. Démolir.

– Je ne vois pas de quoi tu parles.

– Vraiment ?

Elle se tourne vers moi alors que je me lève, me prenant soudainement à partie :

– Vous l'aidez professionnellement, mais si vous avez le moindre espoir d'un intérêt personnel : oubliez. De femme à femme : cet homme ne mérite personne.

– Je vois bien votre rancœur mais votre jugement ne m'in…

– Rancœur ? C'est peu dire ! Vous savez ce qu'il fait ? La seule et unique chose qu'il sait réellement faire ? Vous baiser, crache-t-elle en se retournant vers lui.

Elle le regarde avec fureur et j'aperçois ce qui m'avait échappé jusqu'ici : elle est blessée. Jayden soutient son regard sans dire un mot, sans tenter de se défendre.

– Est-ce qu'il vous avait promis autre chose ?

Son attention se recentre sur moi. Elle semble sur le point d'exploser.

– Pardon ?

– Est-ce qu'il vous avait promis autre chose que de vous sauter ? demandé-je sans fard.

– Quand on couche avec quelqu'un, on est en droit d'attendre…

– Non. On n'offre pas son corps pour une nuit en espérant quelque chose derrière. S'il ne vous a rien promis, peut-être que vous auriez dû vous poser plus de questions. Vous vous êtes trompée toute seule. Il n'y est pour rien.

Elle renifle avec élégance, visiblement peu convaincue.

– Je crois plutôt que c'est vous qui vous bercez d'illusions. Revenez quand vous aurez ouvert les yeux, mademoiselle Zuliani.

20

Jayden

– J'ai un entourage charmant, n'est-ce pas ? Je crois qu'ils seraient tous prêts à me lapider pour une raison ou une autre. Je ne suis même pas sûr de croire qu'elle n'est pas responsable de ce site.

Je quitte l'allée claire, bordée de fleurs, en maniant doucement ma voiture.

– Je vérifierai son alibi. Je ne pense pas qu'elle ait menti, cela dit. Vu comme elle te déteste, elle t'aurait sûrement balancé en plein visage sa responsabilité s'il s'agissait d'elle. C'est cette même rancœur qui fait d'elle la parfaite fautive derrière laquelle le véritable coupable peut se cacher.

J'accélère sur la route, comme pour chasser ma frustration plus rapidement, et A. prend une grande inspiration.

– Tu dois te dire que je ne suis qu'un connard ayant mérité ce qui m'arrive.
– Non, me contredit-elle, je pense vraiment ce que j'ai dit à cette femme. Elle ne devrait pas t'en vouloir. Elle s'est blessée toute seule en pensant que t'offrir son corps lui apporterait autre chose. Quoi que ce soit.

Je profite de la ligne droite pour l'observer. Elle a cette expression totalement dépourvue d'artifice, comme à l'habitude. A. est sincère et sa manière de me défendre, de me comprendre, me remue de l'intérieur.

– Tu te souviens de cette relation que j'ai eue à mes 16 ans ? Et de la meilleure amie qui m'a attendu nue dans ma chambre ?

– Je m'en souviens.

– Clementine était la meilleure amie en question. Je ne sais même pas pourquoi elle m'en veut. Ce n'est pas moi qui suis allé la trouver pour m'envoyer en l'air !

– Elle voulait la place qu'occupait son amie : devenir ta copine. Elle s'est dit qu'en couchant avec toi, tu la prendrais à la place de l'autre. Elle n'a pas réfléchi au fait que tu les jetterais toutes les deux.

– Elle voulait surtout ce qu'elle recherche encore aujourd'hui : une bonne situation.

Je prends le virage avec un peu de brusquerie et je remarque qu'elle se crispe dans son siège, fermant brièvement les yeux. Mon pied se lève un peu de l'accélérateur, presque automatiquement, et je reprends une conduite plus souple.

– Est-ce que ça va ?

– Je n'aime pas les voitures, souffle-t-elle après une brève hésitation.

Je lui jette un coup d'œil interrogatif qu'elle intercepte. Cependant, je ne pose pas de question. J'attends. Je ne veux pas la brusquer. En même temps, j'ai envie qu'elle se confie à moi. Il y a tellement de points que j'aimerais qu'elle éclaircisse. Je veux… qu'elle me fasse confiance. Comme le soir du gala lorsque je lui tenais la main. Comme lorsqu'elle me laisse prendre les rênes de notre plaisir charnel.

Sa confiance. Cette chose si rare dans mon monde. J'y ai pris goût.

— Ils sont morts dans un accident de voiture. Mes parents.
— Je comprends…
— J'étais à l'intérieur.

Je me gare devant chez moi sans qu'elle s'en aperçoive. Elle semble partie dans ses souvenirs, la douleur peignant ses traits. Sa main gauche frotte de son poing fermé sur son sternum et je tends la main pour la saisir entre les miennes. Mon geste la ramène vers moi et elle plonge ses yeux verts dans les miens. Sa force sauvage est teintée d'horreur et je devine que ce cauchemar la poursuit encore aujourd'hui. J'ai mal pour elle. C'est peut-être la première fois de ma vie que je ressens la douleur de quelqu'un d'autre, l'empathie n'étant pas stimulée dans la famille Vyrmond. Je souffre avec elle alors qu'elle reprend d'un ton hanté :

— J'étais attachée. La voiture était complètement renversée. La ceinture me retenait. Je ne comprenais plus rien. C'était sens dessus dessous pour moi. Je ne savais plus où j'étais, où étaient l'avant et l'arrière de la voiture. La seule chose dont j'étais certaine, c'était que j'allais mourir.
— Pourtant, tu es là…
— Tu n'as ni raison ni tort.

Elle se tait sur cette phrase que je ne comprends pas tout à fait, et baisse les paupières pour refouler ses larmes. Je la sens se refermer, comprends qu'elle cherche un moyen de fuir ce mal qui la ronge et je ne peux que céder à cette requête silencieuse, incapable de la pousser un peu plus dans ce gouffre douloureux. Je cherche un moyen de la distraire, d'alléger l'atmosphère.

– Jeff me chambre souvent en me demandant si je viens à cheval. Je me dis parfois qu'on devrait vraiment songer à revenir à ce moyen de transport. Ça aurait quand même plus de gueule.

Elle pouffe d'un rire tremblant :

– Je te crois sur parole. Je ne suis jamais montée à cheval.
– Jamais ?

Elle secoue la tête et je lui souris :

– Viens.

Je descends et fais rapidement le tour de la voiture pour lui ouvrir la portière. Je l'entraîne à l'arrière de ma propriété. Elle écarquille les yeux en découvrant le jardin pourtant bien moins ostentatoire que les dizaines d'hectares de mes parents. On passe devant la piscine rectangulaire, à l'allure aussi classique que les bassins de compétitions, avant de traverser la pelouse et d'arriver aux écuries. Il n'y a que trois boxes mais cela semble l'émerveiller. Elle ouvre la bouche, ses lèvres formant un rond surpris, alors qu'elle avance doucement vers mon étalon et mes deux hongres.

– Ils sont magnifiques.

Elle tend la main sans oser terminer son geste, ce qui m'arrache un sourire. Je m'approche, enroule mes doigts autour des siens, et pose nos mains jointes sur le chanfrein d'un des chevaux, qu'on caresse doucement.

– Aucun risque qu'il prenne nos doigts pour des carottes, hein ?

Je glousse derrière elle :

– Évite de les peindre en orange et tout ira bien.

Elle lève le visage vers moi, un sourire taquin aux lèvres :

– L'argent, les prétendantes, les chevaux… Tu es sûr de ne pas être un de ces princes modernes ?
– J'espère bien que non : on m'a dit récemment qu'ils étaient démodés.

Je lui jette un regard lourd de sens qui la fait rire alors que j'ouvre le box et passe un licol à Philibert, le cheval préféré de ma sœur, avant d'y attacher une longe. A. recule prudemment, laissant un large champ libre, lorsqu'elle me voit le sortir de son box.

– Tu veux bien me ramener la boîte là-bas avec les brosses ? dis-je.

Elle s'exécute et me rejoint en posant la caisse à un bon pas de ma position. Je me penche pour attraper l'étrille et lui montre :

– Celle-là sert à enlever la poussière et les poils morts. Il faut faire des gestes circulaires. Tiens, passe ta main dans la sangle.
– Je ne préfère pas, on ne sait jamais avec Athéna…
– Tu as beau ne pas contrôler ses gestes, cette main fait partie de toi, A. De ta personnalité, de tes états d'âme. Je ne crois pas qu'elle pourrait faire du mal à ce cheval de quelque manière que ce soit.
– Tu oublies le verre qu'elle a lancé sur ton mur ? Ou cette claque qu'elle a mise à Adele ?
– Tu étais agacée quand tu as lancé ce verre. Quant à Adele, je crois qu'on peut dire que tu ne l'aimais pas. Est-ce que tu te sens en colère ou est-ce que tu détestes ce bon vieux Philibert ?

Je caresse l'encolure de la noble bête en interrogeant A. du regard. Elle finit par passer sa main dans l'étrille sous mon regard satisfait.

– Ravale ton sourire, grogne-t-elle.

Je l'élargis un peu plus pour l'agacer alors qu'elle se met à l'ouvrage avec application. Je lui passe les autres brosses au fur et à mesure, lui expliquant à quoi elles servent et comment les utiliser. Il y a quelque chose de profondément reposant à la voir baisser sa garde et se laisser aller à une tâche aussi simple que celle-ci.

– Allez, dis-je en rangeant la dernière brosse. Maintenant, grimpe !
– Quoi ?
– Tu m'as bien dit que tu n'étais jamais montée sur un cheval ? C'est le moment ! Je vais te faire la courte échelle.
– Il n'y a pas de selle ! Ni de rênes !
– Pense à t'agripper à sa crinière et serre bien les cuisses pour ne pas glisser.

Je m'agenouille et croise les mains devant moi avant de planter mon regard dans ses yeux écarquillés. J'attends patiemment, jusqu'à ce qu'elle se décide et pose son pied pour que je lui donne l'impulsion nécessaire.

– Nom de Zeus ! Qu'il est haut !

Je me relève et l'observe. Elle est magnifique. Assise fermement, mains devant elle, droite et fière, elle a l'allure d'une amazone sexy en diable. Je me saisis de la longe et mène tranquillement Philibert sur quelques pas, lui faisant exécuter un cercle et A. commence à se tortiller.

– Je comprends pourquoi on a inventé la selle ! Je me prends son os dans l'entrejambe et je peux te dire que ce n'est pas agréable.

Je ris et viens lui tendre les bras pour l'aider à descendre. Je remets Philibert dans son box, enlève longe et licol, puis on marche tranquillement vers la maison. Je nous sers un verre, un whisky avec quelques glaçons, qu'elle accepte sans rechigner cette fois-ci.

– Tu as déjà remplacé celui que j'ai brisé ? demande-t-elle en haussant un sourcil.
– Ce ne sont que des verres, A., ils n'ont aucune espèce d'importance pour moi.

Son regard change. Comme si mes paroles avaient eu un sens plus profond, une connotation qu'elle seule saisit. Je n'ai pas le temps d'y réfléchir, de comprendre, de lui demander ce qu'elle a entendu dans mes mots. Elle pose son verre sur la table basse et se penche vers moi. Sa bouche pulpeuse s'arrête à quelques millimètres de la mienne, me crispant de la tête aux pieds. Doucement, le bout de sa langue vient taquiner mes lèvres sans jamais venir jouer avec la mienne. Je m'avance en grognant et ses dents me mordent en retour. Mon souffle se coupe et mon sexe s'éveille. J'ignore comment elle s'y prend, comment elle fait pour que mon désir soit toujours aussi fort. J'ai tellement envie d'elle que cela en devient douloureux.

Je pose ma main sur sa joue et la fais glisser jusqu'à sa nuque, bloquant sa fuite. Je fonds sur sa bouche et son goût réglisse si excitant. Un doux-amer qui pourrait rendre n'importe quel type complètement fou. Je laisse ma langue jouer avec la sienne et découvrir ce qui la fait gémir. Je l'embrasse jusqu'à ce que l'on soit à bout de souffle tous les deux et que mon érection manque de percer mon pantalon.

Elle se recule sans s'éloigner pour autant, son visage près du mien, son corps contre mon corps.

– Est-ce que tu sens mon désir pour toi ? chuchoté-je d'une voix rauque. *Ça*, c'est authentique. Cette envie qu'on ressent subitement toi et moi, ce besoin irrépressible qui nous désinhibe. Je crois que c'est le seul moment où je suis sûr d'être vraiment *moi*. Le seul instant où je ne suis pas le type plein aux as, le sportif célèbre, l'homme que l'on voit sous une couture parfaite. Juste *moi*. Livré aux appétits charnels et pouvant faire *exactement* ce qu'il me plaît. Et tellement plus encore…

Elle m'observe de ses yeux sauvages, encore enfiévrés de notre baiser.

– Alors, dis-moi ce que tu veux *maintenant*, Jayden.

Je plonge dans son regard, fouille dans son âme. Le désir brûlant que j'y trouve, empreint d'une étincelle joueuse et déterminée, m'excite davantage. Je fais courir mes doigts sur son cou, savoure le frisson qui la parcoure, puis caresse ses lèvres.

– Tu n'as pas idée du nombre de fois où j'ai fantasmé sur ta bouche. Du nombre de fois où j'ai eu envie que tu me prennes entre tes lèvres…

Elle sourit et dépose un baiser sur le bout de mes doigts. Elle remonte mon tee-shirt avec lenteur et pose sa bouche sur mon ventre. La pointe de sa langue, douce et humide, s'amuse à suivre le chemin de mes abdominaux et je serre les poings pour gérer les sensations qu'elle provoque en moi. Elle continue de remonter mon haut jusqu'à ce que je le fasse passer par-dessus ma tête et le lance dans un coin. Sa bouche sème encore des baisers sur mon torse puis je me tends quand elle griffe légèrement un de mes tétons. Je ne sais pas s'il s'agit de sa main gauche ou de la droite. Je m'en fous. Il s'agit d'elle. Elle apaise la douleur en léchant la marque légèrement rouge puis redescend le long de mon corps.

– Enlève-moi ça, dit-elle en tirant sur la boucle de ma ceinture.

Sa voix est devenue plus grave sous l'effet du désir. Elle s'écarte pour me laisser manœuvrer, me dévorant du regard. Je ne suis pas sûr qu'une femme m'ait déjà regardé comme elle le fait, ni m'ait autant excité. Je défais ma ceinture et elle se débarrasse de son débardeur. Je tire sur mon pantalon et elle fait descendre le sien. Je m'arrête, imprimant les courbes de son corps, mémorisant l'image sensuelle d'elle dans sa lingerie fine.

Elle s'agenouille devant moi et passe ses doigts à l'intérieur de mon caleçon. Ses yeux plantés dans les miens, elle tire sous le dernier bout de tissu couvrant mon sexe. Il se dresse, libéré de cette barrière, et son regard se pose sur mon érection. La voir me mater ainsi, assumant pleinement son désir, relance l'élancement dans ma queue. Sans m'avoir encore touché à ce niveau-là, elle me met à genoux ! Elle passe sa langue sur ses lèvres et je me dis que je vais vraiment crever à cause de cette nana.

Sa main saisit la base de ma queue si sensible et exerce un premier mouvement de va-et-vient qui m'envoie directement dans les filets du plaisir. Je me contracte tout entier et elle se penche vers mon sexe, à moitié nue entre mes cuisses. Elle me renvoie un sourire joueur et effleure mon érection de sa bouche. Je pousse un grognement qui étire un peu plus ses lèvres. Elle dépose un baiser puis un petit coup de langue sur mon frein, jouant avec moi.

– Tu veux ma mort ? soufflé-je.

– Pas encore, ça serait trop rapide.

Je m'apprête à répondre lorsque sa bouche chaude glisse sur mon sexe. Je me fige alors qu'un râle m'échappe. Elle m'englobe, m'aspire doucement avant de monter et descendre avec lenteur.

– Putain, Aphrodite…

Sa langue s'active, me titillant, ajoutant aux sensations, alors qu'elle accélère doucement le mouvement. Je n'ai jamais connu quelque chose d'aussi bon. Sa main griffe légèrement ma fesse, ajoutant du sel à cette fellation d'enfer. Je me tends, le bas-ventre et les reins en feu, ma queue soumise aux vagues chaudes de plaisir. Je l'observe me sucer et je me mets à haleter. Ma main disparaît dans son épaisse chevelure et mon bassin se soulève. Je grogne, l'accompagnant dans son mouvement, et laisse ma tête retomber en arrière, totalement submergé par la jouissance brute qu'elle provoque en moi. Elle gémit autour de ma queue, faisant vibrer mon sexe, et me projette au bord de l'orgasme. Elle le sent, creuse les joues et accélère davantage. Je ne contrôle plus les mouvements de mon bassin, ni les grognements qui sortent de ma gorge. Submergé, je me noie dans mon orgasme, l'esprit éclaté en mille morceaux disséminés dans la puissance délicieuse qu'elle me fait ressentir.

Je redresse ma tête et la dévisage avec ses joues rouges, ses yeux brillants et ses lèvres gonflées étirées en un sourire satisfait.

– À mon tour…

Ma voix rauque la fait frissonner alors que je me penche pour l'attraper et la hisser jusqu'à mon visage. J'écarte sa dentelle trempée avec un nouveau grognement et colle ma bouche à sa saveur exquise me donnant l'impression que je ne serai jamais rassasié de cette femme.

21

A.

Le reste de la semaine passe sur le même modèle. Vanessa suit Bradley qui ne montre aucun signe de culpabilité, ce qui la rend complètement cinglée. La police dit souvent que, lors d'une disparition, les chances s'amenuisent passé les soixante-douze heures de recherches. Suzie a disparu depuis des semaines…

À chaque fois que je sors, je me demande si je suis seule ou si un malade surveille chacun de mes pas. De la chair de poule couvre parfois mes bras et un mauvais pressentiment m'étreint. Même Brian et son air de veau énamouré n'arrivent pas à me sortir de mes gonds et repousser mon malaise lors du groupe de soutien, le jeudi. Le seul moment où j'oublie vraiment tout, c'est quand Jayden use de toute sa sensualité. Les orgasmes qu'il me procure sont mieux qu'un mojito et des vacances combinées ! Effet bien-être garanti ! Chaque soir, je me perds dans ses étreintes et me redécouvre entière. Chaque jour, j'entraperçois un peu plus sa complexité et la profondeur qu'il dissimule sous son masque froid et ses piques condescendantes.

Je retiens une grimace lorsqu'il me transmet la liste longue de trois mètres de Clementine. Autant de noms à passer en revue, un par un, pour retrouver qui poste ces photographies.

Mes journées de travail et mes nuits décadentes ne me déchargent pas, cependant, des tâches quotidiennes. Je sors sur le devant de ma maison, en manque de sommeil et de caféine, pour rentrer ma poubelle – tâche ô combien gratifiante – quand Gertrude me fait signe d'approcher. Je retiens une grimace, désigne mon pyjama d'une main mais elle insiste. À tous les coups, elle veut me parler de ce fichu texto ! Pourquoi Alzheimer ne frappe-t-il jamais au bon moment ? À quoi bon garder en souvenir un stupide message et oublier où on a mis son dentier ?

Je m'avance vers la vieille dame et ses huit décennies en me forçant à sourire.

– Comment allez-vous, Gertrude ?
– Aphrodite, pupuce, j'entends un miaulement.

Je cligne des yeux. Gertrude a un chien, Kiki, qui adore s'accoupler avec ma jambe dès qu'il n'y a pas de témoin aux alentours. À moins que Kiki n'ait radicalement changé de cri, on a un problème. J'observe le sol, suivant le regard de Gertrude qui cherche autour d'elle, sans rien voir.

– Un miaulement ? répété-je. Vous êtes sûre ?
– Ah ! J'oublie peut-être certaines choses mais je ne suis pas encore sourde comme un pot !

Mes lèvres frémissent d'un sourire et je me mets à tourner sur moi-même, cherchant dans tous les recoins, comme la vieille dame, jusqu'à ce que le miaulement se répète.

– Vous entendez vous aussi, pupuce ? Je ne suis pas folle, dites-moi !
– Non, Gertrude, vous savez bien que je vous le dirais si vous deveniez dingo !

– Oui, c'est pour ça que je vous aime bien.

Un nouveau cri paniqué de l'animal se fait entendre et je me dirige vers la voiture garée à proximité du trottoir.

– Je crois qu'il est là-dedans ! grimacé-je. Il faut trouver le propriétaire de cette voiture pour qu'il nous ouvre le capot.
– Vous l'avez devant vous, le propriétaire ! Ah ! Vous croyez que je ne suis plus en âge de conduire une voiture ? Je vais chercher les clés.

Je la regarde tourner les talons et marcher vers sa maison avec autant d'énergie qu'un escargot. Gertrude au volant… De quoi me faire faire des cauchemars ! La douleur dans mes doigts me pousse à regarder ce que fabrique Athéna. Elle s'est glissée dans le maigre interstice du capot, qu'elle tire sans ménagement et sans effet. Je me bataille pour la retirer de là, sans succès, et finis par abandonner, la laissant à sa place. J'attends ce qu'il me semble être une éternité avant que Gertrude ne revienne avec les clés. Elle ouvre la voiture, s'installe sur le siège et je prie pour qu'elle n'ait pas oublié ce qu'elle devait faire. Il ne manquerait plus qu'elle allume le moteur !

Le capot se déverrouille dans un clic et Athéna l'ouvre à la volée. Je place la béquille de l'autre main alors que mes yeux se fixent sur la petite tête coincée dans ce bourbier.

– Salut toi, soufflé-je.

Il me regarde avec ses yeux verts perçants avant de reproduire le même miaulement déchirant. Gertrude se place à côté de moi pour observer le petit chaton, pinçant ses lèvres en voie de disparition.

– Ne restez pas là, pupuce ! Appelez un garagiste !

Je m'active, enclenchant la fonction vocale sous son œil acéré, avant d'appeler le garagiste le plus proche et de lui expliquer la situation. Il arrive en moins d'une demi-heure, me détaillant des pieds à la tête. Ah oui, c'est vrai, mon pyjama et mes cheveux en pétard ! Ma-gni-fi-que. Gertrude s'en va chercher une couverture pour le chaton pendant que le mécanicien s'active, ses gestes ponctués des petits cris du félin. En quelques minutes, il parvient à débloquer la boule de poils que j'attrape et serre contre moi. Gertrude pose la couverture sur lui et je l'emballe précautionneusement alors qu'il reste blotti dans mon étreinte.

– Il faut aller voir un vétérinaire, dis-je.

Je ne sais pas à qui je parle, tout le monde et personne à la fois.

– Je ne peux pas m'en occuper avec Kiki ! Il pourchasserait ce minou en aboyant comme un fou ! Non, non, pupuce, tu vas devoir t'en occuper. Va, je m'occupe de régler ce brave monsieur.

J'acquiesce comme un automate et commence à rebrousser chemin en grattouillant doucement la tête du petit chat, lorsque je l'entends m'interpeller de sa voix tremblante :

– Au fait, pupuce, j'ai reçu un message étrange de ta part...

Et merde...

***

J'ouvre la petite cage sur le sol de ma maison après être passée chez le vétérinaire. Le chaton file comme une fusée, regarde autour de lui puis grimpe sur mon canapé avant de miauler ostensiblement.

En levant les yeux au ciel, je m'en vais laver la gamelle flambant neuve et ouvrir le paquet de croquettes. En moins de deux minutes, il s'enroule autour de mes jambes en ronronnant avant d'engloutir son repas comme un affamé. Je m'assois sur le carrelage, à ses côtés, alors qu'Athéna a entrepris de le caresser sans se fatiguer.

– Crois bien que je note l'ironie de la situation, lui dis-je. Pelage noir, yeux verts, prisonnier d'une voiture… Vraiment, la vie a de l'humour.

Il ne répond pas, l'ingrat, continuant de vider son récipient.

– Si tu dois être un symbole, il te faut un nom qui convienne…

Je réfléchis pendant plusieurs minutes et les récits mythologiques que ma mère me racontait viennent inonder mon cerveau. Je pense à la pomme de la discorde qu'Héra, Aphrodite et Athéna se sont disputée avant de s'en remettre au jugement de Pâris, en essayant tour à tour de le corrompre. C'est finalement Aphrodite qui avait réussi à rafler la mise et… à provoquer la guerre de Troie.

Les coups énergiques contre ma porte me tirent de ma réflexion et je me lève pour ouvrir. Les triplées déboulent avant de s'arrêter devant la petite boule de poils qui se lèche les babines.

– Qu'il est chou !
– Trop craquant !
– Adorable !

Elles tombent à genoux devant lui pour le grattouiller et il se met à ronronner, redressant la tête comme s'il était le roi du monde.

– Ça n'a donc pas fonctionné entre toi et l'orgasme visuel ? me lance Aglaé.
– Quoi ?
– Tu sais, la bombe sexuelle, complète Euphrosine.
– Je crois qu'il s'appelait Jayden, dit Thalie.

Elles me lancent un regard par-dessus leur épaule tout en continuant à papouiller mon nouveau compagnon.

– Petit un, j'ai seulement été à un gala avec lui. Petit deux, pourquoi cette soudaine conclusion ? Et petit trois, arrêtez avec mon chat, vous allez le rendre mégalo.
– C'est le propre d'un chat, reprend la blonde.
– Et c'est à cause de ce nouveau petit amour qu'on te pose la question, dit la brune.
– Tu n'as même pas couché avec lui alors ? questionne Euphrosine. J'aurais parié le contraire, vu comment il te regardait… Ça m'en donne encore des frissons.

Je tente de garder un air détaché et hausse les épaules :

– Il se peut que j'aie légèrement batifolé avec lui…
– Ah !
– Je le savais !
– Comment c'était ?

Elles parlent toutes en même temps et je sens la migraine poindre :

– Je ne vais pas raconter les détails de ma vie sexuelle à mes petites sœurs !

– Pourquoi ? dit Aglaé.

– C'est de la transmission, m'assure Euphrosine, c'est essentiel.

Je leur fais les gros yeux et Thalie sourit en intervenant :

– Et le chat, alors, il s'appelle comment ?

– Pâris.

– Paris ? relève-t-elle. Comme la capitale de la France ? La ville de l'Amour avec un grand A ?

– Moi qui croyais qu'Aphrodite détestait son prénom à cause de la référence à l'amour, marmonne Aglaé.

– Non ! Pas Paris ! Pâris, dis-je en insistant sur le « s ». Celui qui a enlevé Hélène de Troie après qu'Aphrodite lui a promis la plus belle femme pour remporter la pomme en or qu'elle se disputait avec Athéna et Héra.

Elles m'observent sans rien dire un moment puis se concertent rapidement du regard, comme pour juger de ma santé mentale.

– D'accord, soupiré-je, laissez tomber. Vous êtes passées pour une raison précise ?

– Tatie est malade, me dit Thalie d'une voix douce.

Je me crispe tout entière. Tatie. Pour moi, elle n'a jamais été que ma tante. Pour moi, elle n'a jamais été que source de souffrance et de pleurs.

– Je sais qu'elle est malade, vous me l'avez déjà dit.

Ma réponse est sèche, abrupte. Je ne peux rien y faire. C'est plus fort que moi. Mon estomac se tord et mes yeux virevoltent jusqu'à ce vase bricolé. J'ai une boule dans la gorge et les mains moites.

– Non, c'est différent, murmure Aglaé.

– Le médecin a dit qu'elle n'en avait plus pour longtemps, poursuit Euphrosine en prenant les mains de ses sœurs.

– Elle veut te voir, me dit Thalie en me regardant droit dans les yeux.

Les siens sont pleins d'espoir et de douleur. Elle est triste et espère que je puisse exaucer le vœu de notre tante. La sœur de notre mère.

– Non.

Ma voix est râpeuse. Je secoue la tête et serre les dents. Mon cœur est douloureux. C'est au-dessus de mes forces. Je ne veux pas la voir. Je ne peux pas. Cette femme a failli me détruire complètement ! Cette femme m'a fait reconstruire encore et encore un vase qui appartenait à ma mère, m'accusant d'être détestable et égoïste. Même après, même quand elle a su, elle ne s'est jamais excusée. Alors, pourquoi devrais-je aujourd'hui la trouver ? Pourquoi les remords apparaissent toujours trop tard ? Pourquoi la douleur des uns aurait-elle plus d'importance en fin de vie que lorsqu'elle se distille dans notre construction ?

– Aphrodite, elle veut vraiment…
– Non ! Je ne veux rien savoir, Aglaé. Rien !

Elles se lèvent et me scrutent avec prudence avant que la douce Thalie n'ose reprendre la parole :

– On était là, nous, pour toi. On a fini le vase à ta place pendant que tu pleurais et que tes mains saignaient. Je comprends tes raisons. On ne vivait pas avec vous mais j'imagine que ça devait être dur pour toi. Aphrodite, si tu ne le fais pas pour elle… Tu devrais le faire pour toi. Parfois, se confronter à ses démons est le seul moyen de cicatriser.

Elles sortent en me touchant le bras chacune à leur tour. Je ne bouge pas. J'attends qu'elles referment la porte. Au claquement du battant, les larmes me montent aux yeux. Pâris se frotte contre moi, comme pour me réconforter, et je renifle bruyamment.

– Elles pensent imaginer mais elles ne comprennent pas, lui dis-je d'une voix éraillée. Je ne veux pas la voir…

Je me tourne vers ce maudit vase. Une relique, ai-je dit à Jayden. Et, même s'il appartenait à ma défunte mère, c'est surtout un rappel de ma propre perte.

Le cœur serré, j'attrape mon portable pour commander un taxi qui pourra me conduire vers la seule personne avec qui j'ai envie d'oublier.

22

Jayden

Après une première heure de musculation en compagnie d'Amya et Ivanka, on plonge dans l'eau pour quatre heures de natation. On enchaîne les différentes nages, répétant les techniques, surveillant le chrono. On repousse ses limites, on tire sur la corde, on se forge le mental. On se regarde, relève les fautes de chacun avant de recommencer.

Au bout de la quatrième heure, les filles n'en peuvent plus. Elles s'arrêtent sur le bord alors que j'enchaîne un autre cinquante mètres.

— Tu devrais prendre une pause, Jayden, ça ne sert à rien de se tuer avant les mondiaux.
— C'est ici que tout se joue, Amya, lors de l'entraînement. C'est maintenant qu'il faut se faire violence, se battre. Après, tout semble plus facile le jour J.
— D'accord, dit-elle en nageant vers moi, mais tu n'es pas un robot. Savoir écouter son corps est primordial. Qu'est-ce qu'il te dit en ce moment ?

Ivanka nous rejoint et se poste à côté de sa copine. J'enlève mes lunettes et mon bonnet puis hoche la tête.

— On fait une pause. On se ressource puis on y retourne.

Je me fiche de savoir si elles ont moins d'endurance, moins de force, moins de résistance. Ici, on est égaux. On est des futurs champions. Il n'y a pas de place pour les jugements de valeur et les différences entre hommes et femmes.

– Une idée pour détendre nos muscles endoloris ? demande Ivanka. Mince, je n'ai même pas assez de motivation pour sortir de l'eau…

– J'en ai bien une, lance Amya avec un sourire, mais ça nécessite un peu d'énergie avant que tout le corps se relâche.

– Oh, ronronne Ivanka, ça me tente bien.

Elles me fixent avec un air concupiscent et… rien. Elles ont beau me proposer un plan à trois, c'est le vide intersidéral de mon côté. Je recule pour attraper le bord de la piscine en leur lançant :

– N'hésitez pas à aller voir le voisinage, peut-être que certains seront intéressés.

– Oh, allez, Jayden… Tu te souviens comme c'était chouette ? me dit Amya.

– Comme on a pris notre pied ? ajoute Ivanka.

Cette dernière remonte sa main mouillée sur le bras de sa copine qui se tourne vers elle et colle son corps au sien. Leurs bouches se lient à grand renfort de gémissements qui manquent de me faire lever les yeux au ciel.

– Jayden ?

Je me retourne à la vitesse de l'éclair en entendant sa voix. A. m'observe avec des yeux écarquillés et rougis. Ou plutôt, scrute la scène globale qui ne doit pas avoir l'air très reluisante. Je prends appui sur mes bras et m'extirpe de la piscine en aspergeant tout sur mon passage.

Je me dirige vers A., qui est blanche comme un linge, et attrape une serviette sur mon passage, séchant mon visage et mon cou avant de la laisser sur mes épaules.

– A. ? Qu'est-ce que tu fais là ? Ça n'a pas l'air d'aller, qu'est-ce qui se passe ?

Je n'ai pas l'habitude d'être inquiet pour quelqu'un. C'est bien cela que je ressens pour elle en ce moment.

Elle ne répond pas, ses yeux fixés sur la piscine derrière moi. Je m'avance encore, ne laissant que peu de centimètres entre nous et lui bloquant la vue sur le bassin. Si près d'elle, je peux sentir sa tension, voir qu'elle retient ses larmes et semble prête à partir en vrille. Elle recentre son attention sur moi, s'arrimant à mon regard.

– Toi, qu'est-ce que tu fais ?

Sa voix est cassée, presque fragile, et je lutte pour ne pas la serrer contre moi. À quoi ça servirait ? Mon étreinte n'apporterait pas grand-chose, n'est-ce pas ? Nous ne sommes que deux adultes partageant le plaisir de la chair. Nous ne sommes pas assez proches pour que je puisse la prendre dans mes bras et la bercer contre moi. Cela serait… déplacé, non ?

– Je m'entraîne mais on s'en fiche. Tu…
– Tu t'entraînes ?

Elle répète d'un ton plus aigu qui m'écorche les oreilles, et pousse un petit rire qui n'a rien de joyeux.

– À quoi ? reprend-elle. À sauter tout ce qui bouge ?

J'ai l'impression de me prendre un coup en pleine figure.

En une question hystérique, elle me remet en cause, doute… M'enlève cette confiance que j'apprécie tant. Je serre la mâchoire pour ne pas lui montrer qu'elle vient de me blesser, et joue au connard arrogant, ce que je sais faire de mieux :

– Je n'ai pas besoin d'entraînement pour ça, princesse.

Elle a un mouvement de recul qui me donne envie d'avancer, de l'attraper et de lui dire d'arrêter les conneries. Avant même que je n'aie pu bouger, pourtant, elle tire une grimace amère et croise les bras :

– Ouais, je vois. C'était trop pour toi, hein ? Même avec nos « extras », ce n'était pas assez. Il fallait que tu sortes ta queue de ton pantalon pour qu'elles puissent toutes constater que tu as bien quelque chose entre les jambes.

Je respire un grand coup en essayant de me montrer raisonnable. Le problème avec l'esprit de compétition, avec l'envie de gagner en permanence, c'est qu'on a besoin de remporter jusqu'aux joutes verbales. Tous les coups sont permis.

– Je n'ai pas besoin de leur montrer : elles l'ont déjà constaté il y a plusieurs mois et ont adoré.

Pendant une seconde, je crois qu'elle va me gifler. Puis une lueur passe dans ses yeux, et elle se dégonfle tout à coup. Les larmes qu'elle avait refoulées pendant notre querelle reviennent en force et ses paupières papillonnent pour les refouler. Sa tête tombe vers l'avant, comme si son cou rendait les armes, et elle se masse le front d'une main. J'ai l'impression que mes forces m'abandonnent en même temps qu'elle. Mon corps réagit aux réactions du sien. Je m'en veux de ne pas avoir su me taire, de ne pas réussir à être ce dont elle a besoin à cet instant.

– Dis-moi ce qui ne va pas, A.

C'est presque une supplique qui sort de ma bouche en un murmure rauque. Je n'ai pas l'habitude de tout ça. Je ne sais pas quoi faire de mes émotions. Ni comment réagir. Elle renifle, se redresse et pince les lèvres.

– Rien. Je n'aurais pas dû venir ici, je ne sais pas pourquoi…

Son regard essaye de dépasser mon épaule. J'ignore ce que font Amya et Ivanka dans mon dos mais je m'en fous. Tout ce qui compte, c'est la femme qui me fait face et que je n'ai jamais vue dans un tel état. Tout ce poids que je sens émaner d'elle… C'est comme si on me comprimait les poumons. J'ai l'impression de manquer d'air. Elle secoue la tête et reprend :

– Enfin si… Je… Je ne peux pas continuer comme ça, Jayden.

Je fronce les sourcils :

– Comme quoi ?
– Ça, répète-t-elle en désignant l'espace autour de nous. Je n'avais aucun droit de te demander d'arrêter de t'envoyer en l'air. Je…
– A., il ne s'est rien passé dans cette piscine.
– Ça ne change rien… Je n'aurais pas dû…

Elle se tait, mettant tout mon être en suspens, et ferme les yeux pour trouver les mots :

— Tu ne devrais pas avoir à te contenir. Et moi non plus. Ces femmes qui s'embrassent dans ta piscine… Ça fait partie de toi. Je ne dis pas que ça le sera toujours, je dis simplement qu'aujourd'hui tu devrais vivre comme tu en as envie. Sans qu'on t'en empêche.

Elle marque une pause et j'essaye de parler. Rien ne sort. Je ne comprends pas vraiment ce qui se joue. Ça a l'air de nous dépasser. D'être plus grand que cet instant, bien au-delà de cette pitoyable scène dans la piscine. Je ne saisis pas ce qui se passe réellement dans son esprit. Ni dans le mien. Je suis figé dans cet acte, attendant la chute.

— Je vais trouver le responsable de ce site, comme promis. Pour le reste… Je préfère qu'on arrête maintenant, Jayden. Ça n'a pas de sens d'attendre quelques jours de plus jusqu'à ce qu'on trouve le responsable. Ces nuits avec toi… Il vaut mieux y mettre fin tout de suite. Avant que ça devienne gênant pour l'un comme pour l'autre…

Son dernier mot brisé est à peine audible. Et je reste là, planté comme un con, pendant qu'elle tourne les talons.

23

A.

C'est lorsque je rentre chez moi que je m'écroule pour de bon. Je n'ai même pas la force d'aller jusqu'à mon canapé. Je me laisse glisser par terre alors que les sanglots m'étouffent. C'est comme si une digue cédait. Je pleure tout mon soûl, inonde mes joues, assèche mes yeux, soulage mon cœur. Cette pauvre andouille, cette chose toute douloureuse, toute ratatinée. Ce petit bout de rien du tout qui me fait si mal.

Je suis une idiote. Une complète imbécile. J'ai dit à Clementine qu'elle s'était elle-même leurrée, blessée... Et je suis exactement dans le même cas. Sauf que je n'éprouve aucune rancœur envers Jayden. C'est à moi que j'en veux. Je me suis menti, je me suis enfoncé la tête dans le sable et bourré l'esprit d'illusion.

Comment ai-je pu croire que je pouvais changer en un claquement de doigts ? Comment ai-je pu être si naïve ? On ne change pas son « moi » profond. Je suis cette fille un peu trop rêveuse, un peu trop sensible, beaucoup trop romantique.

Princesse. Je l'entends souffler ce mot dans ma tête et mes pleurs redoublent. Jayden m'a cernée en un rien de temps. Il a *su*. Il a vu en moi. Je suis cette idiote qui soupire devant une romance et attend désespérément de vivre sa propre histoire d'amour. Celle qui transporte. Celle qui illumine. Celle qui transcende.

Comment ai-je pu croire que je ne tomberais pas amoureuse de cet homme ? Comment ne pas l'être ? Jayden est tellement plus profond qu'il ne le laisse penser. Plus complexe. Il a été élevé pour la grandeur. Il a grandi pour être au-dessus de tout et de tous. Et pourtant... Il est plus humain que beaucoup. C'est tellement un fouillis, un réseau entrecroisé d'émotions prenant des chemins de traverse, qu'il ne s'en rend pas compte lui-même. Sous cette couche de prétention et de condescendance, sous ce moule froid qu'on lui a forgé, il a réussi à se construire. Sa relation précieuse avec sa sœur qu'il regarde comme s'il était prêt à se jeter devant elle pour la protéger à tout moment ; son amitié loyale et sans faille pour Joey et Jeff ; son dégoût pour ce monde d'hypocrisie qu'il rejette en bloc ; son besoin d'exister, d'être vrai, réel, qu'il a transformé en talent pour le sexe...

Je prends une grande inspiration, en manque d'air. Le flot de mes larmes ralentit. Mon cœur essoré est engourdi. Mon corps entier manque d'énergie. De cette petite flamme de vie qui pousse à rire et rejeter la tête en arrière pour profiter des rayons du soleil. De ce petit rien qui fait tout.

Pâris grimpe sur mes genoux et se roule en boule contre mon ventre, partageant avec moi sa chaleur. Je renifle et pose ma main sur cette petite boule de poils.

– Comment ai-je pu ne pas m'en apercevoir avant ? soufflé-je.

Quand sa prétention a-t-elle commencé à me faire plus sourire que m'agacer ? Quand ai-je commencé à aimer nos échanges mordants ? Depuis quand est-ce que j'aime qu'il me pousse à bout ?

Bien sûr que je suis amoureuse de lui. C'est vers lui que je me suis tournée pour chasser mon chagrin. Pas Vanessa, Jeannette, Lonan... *Lui*. Celui qui me fait tout oublier. Le monde. Les fous. L'absurdité. Tout ce qui n'est pas lui et moi. Celui qui me rend entière à nouveau. Celui qui me réconcilie avec moi. Celui qui me rend *une*, ce que je n'avais plus l'impression d'être depuis longtemps. Ce que l'accident, ma tante, la vie m'avaient enlevé. *Lui* m'a retrouvée. Il m'a montré ce que je suis toujours : *une* femme. Différente. Particulière. Mais entière. Absolue.

Et parce qu'il m'a rendue à moi-même, je lui dois la même chose. Je n'ai pas le droit de lui enlever sa manière de vivre, de lui arracher la façon dont il se construit. Je ne suis qu'une femme parmi les autres, une fille sur son parcours qui forge cet homme, qui lui permet de saisir pendant un instant cette authenticité qu'il recherche et chérit, qu'il soigne à sa manière et fait grandir chaque nuit dans un nouveau lit. Jayden est à la poursuite de lui-même.

J'embrasse la petite tête de Pâris, qui me jette un regard courroucé en sentant son pelage se mouiller. Il déguerpit et je me force à me lever. Il faut que je m'occupe. Que je passe à autre chose. J'en ai besoin si je ne veux pas finir en zombie.

Je me traîne jusqu'à mon fauteuil et m'assois devant mon ordinateur. Mon vieil ami sur qui je peux toujours compter pour m'absorber complètement. Je pense à cette insupportable disparition et je sais ce que je dois faire. La seule manière de me rendre utile et de me dissimuler ma douleur en même temps.

Alors prudemment, comme un fantôme, je me plonge dans le système de la ville. Je détourne les caméras une à une sans me faire remarquer. Je crée des impasses, renvoie les indices que je sème derrière moi jusqu'au bout du monde, complexifiant la tâche de ceux qui voudraient me retrouver si on découvre que j'ai infiltré le réseau de tout l'État d'Oklahoma.

Je redouble de prudence, tissant une toile complexe et transformant les heures en secondes. Je ne prends pas la peine de faire une pause, de manger ou de boire. Je reste focalisée. Je me rends compte que la luminosité baisse jusqu'à disparaître au moment où j'ai la main sur le réseau entier. Je commence alors par rentrer de manière encore plus douce dans le réseau informatique d'une unité de protection. La police du département, le FBI, la CIA, tous sont dotés du logiciel qui m'intéresse. Je soulève un par un les fils, les pièges qui parcourent le chemin, démêle les nœuds, laissant la nuit passer sans broncher. Il me semble que mes yeux brûlent et piquent. Je m'en fiche. Je ne bouge pas jusqu'à ce que j'aie la main sur le logiciel de reconnaissance faciale que je mets en relation avec le réseau des caméras de la ville avant d'entrer une photographie de Suzie. Alors seulement, je me traîne jusqu'à mon canapé et tombe dans les sombres profondeurs du sommeil.

**

C'est le bip de mon ordinateur qui me réveille en sursaut. Je ne sais pas quelle heure il est. Mes yeux s'ouvrent et la lumière du jour m'aveugle brièvement. En tâtonnant, la vision encore floue, je m'avance vers mon bureau.

Une image s'est affichée et il me faut un moment avant de comprendre. Quand la connexion se fait dans mon cerveau, c'est comme si on avait actionné le bouton « ON » de mon corps. Je me redresse, parfaitement alerte.

Suzie. Reconnue et détectée par une des caméras. Le soulagement déferle en moi en constatant qu'elle est bien vivante. Je remonte jusqu'à la caméra concernée et relève le lieu où elle vient d'être aperçue : devant un hôtel de Greenwood, un quartier de Tulsa. Pourquoi aller se perdre dans la deuxième plus grande ville d'Oklahoma sans rien dire à personne ? Pourquoi inquiéter tous ceux qui tiennent à elle ?

Je secoue la tête. Ce n'est pas à moi d'y répondre mais à Suzie. J'attrape mon téléphone et appelle Vanessa :

– Dis-moi que Suzie vient d'utiliser sa carte bancaire pour nous donner un indice, dit-elle en décrochant.
– Elle n'a pas utilisé sa carte bancaire mais je sais exactement où elle se trouve.
– Comment ?
– J'ai utilisé mon talent spécial. On est tellement peu nombreux à savoir le faire que ça serait du gâchis de ne pas m'en servir…
– Bordel, A., et si le FBI frappe à ta porte pour t'embarquer, tu feras quoi ?
– Je demanderai un bilan psychologique. Je le raterai haut la main et ils ne pourront pas m'enfermer dans leur cellule d'un mètre sur un.
– Très amusant, soupire-t-elle. Où est-ce qu'elle est ?
– Elle a l'air de loger dans un hôtel de Greenwood à Tulsa. Elle a dû payer en cash, avec l'argent retiré, ce qui expliquerait pourquoi on ne l'a pas trouvée avant. Et, avant que tu le demandes, elle a l'air d'être seule et d'aller bien.
– Au moins, c'est une bonne nouvelle. Pourquoi n'avoir rien dit à son frère ?
– Aucune idée. Je vais le contacter pour le mettre au parfum et qu'il arrête de se faire du mouron. Le pauvre…
– Parfait, je vais pouvoir arrêter de suivre Bradley partout. Ce gars est ennuyeux à mourir !
– Rentre chez toi, je m'occupe du reste.

– Non, pas encore. Greenwood est à un peu moins de deux heures de route. Je vais y faire un détour maintenant, aller voir Suzie et lui dire que des gens s'inquiètent pour elle.

– Je te parie que son frère va vous rejoindre dans la foulée.

– Oui, j'arriverai probablement tout juste avant lui. J'aurai quelques minutes pour expliquer à Suzie qu'il nous a embauchées et qu'il arrive.

– Tiens-moi informée.

– Toi aussi.

Elle raccroche sans plus de formalités et je l'imagine déjà enfoncer la pédale d'accélération. Je perds cinq minutes à rechercher le téléphone du frère de Suzie avec qui je n'ai échangé que des e-mails de formalité administrative. Il décroche au bout de la deuxième sonnerie :

– Allô ?

– Bonjour, mademoiselle Zuliani de l'agence de détectives privées de Norman.

Une brève pause pendant laquelle je me demande s'il m'entend avant qu'il réponde :

– Oui…

– Je vous appelle concernant votre sœur, Suzie. Nous avons réussi à la retrouver.

– Où ça ? Où est-elle ?

Je grimace. Pour moi, la première question à poser était de savoir si elle allait bien. Presque un mois sans nouvelles, c'est long. La localisation n'est plus à une minute près.

– Greenwood, à Tulsa. Je vous envoie l'adresse de l'hôtel dans lequel elle loge par e-mail en même temps que la confirmation d'encaissement de votre paiement.

– Faites ça.

Il raccroche et je me dis que si dans l'entourage de Suzie ils sont tous aussi abrupts, je comprends pourquoi elle a mis les voiles sans rien dire à personne. Je débloque la dernière moitié de la somme versée pour cette enquête dormant sur un compte dédié et envoie le fameux e-mail.

Je me lève au moment où Pâris miaule dans la cuisine, me rappelant que tout être a besoin de se nourrir. Lui d'abord, à en croire ses cris. Je lui sers sa portion avant de me faire chauffer un plat tout prêt et de me forcer à en avaler quelques bouchées. Sortir un gobelet en plastique pour boire me fait tirer une grimace.

Ce ne sont que des verres, A., ils n'ont aucune espèce d'importance pour moi.

Le souvenir de cette phrase me serre le cœur. Il ne s'est même pas rendu compte à quel point cela m'a touchée. J'y ai entendu que les verres étaient remplaçables, qu'il pouvait les échanger contre d'autres alors que moi… Moi, j'avais plus d'importance. Boire un verre avec lui n'était pas remplaçable. C'était un moment qui comptait.

Athéna lance avec force le verre en plastique qui rebondit contre le mur sans se casser. Je l'observe un moment avant de passer devant sans le ramasser. Je me poste de nouveau à mon bureau, décidant de faire les comptes et de m'abrutir l'esprit de chiffres plutôt que de souvenirs. Au moins, je serai sûre que notre société n'est pas en train de couler. Je m'attelle à la tâche, rentrant les derniers mouvements, quand un détail m'interpelle. Je fronce les sourcils en rouvrant l'e-mail contenant les informations sur le frère de Suzie et sa pièce d'identité. Il partage bien le même nom que sa sœur… Pourtant, le compte ayant transféré l'argent est rattaché à un autre nom… Ce n'est peut-être rien, un ami a pu faire le virement pour lui mais… Un malaise s'empare de moi et me pousse à vérifier. En quelques clics de souris et quelques touches du clavier, je dégote la carte d'identité du nom inscrit sur le compte en banque. Mon souffle se coupe quand j'aperçois *exactement* la même photo d'identité que sur la carte du frère de Suzie.

– Nom de Zeus, qu'est-ce que c'est que ce bordel…

Je maltraite un peu mon ordinateur en tapant brusquement sur les touches pour sortir la carte d'identité du frère de Suzie enregistrée par l'État.

– Merde !

Je me jette sur mon téléphone en regardant l'heure. Vanessa doit être déjà arrivée à l'hôtel ! Ce qui veut dire que ce taré, peu importe de qui il s'agit, est sur ses talons ! Je prie pour qu'elle prenne le temps de décrocher alors que mon cœur manque de sortir de ma poitrine à chaque sonnerie.

– A., je suis avec…
– Ce n'est pas son frère ! crié-je.
– Quoi ?
– Le type qui nous a demandé de la retrouver ! C'est une fausse carte d'identité qu'il nous a transmise, il a volé l'identité du frère de Suzie ! Je ne sais pas qui c'est mais ça ne peut pas être quelqu'un de bien ! Tirez-vous de là !

24

A.

Il paraît qu'on ne gagne pas toujours. Cela serait pas mal si je pouvais également arrêter de perdre sans arrêt…

Je suis entourée de flics dans le couloir blanc de l'hôpital. Je me sens épuisée, totalement vidée. La culpabilité me ronge de l'intérieur. J'aurais dû faire plus attention. Vérifier plus attentivement. Prendre le temps.

C'est à cause de moi si Vanessa est dans cette chambre. Je suis responsable.

Je l'ai appelée trop tard. Allan, de son vrai prénom, était déjà sur elles. Elles n'ont pas eu le temps de sortir de cet hôtel. Vanessa, en parfaite héroïne, s'est bien sûr interposée. C'est elle qui a récolté les coups. Un premier au visage qui l'a envoyée au sol, un coup de pied dans l'abdomen, une autre droite quand elle a tenté de se relever. Heureusement que mon amie ne se laisse pas paralyser par la peur et la douleur. En voyant qu'elle ne pourrait pas lutter contre lui, elle a fait semblant de s'évanouir lorsqu'il a frappé pour la troisième fois. Ce n'était pas elle qui l'intéressait. Il n'avait aucune raison de s'en préoccuper plus longtemps. Il l'a enjambée pour se diriger vers Suzie et, quand il lui a tourné le dos,

Vanessa a plongé vers son sac pour en sortir son Taser et le neutraliser.

C'est elle qui a raconté cela à la police pendant qu'ils la rapatriaient dans le centre médical d'Oklahoma City. Moi, pendant ce temps, je me rongeais les sangs en n'ayant de nouvelles ni de mon amie ni de la police que j'avais contactée. Ce n'est qu'une fois Vanessa arrivée sur place que l'on m'a avertie du lieu où se trouvait mon amie. Sans me préciser son état.

Arriver jusqu'à elle a été les minutes les plus longues de ma vie et, après que je l'ai serrée dans mes bras, on m'a entraînée dans le couloir pour prendre ma déposition. J'ai tout juste eu le temps de passer un coup de fil à son mari qui m'a raccroché au nez en apprenant où se trouvait sa femme.

Mes yeux se posent régulièrement sur la porte de l'ascenseur par laquelle je m'attends à le voir débouler d'un moment à l'autre.

– Allan était déjà connu pour des violences conjugales, m'explique l'agent de police. Il y avait une mesure de restriction contre lui. Je suppose qu'il a trouvé en Suzie une autre fille, plus docile, sur laquelle jeter son dévolu…
– Et le frère de Suzie ?
– Une équipe fouille autour du domicile d'Allan. De professionnel à professionnel, on ne pense pas le retrouver vivant… On interrogera le détenu à ce sujet mais, à mon avis, le frère a dû lui rendre une visite pour s'interposer entre ce psychopathe et sa sœur. Ça a dû mal finir…

J'ai le cœur serré pour Suzie. Elle est tombée amoureuse du mauvais type. Je repense à ces photographies retrouvées, à ce changement vestimentaire notable, à son teint malade…

Quel enfer vivait-elle avec Allan sous une chape de silence ? Et maintenant, comment va-t-elle pouvoir se relever ? Après les coups, le harcèlement et probablement la disparition de son frère par un homme qu'elle voulait juste aimer ?

La porte de l'ascenseur s'ouvre, et je vois Bradley l'ennuyeux courir dans le couloir en regardant les numéros de porte avant d'ouvrir celle où se trouve Suzie et de se figer. Un regain d'espoir me réconforte : peut-être lui suffit-il seulement d'un homme patient à ses côtés, un homme qui attend son cœur sans la presser ?

À peine une minute plus tard, c'est au tour de Joey d'apparaître avec des yeux paniqués. Je m'avance vers lui pour l'intercepter et tenter de le rassurer, avant qu'il entre comme une tornade dans la chambre d'hôpital de sa femme :

– Joey ! Elle est dans celle-ci, elle va…
– Ne me dis pas qu'elle va bien ! m'interrompt-il dans un grondement.

Il se retourne vers moi alors qu'il m'avait dépassée, barrière vivante entre la porte de la chambre et moi. Je vois les regards inquiets des flics autour de moi. Joey dégouline de peur et de colère. L'inquiétude intense d'un mari pour sa femme.

– Je…
– Non ! Je ne veux pas de tes explications ! Ce n'est pas toi dans ce lit d'hôpital ! Ce n'est pas toi qui viens de te faire tabasser par un malade ! Mais c'est *toi* qui bosses avec elle. *Toi* qui es censée surveiller ses arrières ! Je ne veux pas savoir ce que tu as foutu, putain ! Je veux juste que tu dégages de là !

Je sens les larmes me monter aux yeux. Je sais qu'il n'est pas exactement dans son état normal. Je sais aussi qu'il touche un point sensible avec ses paroles. Il a raison. J'aurais dû protéger ses fesses, vérifier et revérifier encore.

– Je suis désolée, dis-je.
– Je m'en fous ! On n'est pas dans un putain de film ! Vanessa… Vanessa est la personne la plus importante du monde à mes yeux. Et tu l'as mise en danger.

Il se retourne et entre dans la chambre blanche, me laissant le souffle coupé. Sans en avoir vraiment conscience, je tourne les talons, prends l'ascenseur et descends les étages. Je traverse le hall d'accueil, sors et…

– A. ! J'étais avec Joey quand tu as appelé. Jeff est parti chercher Jeannette, dit Jayden. Pourquoi tu pleures ? C'est Vanessa ?

J'ouvre la bouche sans pouvoir m'expliquer et je finis par secouer la tête sans le regarder. J'aurais envie de me laisser aller, de me livrer mais je ne peux pas. Je ne peux plus.

– Joey… Joey est avec Vanessa, croassé-je. Tu devrais monter les voir.

Je le contourne et le plante là, levant la main à l'attention d'un taxi avant de m'engouffrer à l'intérieur. Jayden ne cherche pas à me retenir. Je ne devrais pas avoir aussi mal de le constater…

– C'est pas pour vous presser, ma p'tite dame, me dit le chauffeur alors que je renifle bruyamment, mais le compteur tourne, il faudrait p't'être mieux me donner une adresse rapidement.

J'essuie mes larmes d'un revers de la main, sans élégance.

Je ne sais pas où aller. Je n'ai pas envie de rentrer chez moi. Pas maintenant. Je reste un moment sans réponse. Vanessa est dans cette chambre. Joey est avec elle. Jayden est avec Joey. Jeannette et Jeff sont en route pour les rejoindre. Lonan a déjà bien assez de soucis sans que je lui ajoute les miens.

Je ne sais pas ce qui me pousse finalement à donner une adresse que je n'ai pas énoncée depuis une quinzaine d'années. L'envie de me punir ? De me faire du mal ? Cette impression que je n'ai plus rien à perdre ? Je m'envoie tout droit en enfer.

Je n'essaye même pas de me préparer à ce qui va suivre. L'esprit éteint, je laisse mes yeux glisser sur les rues qui défilent. C'est tout aussi amorphe que je paye le chauffeur, descends et contemple le vieil immeuble qui se dresse devant moi. Je compose machinalement le code, ne suis pas surprise qu'il n'ait pas changé depuis tout ce temps, et pousse la porte d'entrée. Je monte les escaliers aux marches fines et à l'odeur humide jusqu'au troisième étage avant d'appuyer sur le petit bouton rond et blanc de la sonnette.

Le battant bascule sans bruit et une femme d'une trentaine d'années me scrute de la tête aux pieds :

– Oui ?
– Aphrodite Zuliani, énoncé-je. Ma tante a demandé à me voir.

Les yeux de la femme, que j'imagine être l'infirmière à domicile, s'écarquillent avant d'ouvrir la porte en grand. Je fais le pas qui me condamne, celui qui me fait passer à l'intérieur sur le vieux parquet grinçant.

– Elle sera contente de vous voir, elle vous attend depuis longtemps…

Je ne réponds pas. J'en suis incapable. Un flot de souvenirs me submerge. Moi, à 14 ans, encore plâtrée de l'accident et démolie par la perte de mes parents. Moi, tout juste sortie des plâtres et découvrant que ma main ne m'appartenait plus. Mon angoisse à la voir faire ce qu'elle voulait. Ma colère contre tous. Athéna détruisant le vase, l'un des seuls objets appartenant à ma mère. La gifle de ma tante. Ses mots tranchants, me demandant comment je pouvais être aussi égoïste, sotte et mauvaise. Ma tante, me forçant à rester assise des jours durant pour réparer le vase. Sa haine augmentant à chaque fois que mes progrès étaient de nouveau détruits par Athéna. Mes doigts qui saignent, mes sanglots incontrôlables, mon envie de me séparer de cette main diabolique. Mes petites sœurs me rendant visite et finissant ma tâche absurde.

– Aphrodite…

Le souffle de cette voix de cauchemar me ramène à l'instant présent. Je me rends compte que je suis dans la chambre de ma tante, au papier peint jaune défraîchi, et que l'infirmière est partie. J'observe celle qui vient de m'appeler. Ma tante. J'ai toujours pensé que si jamais je la revoyais un jour, j'aurais envie de lui arracher la tête. Ou au moins les yeux… Pourtant, quand je la regarde, avec sa peau fripée, ses joues creusées par la maladie et ses os fragiles, je ne ressens pas de haine. Ni de violence. Seulement une vague de pitié pour cette femme allongée, aux yeux pleins de remords, si près des portes de la mort.

Je m'approche et m'assois sur la petite chaise pliante disposée à côté de son lit.

– Je ne pensais plus que tu viendrais, me dit-elle.
– Je ne pensais pas venir.
– Pourquoi être ici, dans ce cas ?

Je réfléchis. Est-ce vraiment pour me faire du mal ? Pour me punir ? Ou… pour refermer définitivement cette cicatrice ?

Je me suis plongée dans le travail, j'ai usé de moyens illégaux et mis Vanessa en danger parce que je fuyais ma douleur. Celle d'un cœur bien trop amoureux. J'ai mis la tête dans le sable pour me sentir mieux, voulant retrouver Suzie pour avoir l'impression d'avoir fait quelque chose de bien et d'utile. Résultat, Vanessa est dans cette chambre d'hôpital.

Peut-être que le meilleur moyen d'apaiser la douleur est de se confronter à sa cause. Et ma plus vieille plaie, celle à laquelle je ne me suis jamais confrontée, c'est bien cette femme devant moi. Celle qui devait me prendre sous son aile. Celle qui devait me réconforter, m'épauler, me guider après la perte de mes parents. Et qui n'a fait qu'émietter l'adolescente perdue que j'étais.

– Parce que j'en suis capable, dis-je. Je me suis reconstruite. J'ai assez de force pour te faire face.

Ses yeux délavés par le temps se mettent à luire.

– Si tu savais comme je regrette…
– Quel moment ? Celui où tu m'as rétorqué que je ne cherchais qu'à faire mon intéressante après t'avoir dit que je ne contrôlais plus ma main ? Ou celui où tu n'as pas voulu croire les médecins quand ils t'ont parlé du syndrome ? À moins que ça ne soit ton mépris quotidien ?

Je n'élève pas la voix. Celle-ci reste calme, posée, réfléchie.

– Je venais de perdre ma sœur…
– Je venais de perdre ma mère et mon père.

– Je n'étais pas prête à élever une adolescente…

– Je n'étais pas prête à grandir seule et sans amour.

– Ton syndrome était impossible à gérer !

Je baisse les yeux sur ma main, posée sagement sur mes cuisses, comme si elle me laissait régler cette affaire. Je pense à tous ces hommes qui ont défilé dans ma vie sans y rester. Je pense à toutes ces fois où Athéna m'a mise dans l'embarras. Puis je pense à ce groupe de soutien. À Jeannette et Vanessa qui m'ont toujours aimée et soutenue. À Jayden qui m'a prise dans ma totalité, sans distinction.

– C'est faux, lui annoncé-je. Tu te dis ça pour mieux accepter ce que tu m'as fait subir pendant des années. Ton mépris, ton indifférence, ta méchanceté qui m'ont fait me détester et haïr cette partie de mon corps qui est pourtant la mienne. Tu peux te mentir à toi-même si cela peut te soulager mais tu ne me feras pas être d'accord avec toi.

Je me lève et lui adresse un dernier regard. Le sien ne reflète que le choc. Elle ne s'attendait pas à trouver devant elle cette femme que je suis devenue.

– Je mérite des personnes qui m'aiment comme je suis. Des personnes pour qui j'ai plus d'importance que les petits désagréments que je peux semer…

Je tourne les talons et Athéna pousse le dossier de la chaise du bout des doigts, la faisant tomber par terre, comme un *mic drop* marquant notre réussite. Notre acceptation de ce nous qui n'est que *moi*.

25

Jayden

Je délaisse l'ascenseur au profit des escaliers, ayant besoin de me défouler. Deux jours de suite que je vois A. dans un état lamentable sans parvenir à comprendre, sans savoir quoi faire, sans pouvoir l'aider. Fait chier ! Je déteste me dire qu'elle m'aide et que j'en suis incapable de mon côté. Mon sang semble bouillir, mes muscles sont crispés et mon cœur tape un sprint. La tension est sur le point de me faire exploser, alimentée sans cesse par l'image de ses larmes.

J'arrive enfin à l'étage où Vanessa a été admise et je frappe à la porte de sa chambre, rongeant mon frein. Joey ouvre et se glisse à l'extérieur, refermant derrière lui. Il a les traits tirés et l'air crevé. Le contrecoup de son stress qui lui retombe dessus.

– Comment va Vanessa ? demandé-je.

Il soupire bruyamment et pose les mains sur ses hanches :

– Elle a une côte fêlée, l'arcade ouverte et sa joue gauche est tellement gonflée et violacée que je me demande comment elle peut ne pas avoir la mâchoire fracturée !
– Elle a la tête dure.

– Ah ça… Elle arrive toujours à râler comme un vieux chameau contre les médecins qui veulent la garder vingt-quatre heures en observation pour être sûrs qu'elle n'a pas de commotion. J'ai cru qu'ils allaient finir par la sédater, mais elle vient de s'endormir toute seule…

– Tu as vu A. ?

Je pose la question, mine de rien, essayant de garder un ton détaché. J'ai cru que A. pleurait à cause de l'état de Vanessa. Quand elle m'a contourné et planté pour la deuxième fois en deux jours, j'ai lutté contre l'envie de lui courir après. J'ai pensé à Joey, mon meilleur ami, et je me suis dit que si sa femme était vraiment dans un sale état, il aurait besoin de soutien. Cependant, si Vanessa n'est pas si mal en point, je ne peux m'empêcher de me demander ce qui a poussé A. à sortir de l'hôpital avec les joues ravagées de larmes.

Je vois les traits de mon meilleur pote se fermer et je sens une corde, que je ne connaissais pas, se tendre en moi comme un arc.

– Ouais, lâche-t-il.

– Tu sais qu'elle pleurait ?

– Tu sais que ma femme est dans un lit d'hôpital ?

Je serre les poings pour éviter d'attraper celui que je considère comme mon frère par les épaules et le secouer comme un prunier. La mâchoire serrée, je ne peux m'empêcher de gronder :

– Qu'est-ce que tu as fait ?

– Rien, répond-il sur le même ton, je lui ai simplement dit ce que je pensais.

– Ce que tu pensais ou ce qui t'a permis de soulager un peu ta panique ?

– Putain, qu'est-ce que ça peut faire ?

– Tu t'es déchargé sur elle sans raison ! Tu n'as pas vu son état ! Merde ! Tu fais chier, Joey ! A. n'y est pour rien !

– Bien sûr que si ! Ce n'est pas elle sur le terrain ! Elle est planquée derrière son ordinateur alors la moindre des choses, c'est de faire son boulot correctement et de ne pas envoyer ma femme au casse-pipe !

– Tu n'es qu'un crétin ! Tu sais bien qu'elle doit assez s'en vouloir comme ça ! Fait chier ! Tu sais au fond de toi qu'elle n'est pas responsable ! Vanessa non plus n'a rien vu venir ! Et tu t'entêtes pourtant, parce que ça te fait du bien de pouvoir accuser quelqu'un ! Peu importe si tu lui fais du mal au passage !

– Qu'est-ce que ça peut bien te faire, Jay ? Tu ne la connais même pas vraiment ! Depuis quand es-tu un défenseur des opprimés dans l'âme ? lâche-t-il avec une hargne ironique.

J'ai envie de hurler que si, je la connais. Je la connais même mieux que lui. Que ça me fait mal, que ça me fait enrager, que ça me tue de savoir qu'il a été injuste envers cette femme qui… Quoi ? M'aide ? Me fait rire ? Me surprend ? Me déroute souvent ?

Je pose mon index sur son torse, le pointant du doigt en le repoussant légèrement plutôt que de lui mettre mon poing dans la figure. Une expression incrédule se peint sur son visage mais ça m'est complètement égal.

– Espèce de crétin. Cette fille, c'est la meilleure amie de ta femme. Elle était à ses côtés et la soutenait bien avant que tu la connaisses. Tu devrais peut-être réfléchir à ça et accuser le véritable coupable : celui qui a frappé Vanessa. Aphrodite n'a pas mérité toute ta rage.

– Tout va bien, les mecs ?

Je ne regarde pas Jeff qui vient d'arriver et pose cette question stupide. Je tourne les talons avant de perdre définitivement mon calme et le regretter plus tard. Joey s'est comporté comme un con mais il a une excuse. Quand il reprendra ses esprits, il se rendra compte de sa bêtise. Je le sais. Pourtant, je ne peux pas m'empêcher d'être en colère contre lui.

Je remonte en voiture et fonce dans la ville pendant plusieurs minutes avant de me garer au hasard et de sortir mon téléphone. J'appelle la seule personne à qui j'ai toujours pu tout confier et l'image colorée de ma sœur prend vie sur mon écran.

– Un dimanche sans rentrer et je te manque trop, c'est ça ? lance-t-elle en guise de salut. Attends, qu'est-ce qui se passe ? Tu as la même tête que lorsque papa m'a dit que je devais apprendre à distinguer les couleurs même si je ne les voyais pas afin de donner le change. On était gamins mais j'ai bien cru que tu allais le tuer ce jour-là.

– Je suis juste sur les nerfs…

– Juste ? Et est-ce que tu es dans ta bagnole ?

– Je reviens de l'hôpital. Vanessa s'est fait passer à tabac par un type lors d'une enquête.

– Merde ! Est-ce que ça va aller ?

– Ouais, il va sûrement lui falloir plusieurs jours d'arrêt pour récupérer mais ça ira pour elle.

– Ce n'est pas pour ça que tu sembles prêt à éviscérer la première personne à ta portée, pas vrai ?

– Plus personne n'éviscère à notre époque, rétorqué-je en haussant les sourcils.

Leo me fait les gros yeux, ce qui n'a pas vraiment l'effet escompté avec son air d'arc-en-ciel :

– L'air condescendant est bien essayé mais je te connais, *frangin*. Évite de nous faire tourner autour du pot et je ne t'entraînerai pas sur un ring, à mon prochain passage à Oklahoma, pour te botter l'arrière-train.

– C'est A., soupiré-je avec un brin d'agacement. Elle avait déjà l'air bouleversé hier et là… Joey s'est un peu défoulé sur elle. Et je ne sais pas quoi faire ! J'aimerais l'aider mais j'ignore comment ! Je suis paumé, Leo !

Ma sœur me regarde comme si j'étais le plus profond des idiots, ce qui est peut-être le cas, avant de lâcher d'un air exaspéré :

– Et comment veux-tu savoir quoi faire en restant dans ta voiture plutôt qu'à ses côtés ?

Je ne réponds pas et pense à ce besoin inexpliqué que j'ai eu de la retenir. Leo me sourit avec indulgence, comme si elle pouvait lire dans mon esprit et mieux saisir que moi le bordel qui s'y joue.

– Arrête un peu avec la raison et suis ton instinct, frangin. Tu pourrais être surpris du résultat.

***

Je frappe à sa porte et attends quelques minutes avant de répéter l'opération. Mon poing cogne encore plus lourdement contre le battant, sans réponse. Têtu, je m'apprête à toquer une troisième fois quand sa voix m'interpelle derrière moi.

– Inutile de défoncer ma porte.

Je me retourne vers elle et la détaille des pieds à la tête. Je ne comprends pas vraiment ce que je fais, au début, puis je réalise que je vérifie qu'elle va bien. Elle aussi me scrute.

– Je voulais savoir comment tu te sentais.

Elle esquisse un petit sourire et le malaise me gagne. Il y a une distance, une retenue entre nous qui n'a jamais existé auparavant. Même avant qu'on couche ensemble, même avant que l'on se connaisse vraiment, nos brèves rencontres étaient faites de confrontation et de piques sans délicatesse. On s'est toujours cherchés, elle et moi, sans prendre de gants.

Cet étrange fossé me déplaît. Il ne devrait pas exister. Il ne nous ressemble pas.

– Tu veux entrer ? propose-t-elle.

Je n'ai pas l'impression qu'elle le fasse par politesse. Peut-être ressent-elle le besoin de s'expliquer, elle aussi ? J'acquiesce et me décale pour la laisser déverrouiller la porte. Son odeur de réglisse m'assaille familièrement. Un millimètre et je pourrais l'effleurer. C'est tellement tentant que tout mon bras semble prendre feu.

– Depuis quand est-ce que tu as un chat ?

La boule de poils se frotte contre mes jambes dès le seuil passé, visiblement ravie d'avoir un visiteur. Ce chat est si minuscule que je crains de l'écraser malencontreusement. J'ai beau m'écarter avec précaution, il se recolle une seconde plus tard, comme aimanté par ma cheville.

– Pâris est un rescapé. On vient tout juste de se trouver, lui et moi. Attends une seconde.

Je l'observe prendre le vase sur lequel je l'ai interrogée et le déplacer… jusqu'à la poubelle. Je lui lance un regard surpris alors qu'elle me rejoint et se pose sur son canapé.

– Je n'en ai plus besoin, me dit-elle.

– Je croyais que c'était une relique ?

– C'est ce que je pensais. J'avais tort. J'ai cru qu'il symbolisait la mort de mon ancien moi, alors qu'il n'est pas mort du tout. J'ai grandi, évolué, mais je ne suis pas morte. C'est toi qui as fini par me le faire comprendre.

– Je suis sûr que je m'en rappellerais si j'avais fait ça, la contredis-je.

Elle me renvoie une expression si pleine de tendresse et de douceur que j'ai l'impression de recevoir un uppercut. Je m'assois près d'elle, plus vraiment sûr de mon équilibre.

– Bien sûr que si. Tu vois, lors de cet accident de voiture qui a tué mes parents, je ne m'en suis pas sortie indemne.

Je repense à notre brève conversation à ce sujet, au fait qu'elle avait cru mourir dans cette voiture. Quand je lui ai fait remarquer que pourtant elle était là aujourd'hui, elle m'a rétorqué : tu n'as ni raison ni tort. Je n'ai pas compris ce qu'elle voulait dire à ce moment-là et j'ai l'impression qu'elle me donne désormais les pièces pour recomposer son puzzle.

– Mis à part les différentes blessures, on s'est aperçu que l'accident m'avait causé des lésions cérébrales. Au niveau du corps calleux, exactement. C'est ce qui sert à connecter les deux hémisphères et qui est impliqué dans la réalisation du mouvement. L'accident a fait naître Athéna. J'ai vraiment eu l'impression que j'étais morte ce jour-là et que j'étais désormais possédée par une autre. Totalement divisée en deux et déjà brisée par la mort de mes parents. Ma tante n'a pas cru au diagnostic. Ou n'a pas voulu y croire. Elle prétendait que j'étais dans une phase ingrate de l'adolescence et que je me faisais simplement remarquer. Je crois que c'était le coup de grâce. Le jugement qui perçait dans son regard, ne pas être crue au moment où j'avais le plus besoin de soutien.

Elle marque une pause. Le vert sauvage de ses yeux me paraît briller plus intensément, comme s'il retrouvait avec sérénité toute sa force.

– J'ai dû apprendre à accepter Athéna. Et, tu as raison, j'avais déjà fait une partie du chemin avant de te rencontrer. Je réussissais à vivre avec et à en rire. À tourner tout ça à l'autodérision, ce qui est un premier pas significatif vers la guérison. Mais… je considérais toujours Athéna comme mon ennemie. Quelque chose que je combattais en gloussant. C'est toi, Jayden, qui m'a conduite à faire le dernier pas. À comprendre qu'elle n'est pas une adversaire. Avec ta façon de te comporter, ta façon d'être en ma compagnie, ta manière de me rendre à moi-même…
– Je n'ai rien fait de particulier.
– À tes yeux. Pour moi, c'est différent. C'est peut-être ça le plus beau chez toi, Jayden. Tu ne te rends même pas compte que ce que tu fais est exceptionnel pour les autres. Et, même si c'est extrêmement agaçant à admettre, tu avais raison. Athéna n'est que moi. Elle agit peut-être sans que je m'en aperçoive mais elle reste une partie de moi. Elle réagit, extériorise ce que je peux refouler… Elle casse des choses quand je suis en colère, gifle des filles que j'ai envie d'étrangler, dit-elle avec un petit rire, mais la plupart du temps elle est simplement… canaille. Et instinctive. Même si elle me met dans l'embarras, ses actions ne sont jamais mauvaises.

Je lui prends la main sans réfléchir et elle serre la mienne en retour.

– Je suis content que tu aies fait la paix avec toi-même. Tu n'as vraiment aucune raison de ne pas t'aimer, A., *aucune*.

Je n'ai pas l'habitude de ces mises à nu. Pour se confier à quelqu'un dans sa totalité, pour s'offrir au regard de l'autre dans toute sa vulnérabilité, encore faut-il lui faire une confiance absolue. Autant dire que je n'ai jamais connu cela.

Je me sens un peu gauche sur ce canapé. Et, en même temps, je n'ai pas envie d'en bouger. Je ne voudrais pas être ailleurs qu'aux côtés de cette femme me faisant assez confiance pour se confier à moi.

Je me penche vers elle avec lenteur, lui laissant le temps de reculer et marquer son refus. Mon cœur bat à tout rompre quand je l'embrasse avec douceur. Il n'y a aucune précipitation dans ce baiser. Il est lent, délicat. Pourtant, il me perfore l'âme comme jamais. Il m'ébranle tout entier d'une manière que je ne saisis pas tout à fait. Elle finit par y mettre fin, me laissant un goût de trop peu, et colle son front contre le mien avant de souffler sur mes lèvres :

– Je m'accepte totalement, Jayden. C'est pour ça que je ne peux pas continuer à coucher avec toi comme si ça ne représentait rien pour moi.
– Qu'est-ce que tu veux dire ?

Elle se recule pour planter ses yeux dans les miens :

– Je te vois, Jayden. C'est bien pour ça qu'à chaque fois que je suis à tes côtés, je tombe un peu plus amoureuse de toi.
– Non.

Je réponds automatiquement. C'est le seul mot qui me vient. Ce qu'elle vient de dire… C'est impossible. L'amour, je n'y connais rien. L'amour, je ne sais même pas ce que c'est. Comment pourrait-elle tomber amoureuse d'un type qui ne sait même pas ce que ce mot veut dire ? Qui a vaguement essayé et s'est rendu compte qu'il se plantait royalement ? Il n'y a pas d'amour dans mon monde. Il n'y a que du calcul, de la préméditation, de l'arrangement.

– Tu ne peux pas contrôler mes sentiments, Jayden. Tu n'as que la clé des tiens. Je sais que ça ne faisait pas partie de notre accord. Je sais que tu ne crois pas en l'amour. Pas encore, du moins. C'est pour ça qu'il vaut mieux qu'on arrête maintenant.

Je suis sonné. J'ai l'impression de devoir dire quelque chose. N'importe quoi. J'ai la conviction que je devrais savoir quoi répondre, quoi faire. J'ai la sensation que je loupe quelque chose de crucial. Pourtant, je reste muet. Incapable de dire ce qui me tord les tripes. Incapable d'exprimer ce qui palpite en moi.

Je ne veux pas qu'on arrête.

Je me lève du canapé.

J'ai envie de l'embrasser.

Je me dirige vers la porte.

Je veux hurler que je ne veux pas partir...

– Au revoir, A.

Mon ton froid me révulse. Ma peur m'écœure.

Je sors.

J'ai envie de me retourner et d'entrer de nouveau.

Je m'enferme dans ma voiture et me coupe du monde.

Mais je ne peux pas me défaire de cette nouvelle bataille qui m'écartèle. De ces sentiments contraires qui se mêlent. De ces trente années de raison qui se battent avec hargne contre cette nouveauté, cette étincelle née. Cette toute petite chose qui veut me transporter. Ou m'illusionner.

26

A.

Le taxi me dépose dans le centre d'Oklahoma City, juste à côté du parc. Je m'empresse de traverser la voie piétonne et dépasse les grilles d'entrée de l'espace vert. J'ai du mal à réaliser que nous sommes déjà jeudi. Quatre jours se sont déjà écoulés depuis ce week-end de looping émotionnel.

Jeannette se lève du banc sur lequel elle m'attendait et me rejoint en souriant. Elle m'étreint fermement avant qu'on ne marche côte à côte en direction de l'ancienne église.

– Salut, belle inconnue, me dit-elle.

Je ne peux m'empêcher de sourire avant de rétorquer :

– Jeff sait que tu dragues à tout va ?
– Il sait qu'il est le seul que j'essaye toujours de séduire.

Je fais mine de vomir alors même que j'envie leur incroyable relation. Elle est belle leur histoire, leur évidence.

– Comment va Vanessa ?
– Elle se remet. Sa joue a dégonflé, bien qu'elle soit encore sacrément colorée. Le bleu à son arcade jaunit, ce qui est plutôt bon signe, et les points devraient tomber tout seuls.

Sa côte est ce qu'il y a de plus douloureux. Ça la fait grimacer au moindre mouvement. Tu saurais tout ça si tu étais allée la voir à son appartement…

— Je sais, dis-je. Je vais le faire, je t'assure…

— Il y a plutôt intérêt. Vanessa est furieuse après Joey. Je peux te dire qu'il est dans ses petits souliers avec elle, ricane-t-elle.

— Pourquoi est-ce qu'elle serait en colère ?

— Pour qui tu nous prends ? Des idiotes ? Quand elle a su ce qu'il t'avait balancé dans la figure…

— Il n'avait pas tort, Jeannette…

— Arrête ! Ce genre de chose arrive dans ce métier ! Il y a des risques dont vous êtes conscientes. On ne le voudrait pas mais c'est comme ça ! Elle non plus n'a rien vu venir et, comme elle le dit si bien, elle a vu Allan en chair et en os pourtant.

— Je ne me sens pas moins coupable pour autant.

— Eh bien, attends-toi à te faire remonter les bretelles ! Vanessa a dit que si tu ne passais pas avant que sa côte ne se soit remise d'aplomb, elle allait venir te mettre un coup de pied aux fesses. Oh, elle a aussi dit à son mari qu'il avait plutôt intérêt à te présenter ses excuses s'il ne voulait pas être confronté à une grève du sexe illimitée.

Cette fois, Jeannette glousse franchement et je lâche moi aussi un petit rire.

— Comment a-t-elle pu savoir ce que Joey m'a dit ?

— On est arrivés au moment où Joey se disputait avec Jayden.

Mon cœur arrête brièvement de battre à la mention de son prénom.

— Quoi ?

— Je n'avais jamais vu Jayden dans un tel état, lui qui est tout le temps si impassible…

Elle me lance un coup d'œil inquisiteur que je fais mine de ne pas apercevoir et elle finit par reprendre :

— Enfin bref, quand on a compris ce qui s'était passé, j'ai un peu… Disons que je ne me suis pas gênée pour dire à Joey tout ce que je pensais. Et tu connais Jeff, il est toujours prêt à me suivre en enfer. C'était un peu difficile pour Vanessa d'ignorer la tension qui régnait quand on est entrés dans la chambre pour la voir.

Elle hausse les épaules alors qu'on pénètre dans l'ancien édifice religieux. Brian me fait de grands signes de main et je prends soin d'entraîner Jeannette à l'opposé de là où il se trouve. Bien sûr, c'est encore trop subtil pour Brian qui s'empresse de se lever de sa chaise et de venir s'asseoir à nos côtés.

— Tu rayonnes de beauté…
— Brian…
— Est-ce que je t'ai déjà dit…
— Ne fais pas ça…
— Que tu étais encore plus belle que la déesse dont tu portes le nom, ô mortelle de mes rêves ?
— Brian, vraiment, je sais bien que tu penses qu'il s'est passé un truc…
— Je sais que tu as ressenti toi aussi cette fusion entre nous…
— Euh… Non. Vraiment pas. Il faut que tu tournes la page. Je ne suis pas la seule fille présente ici !
— Tu n'es pas la seule fille présente, non, mais tu es la *seule* qui a transcendé mon cœur…
— Oh, nom de Zeus…

Je me retiens de frapper mon front du plat de la main tandis que Jeannette se penche vers moi :

– A. ? chuchote-t-elle.
– Quoi ?
– Athéna est en train de piquer le portefeuille de Brian.

Je tourne la tête pour constater qu'effectivement ma main tient le portefeuille de l'andouille assise à côté de moi. Je lève les yeux au ciel, récupère l'objet de l'autre main et le tends à son propriétaire :

– Petit conseil : ne mets pas ton portefeuille du côté où tu ne ressens plus rien.
– Tu vois, me répond-il avec des yeux dégoulinants de mièvrerie, on se complète, on est là l'un pour l'autre.

Je soupire bruyamment au moment où la séance commence. Cette fois-ci, je prends également la parole. Je leur fais part de mon évolution, comment je me sens par rapport à mon syndrome, comment je vois les choses aujourd'hui. J'omets simplement Jayden de l'équation alors que Jeannette m'observe avec des yeux étranges. Je ne sais pas si elle se doute de quelque chose mais elle ne pose pas de questions quand je me rassois, se contentant de me sourire.

Quand on sort, elle m'étreint brièvement avant de se mettre à courir pour aller récupérer son fils. Je marche tranquillement, sors de ce coin de verdure et m'engage sur le passage piéton. Je ne comprends pas d'où sort la voiture. Est-ce qu'elle était garée sagement ? Est-ce que j'ai mal regardé ? Tout ce que je sais, c'est que je capte soudainement le véhicule dans mon champ de vision périphérique et comprends ce qu'un lapin ressent lorsqu'il est pris dans les phares d'une voiture. Je m'immobilise alors qu'elle roule droit sur moi. Sa trajectoire ne dévie pas, ne laisse aucun doute. Je *sais* qu'elle va me percuter. Mon cœur me remonte jusque dans la gorge, comme le cri qui y reste coincé. Alors qu'elle est tellement proche que l'impact me semble inévitable, je me sens tirée en arrière. Mon corps bascule et je tombe pendant que la carrosserie me frôle à toute vitesse, continuant sa course. Je grimace sous l'impact du choc que subit mon coccyx en rencontrant le sol pendant que mon corps se met à trembler à retardement.

– Est-ce que vous allez bien, mademoiselle ?

Je cligne des yeux, dirigeant mon regard vers cette voix inconnue, alors que mon sauveur scrute les alentours. Un flic. Probablement un de ceux qui me collent au train. Je hoche la tête avant d'ajouter :

– Merci.

J'ai le souffle aussi court que si je venais de courir un marathon. J'aperçois son collègue, à quelques pas, qui relâche la radio à son épaule pour s'avancer vers nous. Ils m'aident tous les deux à me relever avant de me repousser sur le trottoir que je viens de quitter pendant que son collègue le tient informé :

– La même voiture que la dernière fois, j'ai averti la patrouille la plus proche, ils se mettent en chasse.
– Je ne pensais pas qu'il oserait un coup pareil, marmonne celui qui m'a sauvée en sacrifiant mon derrière.
– Aphroooodite !

Le cri de Brian qui arrive en courant derrière moi me fait plus grimacer que l'élancement persistant que je ressens au niveau du coccyx.

– Par tous les dieux, est-ce que ça va ? Tu n'as rien ?

Les deux policiers qui m'encadrent le repoussent d'une main, le regardant avec méfiance. De l'autre côté, un autre type arrive en trottinant dans notre direction :

– Je viens de voir ce qui s'est passé, je suis médecin. Vous avez mal quelque part ?

Je regarde ce docteur blond qui me dévisage avec insistance et me dis qu'il doit faire battre quelques cœurs dans son secteur. Sans mauvais jeu de mots.

– Je ne sais pas : est-ce qu'une douleur persistante au niveau des fesses est vraiment grave ?
– Je vois que vous avez conservé une dose d'humour, c'est bon signe, me rétorque-t-il. On dit toujours que c'est rembourré, cette partie-là, mais pas tant que ça visiblement !

Je frotte mon coccyx meurtri sous l'œil médusé du flic qui me tient encore le bras et n'a pas l'air de savoir sur quel pied danser.

– Il vaut mieux vous emmener faire quelques examens dans un centre médical, me dit Docteur Blondinet.
– On l'y emmène, affirme mon sauveur alors que la radio de son collègue crépite.
« On a retrouvé la voiture vide. Suspect en fuite ». La peur m'étreint sans prévenir. Comment ça, en fuite ? Mes yeux balayent les alentours tandis que les policiers me poussent gentiment en avant en marmonnant un « on y va ». J'entends que Brian braille quelque chose mais je ne l'écoute pas. En moins de temps qu'il n'en faut pour le dire, je me retrouve assise à l'arrière d'une voiture banalisée, mon sauveur sur le siège passager, son collègue au volant.

***

– Si on m'avait dit, un jour, qu'on allait radiographier mon postérieur !

Je fais claquer ma langue et secoue la tête. L'infirmier qui me raccompagne me sourit :

– Pas exactement votre postérieur : votre coccyx. Et ne vous inquiétez pas, c'est très courant comme examen chez les personnes âgées !

J'ouvre la bouche en grand, prenant une expression choquée, alors qu'il rit doucement. On débouche dans le couloir et il s'adresse à la petite assemblée qui s'est formée :

– Je vous la rends, elle va bien.
– Que les dieux soient loués, dit Brian avec emphase. Ma douce Aphrodite…
– C'est ça, dis-je en roulant des yeux, maintenant rentre chez toi, Brian.

Je lève un sourcil surpris à l'adresse du docteur blondinet. C'est marrant, sous les lumières blanches de l'hôpital, j'ai presque l'impression que ce n'est pas seulement la seconde fois que je le vois :

– Vous êtes là, vous aussi ?
– C'est mon métier de prendre soin des autres, je ne pouvais pas vous laisser sans m'assurer que tout allait bien.

Il m'adresse un sourire qui creuse une fossette et je me force à le lui rendre, même s'il n'a pas l'effet escompté. Je ne sais pas pourquoi mais son sourire me semble presque familier. Comme si je l'avais déjà vu quelque part. Je le dévisage sans vergogne, sans pouvoir mettre la main sur mon ressenti. Peut-être que je l'ai déjà tout simplement croisé dans un couloir aseptisé ? J'ai passé tellement de temps à faire des examens dans ma courte vie qu'il est bien possible que l'on se soit déjà rencontrés.

Je plonge dans les bras de Lonan qui s'est avancé pour me serrer contre lui. Il m'écrabouille contre son torse de géant, comme s'il pouvait effacer ce qu'il vient de se passer et me protéger de tout.

– Une équipe scientifique est déjà sur le coup, dit-il à mon oreille. Ils fouillent la voiture de fond en comble, la passent au peigne fin et relèvent les empreintes. On saura très bientôt de qui il s'agit.
– Tant mieux. Ça voudra dire qu'il ne pourra plus te menacer non plus.

Je suis toujours dans les bras de Lonan quand la voix de Jeannette, suraiguë et totalement essoufflée, parvient à mes oreilles :

– C'est pas vrai, A. ! Tu as monté un complot avec Vanessa pour me faire avoir une crise cardiaque avant l'âge ?
– Ouais, chuchote Lonan à mon oreille avec un soupçon d'amusement, j'ai prévenu tes amies complètement cinglées. Je ne veux avoir aucun problème avec elles…

27

Jayden

Je soulève mon corps sur la barre de traction, un poids coincé entre mes jambes serrées. Mon corps est raidi par l'effort, douloureux. La sueur perle sur ma peau. Je persiste dans mon exercice. Quatre jours que je n'ai pas vu A. Quatre jours que je viens à sept heures tapantes au complexe. Quatre jours que j'ai l'impression d'avoir un trou dans l'estomac. Quatre fichus jours que je me demande quand cette impression de perte va cesser. Cette sensation de manque.

– Jay !

Je relâche le poids puis la barre avant de me tourner vers Jeff.

– Qu'est-ce qu'il y a, mon pote ? Je te fais de l'effet ?
– Jeannette vient de m'appeler. Une voiture vient de foncer sur A.

Je sens le sang déserter mon visage d'un seul coup. J'ai l'impression qu'une faille vient de se créer dans le sol et que je suis en chute libre pendant que je demande :

– Est-ce qu'elle va bien ? Elle est blessée ?

– Jeannette la rejoint à l'hôpital pour avoir plus de nouvelles. Et je rejoins Jeannette. Je me suis dit que tu avais peut-être envie de venir.

Il n'attend pas ma réponse et tourne les talons. Je me fiche de savoir pourquoi il a pensé à moi. Je me projette au pas de course hors de cette salle de musculation et rattrape mon ami qui trottine devant moi. On sort du complexe et je ne cherche même pas à prendre ma caisse, montant sans perdre de temps dans celle de Jeff alors que Joey nous attend déjà à côté de la bagnole.

– Qu'est-ce que tu fais là ? demandé-je en bouclant ma ceinture.
– Vanessa ne peut pas se déplacer pour l'instant et elle me tuera si je ne vais pas voir par moi-même comment va sa meilleure amie.

Je hoche la tête. Ces deux-là feraient tout pour leur femme. Et moi, qu'est-ce que je fais pour A. ? Cette réflexion me fait l'effet d'une gifle. La comparaison m'est apparue si facilement, si instinctivement... Le naturel avec lequel je viens de penser à elle comme étant *ma* femme me fout sur le cul.

Espèce de crétin ! Qu'est-ce que tu n'avais pas encore compris ?

Le cœur dans la gorge, je cours sur le parking de l'hôpital et tombe sur Jeannette à l'accueil. Jeff l'enlace alors qu'elle attend les informations de l'hôtesse et elle s'appuie sur lui, reposant en toute confiance sur son torse. L'image me fait serrer les dents. L'alchimie qui s'en dégage est presque palpable. Leurs corps semblent se répondre, bougeant ensemble comme des aimants, se soutenant, se transmettant leur force.

On nous indique l'étage, et l'étau qui enserre ma poitrine semble se resserrer.

Une voiture vient de foncer sur A.

Les mots de Jeff ne me quittent pas alors que l'ascenseur se met en branle. L'image qui s'impose dans mon esprit me fiche la gerbe. J'imagine les yeux verts sauvages de A. emplis de panique. Sa bouche s'ouvrir d'horreur. Son corps si doux tressaillir sous le choc de la collision.

On sort comme un seul homme, se bousculant au passage, puis je m'arrête net. Elle est là, debout, saine et sauve.

Tu aurais pu la perdre si vite.

Je la reconnais au premier coup d'œil alors qu'elle est plongée dans les bras d'un autre. L'acide vient se mêler au soulagement que j'éprouve. Parce qu'elle n'est pas dans mes bras et que je déteste ça. Fait chier ! Je n'ai pas été là pour elle et je ne peux m'en prendre qu'à moi-même. Quatre jours que je ne l'ai pas vue. Quatre jours que je me planque. Quatre jours et elle aurait pu m'être arrachée. Juste comme ça. En une seconde. Ça me tue d'y penser. De me dire que je ne l'aurais jamais revue. Ni embrassée. Goûtée. Savourée.

– C'est pas vrai, A. ! Tu as monté un complot avec Vanessa pour me faire avoir une crise cardiaque avant l'âge ?

A. se détache de Lonan avec une grimace, se retourne vers nous, et écarquille les yeux de surprise. Son regard s'accroche un instant à moi et j'aimerais pouvoir le retenir, y rester rivé.

– Je vais bien, dit-elle en tournant son attention vers Jeannette.

– Lonan m'a dit qu'on t'avait foncé dessus en voiture !
Comment peux-tu aller bien ?

– Les collègues de Lonan m'ont poussée de la trajectoire…

– Je ne crois pas qu'il vous aurait totalement percutée, intervient un homme que j'imagine être un flic. Sa ligne de conduite n'était pas tout à fait droite, plus comme s'il voulait la blesser que la tuer…

Les mots me glacent de l'intérieur tandis que Lonan semble prendre en considération les propos de son collègue, hochant la tête d'un air pensif.

– Attends, s'exclame Jeannette, pourquoi est-ce que les collègues de Lonan étaient là ?

– Tu ne leur as pas dit ? s'étonne Lonan.

– Dit quoi ? grincé-je.

Cet abruti de flic a posé une main dans le dos de A., me donnant envie de le rendre manchot. Elle se met à se tortiller, visiblement mal à l'aise d'être le centre d'attention.

– Je ne voulais pas vous inquiéter.

– Bien joué, rétorque Jeannette d'un ton sarcastique.

– Aphrodite est la cible d'un fou voulant m'atteindre, annonce Lonan d'un ton tranchant.

La main gauche de A. pince durement le bras de Lonan qui le retire vivement avec un petit cri. Je ne peux m'empêcher de sourire avec satisfaction. Sa main n'a jamais réagi de cette manière avec moi. Même quand je murmure son prénom sous le coup de l'orgasme…

– Je serai là pour te protéger, Aphrodite ! s'exclame un type maigrichon en se tapant la poitrine. Je ne le laisserai pas t'atteindre !

– Brian, vraiment, tu devrais rentrer chez toi…

J'examine cet homme qui regarde A. avec des yeux de merlan frit et je ressens une nouvelle montée de violence. Fait chier ! Même ce gringalet semble avoir été plus présent pour A. que moi.

– Je vais le raccompagner, se propose un homme blond.

Il s'avance vers A. avec un sourire et je me crispe. Je ressens le besoin irraisonné de m'interposer et d'enrouler mon bras autour de cette femme, de montrer qu'elle m'appartient.

Mais ce n'est pas le cas. Tu es parti. Tu l'as laissée.

Il lui tend une carte qu'elle accepte alors qu'il lui dit :

– Si vous avez besoin de quoi que ce soit… Un coup d'œil d'expert sur ce postérieur douloureux ou juste un dîner…

Elle hoche la tête en glissant sa carte dans la poche de son pantalon, et il tourne les talons avant d'attraper ce Brian par le bras et de le sortir de là.

– Je vais te raccompagner chez toi, annonce Lonan.
– Je viens avec vous, dit Jeannette. J'ai pris un taxi pour venir ici et il est hors de question que je monte dans la voiture de mon homme. Avec ces trois-là, il y aura bien trop de testostérone pour pouvoir respirer correctement.

Jeff glousse, l'attire à lui et l'embrasse à pleine bouche avant de chuchoter à son oreille. Jeannette rougit, lui lance un regard enflammé, puis tourne les talons et sort avec A. et Lonan. Qu'elle reste avec eux me rassure. Au moins, le flic n'est pas tout seul avec *ma*… « Ma » quoi ?

« Je crois que je pourrais avoir un orgasme simplement si quelqu'un me regardait comme ça. »

Depuis combien de temps est-ce que je me mets des œillères ? Depuis combien de temps est-ce que je me mens à moi-même ? Me dissimule lâchement ce que je ressens ? Elle m'a toujours dérouté. Surpris. Elle m'a toujours fasciné. Elle a rendu ces dernières semaines tellement plus vivantes, rafraîchissantes, vivifiantes.

Je passe une main sur ma nuque, massant la raideur qui s'y installe, et m'assois sur une des chaises fixées à un cadre de fer vissé au sol. Joey et Jeff viennent s'installer de chaque côté de moi.

– Je suis un crétin, leur annoncé-je.
– Ravi que tu t'en sois rendu compte, mon vieux, ricane Jeff.
– Toi et A., hein ? dit Joey avec étonnement.
– Comment vous avez su, tous les deux ?
– Pour un mec qui se fiche des autres, je t'ai trouvé très emporté après ma petite… altercation avec A.
– On est très touchés d'avoir été mis au courant par ta propre initiative, ajoute Jeff avec ironie. Ce n'est pas comme si on était tes meilleurs potes…
– Elle m'aidait sur un problème personnel, commencé-je. Quelqu'un balance des photographies de moi à poil sur Internet. Je ne vous en ai pas parlé parce que…

Je réfléchis sans parvenir à mettre des mots dessus. Pourquoi n'ai-je pas voulu qu'ils soient au courant exactement ?

– Parce que tu es un imbécile qui n'a toujours pas compris qu'on était là pour toi ? propose Joey.

– Ouais, ce n'est pas comme si tu avais été là pour moi quand j'en avais besoin, ajoute Jeff avec une voix pleine de sarcasme, c'est vrai que tu m'as laissé me démerder quand tout le monde pensait que j'avais replongé jusqu'au cou dans mon addiction.

Joey me colle une tape dans le dos pour enfoncer le clou :

– On est là les uns pour les autres, c'est ce que font les amis.

Je hoche la tête. Je sais tout ça, merde ! Et pourtant, je prends toujours soin de dresser des barrières comme si je m'attendais à ce que l'un d'eux me plante un couteau dans le dos. Comme n'hésiteraient pas à le faire mes propres parents. Cependant, Joey et Jeff n'ont rien à voir avec eux. Tout comme A. n'a rien à voir avec les femmes qui m'entourent.

– J'ai complètement merdé, les gars. Elle m'a dit qu'elle était amoureuse de moi et… je crois que j'ai flippé.
– Quand je te dis, mon vieux, que tu es un handicapé des sentiments, dit Jeff avec un air exaspéré.

Je me prends la tête entre les mains. Oui, j'ai flippé. L'amour rend vulnérable. C'est pour cela qu'il n'a pas sa place dans mon monde. Aimer quelqu'un, c'est se retrouver dépouillé de tout le lendemain. Croire qu'on est aimé, c'est se rendre compte que l'on se fourvoie et qu'on nous manipule.

Mais *elle* n'a rien à voir avec l'hypocrisie sournoise dans laquelle j'ai toujours baigné. Elle est unique. Sincère. Authentique à chaque seconde. Sa main étrangère la révèle un peu plus, découvrant ses émotions les plus profondes. Elle ne ment pas. Jamais. Plus que tout, elle me fait confiance. Assez pour me confier son passé, ses cauchemars, ses peurs…

Assez pour me laisser la guider, pour me confier son corps… et son cœur. Elle n'a pas hésité une seconde à me dire qu'elle m'aimait. Elle me l'a dit. Sans chercher à savoir si j'allais lui écrabouiller le cœur. Elle s'est mise à nu.

– Alors, qu'est-ce que tu comptes faire maintenant ? demande Joey. Avant de répondre, prends en considération que je n'arrêterai pas ma femme si tu brises le cœur de sa meilleure amie…

– Moi non plus, mon vieux, je n'arrêterai pas sa femme : elle m'a déjà menacé avec son Taser une fois, ça m'a suffi.

Je pousse un petit rire et me redresse. Une détermination brute secoue mon corps. Je ne peux pas la perdre. J'en deviendrais fou.

– C'est *elle*. C'est la seule femme que je veux. Je vais la récupérer. Peu importe ce qu'il faut que je fasse.

28

A.

Le silence qui s'enroule autour de moi après le départ de Lonan et Jeannette me fait frissonner. Je *sais* qu'une patrouille est devant chez moi. Je sais également que celui qui m'a foncé dessus est en fuite. Lonan m'a dit qu'il avait abandonné la voiture juste après l'incident. Juste à côté. Ce qui veut dire qu'il nous observait peut-être sans qu'on le remarque. J'ai beau savoir qu'une équipe est en train de ratisser chaque millimètre de cette voiture, j'ai l'impression affreuse qu'ils ne vont pas assez vite.

Je sursaute lorsque l'on frappe à ma porte, et Pâris, sur mes genoux, se met à feuler d'être dérangé. Il se carapate alors que je vais ouvrir et reste saisie par la beauté de l'homme qui attend derrière. Ses yeux argentés me dévorent et me donnent l'impression de caresser chaque partie de mon corps sur laquelle ils glissent. Ses lèvres sensuelles sont relevées en un petit sourire en coin et son beau visage renvoie une assurance tranquille scandaleusement sexy. Jayden me coupe le souffle. Il a retrouvé toute cette confiance en lui qui lui est propre et qui s'était envolée dimanche. Non, ce n'est pas tout à fait vrai : il semble encore plus audacieux, prétentieux et arrogant que jamais. Mon corps réagit instinctivement à cette aura de mâle qui promet des plaisirs inavouables, ce magnétisme purement masculin qui crie que cet homme sait ce qu'il fait et ce qu'il veut. C'est le Jayden que j'ai toujours connu… dans son plus haut potentiel.

Je croise les bras pour me donner contenance. Nom d'une nymphe en chaleur ! Ce n'est pas parce que j'ai la culotte trempée que je dois lui montrer l'effet qu'il me fait ! Moi aussi, j'ai pris en assurance. Et je ne compte pas arrêter de tenir tête à cet homme insupportable et irrésistible.

– Je n'ai pas encore trouvé qui est responsable de ce site, si c'est ce que tu viens demander.

– Je ne suis pas là pour ça, même si je commence à me demander si tu n'attends pas de voir une nouvelle photographie de moi à poil...

– Je t'ai déjà vu nu, Jayden, il n'y a pas de quoi en faire toute une histoire.

Je renifle pour donner du poids à mes propos et il rit doucement, couvrant ma peau de frissons.

– Ton corps crie le contraire, princesse.
– N'importe quoi !

Il s'appuie sur le cadre de ma porte et se penche vers moi, soufflant d'une voix rauque :

– Alors si je passe ma main dans ta culotte, je ne te trouverai pas toute chaude et fondante, prête à me prendre tout entière ?

J'ai le feu aux joues. Mon corps est saisi de petits tremblements de désir alors que ses mots prennent forme dans mon esprit.

– Qu'est-ce qu'il t'arrive ? Tu n'as trouvé personne pour te soulager ?
– Personne ne m'intéresse... À part toi.

Mon cœur, cet idiot, manque un battement et je recule sous le poids de son regard. Il en profite pour entrer et fermer la porte derrière lui. Il s'y appuie, nonchalant, un petit sourire supérieur sur son visage.

– Je te l'ai déjà dit : je ne peux pas continuer à coucher avec toi.

– « Comme si ça n'avait aucune importance », complète-t-il en reprenant mes mots. Mais si ça en a ?

Il soulève un sourcil sans se rendre compte que j'hyperventile. Est-ce qu'il essaye de me dire... Non. Impossible. C'est Jayden devant moi, pas Roméo. Je secoue la tête et tente de reprendre mes esprits.

– Tu dis ça parce que j'ai manqué de me faire renverser par une voiture. C'est le choc.

Ses lèvres tressaillent :

– Tu es psychologue maintenant ?

– Juste logique. On ne change pas d'avis en quatre jours. Dimanche, tu ne m'as certainement pas chanté de sérénade.

Il s'approche lentement vers moi et je me force à ne pas bouger, à montrer que je tiens mes positions.

– Les sérénades, c'est comme les princes : c'est surfait, réplique-t-il avant de prendre un air sérieux. Dimanche, j'ai été un idiot. Tu m'as dit que j'avais les clés de mes sentiments et j'ai cru que je pouvais tout verrouiller à double tour. Mais même sous clé, mon cœur t'appartient, A.

Une décharge électrique parcourt mon corps. Ma bouche s'assèche et je passe ma langue sur mes lèvres pour les humidifier. Il suit le mouvement du regard avec une faim primitive qui manque de me faire tout oublier pour me jeter sur lui.

– Je croyais que l'amour n'était qu'une illusion ?

Il repousse une mèche de mes cheveux, le bout de ses doigts effleurant mon visage et créant une ligne de feu sur ma peau.

– Alors ne me réveille pas.
– Il n'y a que le sexe d'authentique, tu te souviens ?
– C'est authentique, se défend-il avec un sourire. Regarde-moi, A. Regarde-moi et ose me dire que ce que je ressens pour toi n'est pas réel.

Je fais ce qu'il me demande, le visage levé vers le sien. Je le détaille et il ne détourne pas les yeux une seule seconde sous mon examen minutieux. Je ne trouve pas une once de mensonge sur ses traits, ni même le plus mince doute. Il est... absolument sérieux, sincère et sûr de lui.

Mon cœur commence à courir dans ma poitrine quand je réalise ce qu'il est en train de me dire. Ce qu'il est en train de faire. Pourtant, je ne peux m'empêcher de le défier encore une fois :

– Et si c'est trop tard ? dis-je. Si tu as laissé passer ta chance ?
– Je ferai en sorte que tu changes d'avis.

Ses mots me provoquent un pic d'excitation intense que je n'avouerai jamais. Quelle fille n'a jamais rêvé de voir un homme se battre pour elle ? C'est un sentiment profondément primitif qui me vrille tout entière.

Une carte apparaît entre nous et je me rends compte qu'Athéna agite le numéro du docteur sous le nez de Jayden, comme un tissu rouge sous celui d'un taureau. Il prend un air encore plus arrogant alors qu'un sourire redoutable prend place sur mon visage.

– Je suis peut-être passée à autre chose…
– Quoi ? Le blondinet ?
– Il est plutôt mignon.

Il retrousse les lèvres :

– Mignon, oui, c'est le terme. À part te téter le sein comme un bébé, il n'a pas l'air d'avoir les attributs requis pour combler une femme.
– Qu'est-ce que tu en sais ?
– Pas besoin d'être devin pour savoir que je vaux beaucoup mieux que lui.
– Ta prise de conscience n'a pas fait diminuer ta prétention, à ce que je vois…

Ses mains sont soudainement sur mes hanches et il me rapproche de son corps sans ménagement. Je pose par réflexe les miennes sur ses pectoraux fermes alors qu'il penche la tête, ses lèvres effleurant ma joue jusqu'à mon oreille.

– Tu es la mieux placée pour savoir de quoi je suis capable, Aphrodite.

Il ronronne mon prénom comme lorsqu'il jouit en moi et je me mords la lèvre pour ne pas laisser échapper un son embarrassant. Je ne peux pas, en revanche, empêcher mes tétons de durcir contre lui et je le sens sourire contre ma peau.

– Eh bien, soufflé-je d'une voix rendue grave par mon

désir, je n'ai pas encore laissé une chance à ce docteur, je ne peux pas vraiment comparer…

– On sait tous les deux que c'est *moi* que tu veux.

Et c'est vrai. Nom de Zeus ! Il a entièrement raison ! J'ai envie de lui rabattre le caquet mais j'ignore si je me jette sur cette bouche sensuelle ou si je continue de jouer. Après tout, il mérite bien d'être puni pour m'avoir laissée en plan la dernière fois. Ne vient-il pas de dire qu'il me ferait changer d'avis si je le repoussais ? Cela sonne comme une mission. Qui suis-je pour l'empêcher de la mener à bien ? Sans parler du fait que Jayden et moi avons une relation bien particulière : on se cherche, on se provoque. Cela ne rend la reddition que plus exquise.

– Je crois que je vais lui envoyer un petit message.
– Tu crois que j'ai peur des défis ?

Il mordille le lobe de mon oreille, envoyant des petits éclairs droit dans mon entrejambe, avant de reprendre d'une voix chaude :

– Je suis un sportif. La compétition ne me fait pas peur, princesse. Elle me booste. Me rend meilleur. Et je gagne toujours.

Il se déplace légèrement et sa bouche fond sur la mienne. Sa chaleur me transperce alors que le goût de ses lèvres me fait m'accrocher plus fermement à cet homme insupportable. Il m'embrasse avec une passion dévorante, se moulant contre moi. Il joue, me rend folle, mordillant, suçant, léchant ma lèvre inférieure sans jamais venir s'amuser avec ma langue. Sa main accroche ma cuisse, place ma jambe autour de sa hanche et il appuie son érection contre le V entre mes cuisses. La couture de mon jean appuie contre mon clitoris et son sexe dur frotte contre moi. Je lâche un gémissement avant de rejeter la tête en arrière, à bout de souffle.

– Trop facile, dis-je d'une voix que je ne reconnais pas.

Je force ma jambe fermement agrippée à ses hanches à se reposer au sol, puis dénoue mes mains de sa nuque. De la confusion passe un instant sur ses traits. Il a l'air de se demander s'il doit me laisser faire ou me jeter par terre pour me prendre. Nouvel élan de chaleur entre mes cuisses que je serre l'une contre l'autre.

– Nouveau message, dicté-je sans lâcher Jayden des yeux en énonçant le numéro du docteur. « Toujours partant pour se voir ? » Envoyer.

Un coup d'œil vers l'écran et je me raidis :

– Pas se boire, nom de Zeus !

Jayden glousse et croise les bras sur son torse :

– Toujours partant pour se boire, ricane-t-il. Tu vas faire éjaculer ce pauvre crétin dans son pantalon avant qu'il ne puisse s'occuper de toi, princesse.

Je lui lance un regard noir :

– Nouveau message : « Se voir ! » Envoyer.
– Je sais ce que tu fais. Tu n'es pas la seule qui sache voir l'autre. Je te connais. Tu me testes.
– On a peur, finalement ? le défié-je.
– Tu peux sortir avec ce type, A., mais tu ne le choisiras pas.

Une réponse arrive sur mon téléphone et je souris d'une oreille à l'autre en l'exhibant sous le nez de Jayden.

[Un dîner, demain ?]

– Demain, hein ? C'est le temps qu'il se remette de l'éjaculation précoce que tu viens de lui déclencher. Évite de lui prendre la main lors de votre dîner, ricane-t-il.

– Ou peut-être qu'il va sortir le grand jeu.

– Il peut sortir tout ce qu'il veut, il ne m'arrivera jamais à la cheville.

– Tu ferais quand même bien d'envoyer tout ce que tu as...

– Oh, ne t'inquiète pas pour ça, princesse. Je ne te laisserai pas filer. (Il se penche sans me toucher, accrochant nos regards.) Et c'est moi que tu reviendras voir... toute mouillée...

– Tu veux dire que je me serais renversé un verre d'eau dessus ? répliqué-je avec un ennui feint.

Il soulève un sourcil, sa bouche se relève dans un sourire en coin et je sens mes jambes trembler d'un plaisir anticipé :

– Tu veux que je sois plus clair, princesse ? Avant la fin de la semaine, c'est moi qui aurai la tête fourrée entre tes cuisses à boire ton nectar, à te sucer jusqu'à ce que tu me supplies de te prendre.

29

A.

J'ai passé la nuit à tourner dans mon lit, frustrée comme jamais. C'est une chose de jouer avec Jayden, cela en est une autre de passer la nuit seule et totalement en feu. J'ai même songé à ce fichu œuf vibrant sans franchir le pas. Je préfère que ce soit Jayden qui le manie. Ne dit-on pas que plus c'est long, plus c'est bon ? J'espère que l'affreuse attente que mon esprit de contradiction nous fait subir à tous les deux vaut le coup !

Un café à la main, je continue à passer en revue les noms de la liste de Clementine. Heureusement que Jayden lui a précisé de mettre *seulement* les personnes qu'il était susceptible de connaître également ! Sérieusement ! J'ai l'impression que cette fille a passé son trousseau de clés à toute sa liste d'amis Facebook ! Un à un, je collecte leurs informations, élimine ceux qui se trouvaient ailleurs que chez Clementine de manière certaine (vive les images des réseaux sociaux !) au moment de la connexion sur le site, et procède à un travail plus minutieux sur les autres.

Il me reste probablement un milliard de noms lorsque mes sœurs débarquent en force. Enfin, pas vraiment en force, puisque j'ai laissé ma porte ouverte et que je les ai appelées ! Que fait-on quand un homme nous rend folle ? On rassemble la cavalerie pour le rendre encore plus fou que nous.

– Tu as une mine affreuse.

– On va avoir un boulot de dingue !

– Et si peu de temps devant nous…

Aglaé, Euphrosine et Thalie me scrutent, mains sur les hanches, leurs expressions allant de la désapprobation à la complète lassitude.

– Où est passé le respect pour les sœurs aînées ? marmonné-je.

– Alors, demande Aglaé, te rendre irrésistible est dans nos cordes…

– La question qu'on se pose, c'est : pour qui, cette fois-ci ? la coupe Euphrosine.

Un sourire rusé étire mes lèvres et j'agite la main pour balayer d'insignifiance mes propos :

– Oh, tu sais, juste ce pentathlonien super sexy que vous avez déjà croisé…

– Jayden ? demande Thalie comme si elle n'en revenait pas.

– Tu crois que je connais beaucoup de pentathloniens super sexy ? rétorqué-je.

– Dommage pour moi, soupire Euphrosine, j'en aurais bien fait mon quatre-heures.

Aglaé lui file un coup de coude et un clin d'œil malicieux :

– Ne désespère pas, on partage tout entre sœurs…

– Dans vos rêves, rétorqué-je, celui-là, je le garde !

– Et il t'emmène où ce soir ? demande Thalie.

Je me tortille, un rictus grimaçant sur les lèvres, et bafouille :

– Disons que... Euh... Ce n'est pas avec Jayden que je dîne ce soir.

Mes sœurs ouvrent la bouche, comme si leurs mâchoires allaient tomber d'une seconde à l'autre.

– Tu t'en tapes plusieurs en même temps, souffle Aglaé sous le choc.
– Quoi ? Non !
– C'est une sorte de relation libertine ? s'enquiert Euphrosine avec un intérêt soudain.
– J'aurais plutôt pensé à du polyamour, commente Thalie.
– Ce n'est rien de tout ça ! C'est juste... On va dire que je n'ai pas pu m'empêcher de mettre un peu de compétition en jeu avant de lui céder ! Vous l'auriez vu, si sûr qu'il allait m'avoir...
– Ce type c'est comme... (Euphrosine marque une pause pour réfléchir avant de reprendre, sans une once de subtilité.) Un superbe cunnilingus visuel : il est scandaleusement bon ! Forcément qu'il peut avoir de l'assurance !
– D'accord avec elle, acquiesce la brune, je suis sûre que ton Jayden est capable de faire jouir d'un regard et un sourire !
– Je confirme, reprend la rousse, son clin d'œil a complètement foutu en l'air mon string.
– C'est bon les filles, j'ai compris ! J'ai juste envie de le titiller un peu, de le rendre jaloux : après le coup de la piscine où je l'ai trouvé avec deux filles en train de se mettre la langue au fond de la bouche...
– Ouais, t'as raison, fais-lui-en baver ! répond avec conviction la blonde, toujours pas remise de sa relation avec son ex.
– Nom d'un petit poney, pourquoi faut-il toujours que vous soyez dans les extrêmes ? soupiré-je. Bon, on s'y met ?

Elles me sourient avec un sadisme certain qui me fait frissonner. C'est là que je remarque leur mallette argentée. Dans quoi est-ce que je me suis embarquée ?

Les filles prennent un malin plaisir à me torturer. Épilation à la cire et à la pince – où Athéna s'en donne à cœur joie pour me venger – gommage, masque et... la sonnette qui retentit.

– Merde ! Pourquoi faut-il toujours que ce soit dans ces moments-là qu'on reçoit de la visite ?

Mes sœurs haussent les épaules et me laissent aller ouvrir avec ma tête à la peau verte et tendue, surmontée de mes cheveux enturbannés dans un masque blanc. L'homme derrière le battant écarquille tellement les yeux en me voyant que je manque de rire. Je me retiens seulement pour m'éviter l'impression de craqueler comme une momie.

– Une livraison pour vous, me dit-il d'un ton mal assuré.
– Vous êtes sûr ?
– Aphrodite Zuliani ? (J'acquiesce et il reprend d'un air surpris.) Alors c'est bien pour vous. Où voulez-vous qu'on les pose ?
– Que vous posiez quoi ?

Deux de ses collègues arrivent avec les bras débordant de roses rouges. Je les laisse passer et leur indique d'un signe de tête le salon alors que mes sœurs roucoulent devant l'énormité de ces bouquets, si on peut les appeler comme cela. Je m'apprête à refermer derrière eux quand le premier homme secoue la tête. J'observe ses collègues remonter à l'arrière du camion et redescendre avec de nouvelles roses. Trois, quatre, cinq, six... Je m'arrête de compter, effarée, après le quatorzième bouquet pendant que mon canapé, mon meuble d'entrée, mon bureau, le sol de mon salon... Tout se recouvre de ces fleurs écarlates.

– Je crois que c'était le dernier, dit le livreur au moment où son collègue en pose un nouveau sur le sol en essayant de ne pas marcher sur les autres.

– *Oh my God*, suffoque Aglaé.

– On a rempli ton salon de roses, souffle Euphrosine, sonnée.

– Pas « on », dis-je également étourdie, Jayden…

– C'est tellement romantique ! On se croirait dans un film, piaille Thalie.

– Romantique ? Nom de Zeus, encore heureux que les épines aient été retirées sinon j'aurais expérimenté une nouvelle manière de se raser en marchant dans mon propre salon !

– Pourquoi est-ce que tu casses toujours la beauté du geste ? ronchonne-t-elle.

– Parce que…

Je cherche mes mots, incapable de trouver quoi dire. Mes yeux se posent sur des pétales rouges, encore et encore, et je ne peux pas empêcher mon cœur de palpiter étrangement. Ce qu'il vient de faire est tellement insensé ! Tellement arrogant ! Comme si un bouquet ne suffisait pas ! Cependant… Zut ! Thalie a raison ! C'est si fou et romantique que je ne peux pas m'empêcher d'y être sensible.

– C'est d'une suffisance ! finis-je par dire. Qui a besoin d'être aussi ostentatoire ? Il ne joue pas à la loyale !

– À quoi est-ce que tu t'attendais ? lâche Aglaé.

– Et de quoi tu te plains ? ajoute Euphrosine.

– Merde, conclut Thalie sur un ton rêveur, je veux aussi un homme pour qui tous les coups sont permis pour me conquérir.

Je dégaine mon portable comme une arme et dicte rapidement un message :

[J'ai reçu les doses.
Quelque chose à cacher pour me noyer
sous les sœurs ?]

[roses*]
[Fleurs*]

La voix ronronnante de mon application vocale résonne quelques minutes plus tard sous l'oreille attentive des trois filles :

[J'espère bien t'avoir noyé
sous les fleurs et pas les sœurs,
elles n'ont pas le même effet et
je ne te veux certainement pas chaste
à mes côtés, A. ;)]

Elles gloussent, se ventilent alors qu'un autre message arrive et que l'application à la voix purement sexuelle se déclenche une nouvelle fois :

[Quant à savoir si j'ai quelque chose
à cacher, je serai ravi de te prouver
le contraire… Rejoins-moi.]

Je fais la moue pour cacher mon sourire même s'il ne peut définitivement pas me voir. Je cours dans la salle de bains pour me rincer le visage et les cheveux avant de demander à mes sœurs d'activer le mouvement.

Je suis tout excitée, euphorique. Peut-être que Jayden et moi avons besoin de cela. De savoir pourquoi on joue, quel est le lot à remporter à la fin. Oui, on s'est toujours provoqués mais sans avoir conscience de ce que nous faisions. Sans convoiter l'autre, sans être dans l'optique d'une parade amoureuse. L'amour s'est glissé sournoisement en nous, ne se révélant que lorsqu'il était déjà trop tard pour se défaire de ses griffes. Alors, oui, peut-être qu'on a besoin de cet instant, cette phase de séduction où chacun sait qu'il va céder à l'autre mais prolonge ce moment délicieux, se met à sa portée sans se donner encore complètement. Cette minute où l'on se demande qui va céder avant l'autre, cette tension grandissante impossible à oublier, cette anticipation exquise.

Après s'être occupées de me coiffer et me maquiller, les filles me laissent enfiler ma robe d'un vert identique à mes yeux. Je demande à l'une d'elles de prendre une photographie en plan serré, les selfies étant totalement proscrits avec Athéna. Je me dépêche d'envoyer le cliché à Jayden en lui demandant comment il me trouve pour mon dîner de ce soir. Au même moment, mon cavalier de la soirée frappe à ma porte et mes sœurs lui ouvrent en le détaillant de la tête aux pieds.

Gregory, si j'en crois le prénom sur la carte, entre et s'arrête net devant le dédale de roses rouges qui s'étale devant lui.

– Une passion pour les fleurs ? demande-t-il.

Je me retiens de lever les yeux au ciel tant la remarque me semble vide, manquant de cette petite touche de piquant que j'aime tant chez Jayden.

– Une livraison spéciale, rétorqué-je sans donner plus de détails.
– Comment va votre fessier ?

Une de mes sœurs renifle bruyamment, visiblement peu convaincue par l'approche. Je me mords la lèvre pour ne pas sourire avant de répondre au docteur blond :

– Bien, j'ai toujours rêvé d'avoir un tatouage juste au-dessus des fesses, le dégradé de couleurs me fait imaginer ce que ça aurait pu être…

– Oh oui, comme un tribal sur les reins ! approuve Aglaé.

– Juste sur la cambrure, super sexy, acquiesce Thalie.

Gregory nous observe d'un œil méfiant, l'air de ne pas savoir où il est tombé. J'ai presque l'impression de voir du calcul dans ses yeux. Pour quoi faire ? Trouver le meilleur moyen de sortir d'ici sans se faire repérer ?

– Nouveau message de Jayden, annonce la voix sexy et étouffée à travers mon sac, « viens dans mon lit et je te montrerai à quel point je te trouve irrésistible… Comme à chaque seconde de chaque jour. »

Mes sœurs poussent un soupir comblé alors que je me tortille sur place. Gregory me lance un coup d'œil perdu :

– Qu'est-ce que c'était ? demande-t-il.

Je décide de ne pas lui mentir pour qu'il soit au courant et puisse refuser de servir de concurrent :

– Un message de l'homme qui m'a envoyé toutes ces roses. Il veut me récupérer.

– Il a une chance ?

– Oui.

Pendant une seconde, je vois un éclair de colère passer dans son regard, puis il semble le ravaler avec froideur et esquisse un sourire qui me perturbe.

– Bon, je suppose que je n'ai plus qu'à être très bon ce soir.

Euphrosine s'avance vers lui, rousse incendiaire roulant des hanches, et passe un doigt sur la joue pâle du docteur :

– T'inquiète pas, mon ange, je suis tout à fait partante pour te consoler.

Elle lui fait un clin d'œil et Gregory la dévisage avec un intérêt soudain. Encore une fois, quelque chose me dérange. Je sais pourquoi je dîne avec lui ce soir. Mais lui ? Pourquoi m'avoir donné sa carte de manière si spontanée s'il n'est pas intéressé à cent pour cent ? Si sa tête tourne à la moindre fille qui passe ? Un dragueur invétéré ? Un coureur de jupons ?

Je balaye mes pensées, après tout, moi non plus je ne suis pas honnête dans cette démarche. Certes, je n'ai rien promis. Juste un dîner, et on peut dîner entre amis, non ? Je ne lui laisse quand même pas la moindre chance d'une potentielle ouverture et je le sais. On sort sous les signes de main de mes sœurs qui portent chacune un des énormes bouquets de Jayden. Trois de moins ! Peut-être arriverai-je à circuler dans mon salon désormais !

Le trajet se déroule en silence jusqu'au restaurant. Je me demande s'il cogite sur mes propres motivations et la culpabilité se creuse un foyer dans mon ventre. Est-ce que cela fait de moi une garce ? D'un autre côté, qui n'a jamais fait exprès de rendre un homme jaloux ? Je décide de faire au moins de cette soirée un instant agréable et tente d'engager la conversation alors qu'on s'assoit à une table :

– Alors, demandé-je, tu es spécialisé dans un domaine particulier de la médecine ?

Il cligne des yeux, visiblement surpris par la question, avant de me servir le même sourire à fossette. Il ne bouge jamais d'un iota. Comme s'il était mécanique et forcé.

– En fait, j'ai un peu forcé le trait, me dit-il en me scrutant attentivement, je ne suis pas médecin mais infirmier…

Il me détaille comme s'il s'attendait à une réaction particulière de ma part. Je me contente de froncer les sourcils et de demander :

– Pourquoi avoir dit que tu étais médecin alors ?
– Je n'étais pas sûr que les policiers me laisseraient approcher en me présentant comme infirmier. Un médecin n'a clairement pas le même statut.

Je hoche la tête, ne me rappelant que trop bien la manière dont les agents ont repoussé Brian avec méfiance. Un médecin, effectivement, est toujours utile dans ce genre de situation.

– Et tu voulais absolument vérifier que je me portais bien, dis-je avec un entrain que je ne ressens pas.
– Je voulais absolument m'approcher, oui.

Ma main incontrôlable réagit avant moi à mon malaise : elle renverse avec force les verres et asperge Gregory d'eau fraîche tout droit sur son pantalon. Il se lève dans un sursaut en jurant pendant que je m'excuse :

– Je suis vraiment désolée, dis-je. Ma main me joue des tours…
– Oui, ton syndrome, me coupe-t-il. C'est rien, je vais juste m'éponger un peu.

Il tourne les talons pour se diriger vers les toilettes, me laissant bouche bée. Est-ce que je lui ai déjà parlé de mon syndrome ? Je réfléchis à notre rencontre après l'accident. Aucune chance que j'en ai parlé à ce moment-là. Et à l'hôpital ? J'étais entourée de personnes qui connaissaient mon trouble, alors pourquoi l'aurais-je mentionné ? À moins que ça ne soit Lonan qui ait lâché le morceau à ses collègues en m'attendant dans le couloir ? Je ne vois que cette possibilité-là. Gregory aurait pu avoir les oreilles qui traînent et récupérer l'information.

Dans le doute, cependant, j'envoie un message à Lonan alors que les gens autour de moi me regardent dicter mon message avec curiosité :

[Tu as du nouveau avec les gens peintes ?]
[Empreintes*]

> [On a passé en revue les différentes
> empreintes enregistrées dans nos fichiers,
> des gars que j'ai pu coffrer. Rien pour l'instant.
> Tout va bien ?]

[Je dîne avec le mec bon qui s'est
présenté comme médecin après l'incident.
Tu peux te renseigner sur lui ? Juste au K-way.]
[Blond*]
[Juste au cas où.*]

> [Bien sûr. Demain à la première heure.
> Mais je crois que je l'aurais reconnu si
> j'avais déjà croisé ce type, A. Détends-toi
> et profite de ton dîner.]

Je soupire en lisant son dernier message. Bien sûr, il a raison. Voilà que cette histoire commence à me faire perdre la tête ! C'est Lonan qui est visé, pas moi. Il aurait forcément reconnu Gregory s'il avait quoi que ce soit à voir avec cet accident. Sans parler du fait qu'il ne se serait pas attardé sur les lieux ! Je vire paranoïaque, il ne manquait plus que ça… Si Docteur Blondinet ne me met pas à l'aise, c'est simplement parce qu'il ne doit pas savoir s'y prendre avec les femmes.

Et ce sourire si étudié alors ?

Je secoue la tête et m'incite au calme. Je suppose que Jayden a placé la barre beaucoup trop haut pour les autres hommes. Même pour un infirmier-faux médecin… Je repense à ce qu'il m'a dit, cette confiance qu'on accorde à certaines personnes en fonction de leur statut, de la place qu'ils occupent dans la vie. Je sens mon cerveau mouliner, faisant des liens que je peine encore à saisir… Jayden a beau dire que la confiance n'a pas sa place dans son monde, c'est forcément quelqu'un en qui il a confiance qui a pu le trahir. Après tout, il faut être proche de lui pour avoir ces photographies. Je repense au fait qu'il est nu dessus mais jamais accompagné. Quelque chose me chiffonne. Les images ont beau être scandaleusement sexy, elles ne tiennent pas non plus d'une sextape si on exclut le texte. C'est plutôt comme si on l'avait pris à son insu, à un moment où il pouvait baisser la garde… Comme cette image de lui sous la douche en train de se caresser. Je veux bien qu'il soit insatiable, mais quand même ! Après avoir baisé ? Cela me paraît un peu gros. Je me suis focalisée sur une amante même si Jayden me disait qu'il n'avait jamais partagé une même couche deux fois. Et si les photographies avaient été prises lorsqu'il était seul dans la chambre de la maison familiale ? Cela expliquerait que le plan soit fait exclusivement sur lui, que l'on ne puisse pas voir le décor autour… Un proche. Il faudrait quelqu'un d'extrêmement proche de lui, régulièrement présent dans les lieux. Quelqu'un qui était également là quand nous furetions d'ordinateur en ordinateur et qui n'a pas pris le risque d'utiliser le même appareil ensuite, qui a la possibilité de rester longuement chez d'autres personnes comme Clementine.

La lumière se fait soudain dans mon esprit, comme si je venais de toucher le jackpot. Je me redresse d'un bond, renversant ma chaise au passage, alors que Gregory revient au moment où l'on sert les entrées.

– Il faut que je file, lui dis-je en ramassant mon sac. Désolée, une affaire urgente sur laquelle je travaille.

Je n'attends pas sa réponse, je cours pour sortir du restaurant et héler un taxi. Il faut que je vérifie si ce nom est bien aussi sur la liste de Clementine. Si c'est le cas… On tient notre voyeur !

Mon excitation se teinte de tristesse. Si j'ai raison, Jayden va perdre une autre personne en qui il croyait… Si j'ai raison, j'ignore si Jayden prendra encore le risque de donner sa confiance…

30

Jayden

Voir A. attendre sur mon perron me provoque un pur sentiment de satisfaction. Je sens mes lèvres s'ourler d'un sourire tandis que je la dévore du regard dans sa robe verte. Un sentiment de possession absolue me transcende alors que j'imagine ne pas être le seul à l'avoir vue habillée ainsi. J'ai envie de la prendre là, à la vue de tous, contre ma porte, pour prouver à chacun qu'elle m'appartient.

– Déjà là ? fais-je remarquer avec un rire dans la voix. Ton docteur devait vraiment être ennuyeux...
– J'ai trouvé qui poste les photos, me coupe-t-elle.

Je me redresse, soudain sérieux, et la regarde. Elle semble nerveuse et sa réaction me met immédiatement sur le qui-vive. Je serre les dents, prêt à encaisser le coup.

– Dis-moi, réclamé-je.
– Lemon.

Le nom tombe de sa bouche sans que cela fasse sens. Pourquoi Lime ? Qu'aurait-elle à y gagner ? Elle me connaît depuis mes 14 ans ! Elle est presque un membre de la famille, une tante...

– Ça correspond, continue A., elle figure également sur la liste de Clementine.

– Il y a d'autres noms sur cette liste…

– C'est vrai. Néanmoins, c'est Lemon qui a trouvé ce site alors même qu'il était encore inconnu pour la plupart…

– C'est son travail.

– Elle ne m'a pas vraiment répondu sur la manière dont elle l'a trouvé, comment est-elle tombée dessus ? En marquant « Jayden Vyrmond nu » sur le moteur de recherche ? Même ça, ça serait bizarre !

– Tu ne l'accuses pas seulement pour ce détail, j'imagine ?

– Non. J'ai de nouveau regardé les photos. Toutes centrées sur toi, sans détail du lieu. Même sous la douche, on ne voit que l'eau qui tombe sur toi, pas d'élément extérieur. Le peu de contour autour de toi est flou et le noir et blanc n'arrange rien. Je pense… (Elle marque une pause, prenant sa respiration et son courage, semble-t-il.) Je pense que ces clichés ont été pris dans ta chambre chez tes parents. Il n'y a rien de plus facile : un portable caché là qui filme et d'où on peut extraire des images. Une webcam que l'on contrôle à distance… Ou bien on se glisse sans bruit, couvert par le jet d'eau, pendant que tu te laves. Ça paraît plus sensé qu'une fille que tu viens de sauter prenant des photos de toi dès que tu te lèves du pieu, tu l'aurais forcément remarqué ! Quant à utiliser une caméra espion comme une webcam pendant que tu la baises, pourquoi ne pas balancer le film alors ? Le scandale serait plus gros. Il y a aussi le fait qu'elle a utilisé l'ordinateur de ta sœur, pas celui d'un bureau chez toi. Elle savait que Leo laissait un ordinateur dans sa chambre et elle était sûre de ne pas être dérangée puisqu'elle savait que Leo n'était pas là. Sans compter qu'elle était la seule au courant, excepté ta sœur, de ce que nous faisions pendant ce gala et donc la seule à savoir qu'on fouillait les ordinateurs. D'où le changement d'appareil, et pas n'importe lequel : celui de la fille que tu as sauté et qui t'en veut à mort. Il fallait savoir ce

détail également pour faire de Clementine la coupable idéale !
Elle t'a vu grandir, elle t'a vu dans cette relation, elle *savait*.

Ses mots se bousculent dans mon esprit. J'ai du mal à les
avaler mais ils tournent en boucle, me forçant à les intégrer.
Les pièces du puzzle s'emboîtent si bien qu'il paraît évident
qu'elle a raison. Le plus dingue, c'est que ça me fait mal.
Je devrais être habitué aux coups bas, et pourtant… Fait
chier ! Lime était l'une des seules personnes en qui j'avais
confiance ! Une des seules personnes avec qui je pouvais
parler avant même de connaître Joey et Jeff. Elle était censée
nous couvrir, protéger nos arrières et elle était toujours là pour
tendre l'oreille sur nos histoires adolescentes avec Leo. Alors,
pourquoi ? Je ne comprends pas.

Je prends mon portable pour lui envoyer un message et lui
dire de me rejoindre chez mes parents. J'en ai ma claque de
tout ça. J'en ai par-dessus la tête de ce monde dans lequel je
baigne. J'ai besoin de tout mettre à plat une bonne fois pour
toutes. Parfois, il faut tout raser pour pouvoir reconstruire.

– Merci de t'en être occupée, je vais régler ça maintenant.
Démantèle le site, s'il te plaît.

Je contourne A. et m'avance vers ma voiture avant de
stopper mon élan et de me retourner. Je rejoins à grandes
enjambées cette pulpeuse brune qui me met à genoux et
fonds sur elle. Elle accueille ma bouche et ma langue dans un
gémissement rauque. Je l'embrasse furieusement, comme si
ce baiser avait le pouvoir d'apaiser mon cœur et mon esprit.
Et peut-être est-ce le cas… Je la relâche seulement quand le
souffle nous manque et prends une seconde pour apprécier
ses lèvres gonflées, ses joues rouges et ses yeux brillants
d'un désir aussi farouche que le mien. Sa poitrine se soulève
rapidement, mettant en valeur ses superbes seins.

Seulement ensuite, avec son image sulfureuse en tête, je me retourne et monte dans ma voiture. Je conduis vite et nerveusement, laissant mes tensions contaminer la route. Je ne ralentis même pas à l'approche des fichus gravillons de l'allée de mes parents, même lorsqu'ils ricochent sur ma carrosserie. Je me gare là, en plein milieu. La voiture de Lemon est déjà là, bien rangée sur le côté comme si elle avait eu tout le temps de le faire, comme si elle n'avait rien à se reprocher.

J'entre avec fureur dans la demeure tandis qu'ils sont tous sagement assis, bavardant dans le salon, leur conversation ponctuée de petits rires artificiels. Ils se retournent tous vers moi, leur corps bougeant aussi vite que possible dans leur maîtrise, me donnant l'impression d'être observé par des robots. Je trouve le regard de Lime et le transperce du mien. Lime… Les surnoms sont rares de ma bouche. Et elle en avait un.

– Pourquoi ?

Je remarque cette étincelle de compréhension et de surprise mêlée qu'elle tente de dissimuler. Oui, elle sait de quoi je parle mais elle espère encore pouvoir se défausser.

– De quoi parles-tu, Jayden ?
– Arrête ! Fait chier, Lime ! Tu ne crois pas que j'ai droit à la vérité ? Pourquoi est-ce que tu as lancé ce site Internet ? Qu'est-ce que je t'ai fait ?
– Un site Internet ? relève mon père. Enfin, qu'est-ce que c'est que cette histoire ?

Je vois Lemon perdre son sourire et sa contenance. Son dos si droit se voûte alors qu'elle se relâche totalement et s'appuie sur le canapé avec ennui. En un claquement de doigts, ce n'est plus la même femme. Adieu sourire enjôleur et regard patient, cette femme devant moi est marquée par un dégoût profond tandis que je réponds à mon paternel :

— Lemon a profité de sa situation pour prendre des photographies à mon insu et les poster sur un site Internet. Elle avait déjà posté deux articles et devait en poster un troisième dans une semaine. Est-ce que c'était pour le bénéfice d'un autre client ? demandé-je à la principale intéressée.

J'ai besoin de réponses. J'ai besoin de comprendre. Pourquoi cette pomme-là était pourrie ? Pourquoi m'avoir trahi ? Le salaire n'était pas suffisant ? Elle avait besoin de plus d'argent ? Qu'est-ce qui a pu pousser cette femme que je connais depuis de si longues années à me poignarder dans le dos tout en continuant à jouer son rôle de femme si préoccupée par mon image et mon avenir ?

— Non, rétorque-t-elle posément. Pour arriver à ce niveau-là, il faut être comme vous : vide. Moi, c'était une simple vengeance, rien de plus primaire.
— Une vengeance ? Contre quoi exactement ?

Mon ton est sec. Toute mon attention est concentrée sur elle. Je remarque vaguement que mon père se lève pour faire les cent pas.

— Sais-tu pourquoi ton cher papa m'a engagée en tant que chargée de communication ? Pour « compensation ». J'avais postulé pour ce job un an avant et il m'a dit qu'il fallait que je fasse mes preuves. Il m'a invitée un jour à son bureau, et, alors que je m'attendais à lui montrer mes compétences, il m'a sautée. Son adultère a duré : nous étions au lit chaque semaine et je pensais qu'il éprouvait… quelque chose pour moi. Mais non. J'ai fini par ne plus l'exciter, il m'a trouvé une remplaçante pour ses petites sessions extraconjugales et, en dédommagement de cette année à lui tailler des pipes, il m'a donné le job. Tu n'as pas idée comme j'ai eu l'impression d'être dégradée. Salie. Et idiote. Je me suis juré de me venger de cet homme, et comment mieux y parvenir qu'en étant au plus proche de vous tous ?

– Si longtemps après, murmure mon père avec consternation, à quoi bon ?

Ma mère ne semble ni choquée ni surprise. Je me rends compte qu'elle sait que son mari, mon père, la trompe impunément. Puis la lumière se fait une nouvelle fois. Elle aussi doit avoir des amants. Bien évidemment. Leur mariage n'est qu'une supercherie, comme toute leur vie, basée sur l'apparence et l'argent. Tout est établi sur le pouvoir. Il n'y a ni amour ni désir. Probablement n'auraient-ils même jamais couché ensemble s'il n'avait fallu avoir des enfants issus de leur union pour parfaire le tableau.

L'écœurement me prend à la gorge.

– J'ai appris la patience. Pourquoi se précipiter ?

– Tu voulais te venger de mon père, je n'étais en rien responsable de ce qui t'est arrivé, Lemon.

– Tu étais le maillon parfait, Jayden. Je pouvais faire d'une pierre deux coups avec toi. Je m'étais dit qu'après un autre article, je mettrais tes parents au courant de cette histoire de site. Qu'auraient-ils fait, à ton avis ? Ils t'auraient demandé de te marier vite et bien. Et qui aurait été la candidate idéale, Jayden ? Tu n'aurais pas voulu d'une jeune vipère. J'aurais été là pour te proposer mon aide. Après tout, tu avais confiance en moi, on avait un lien tous les deux, notre mariage précipité n'aurait fait frémir personne.

– Tu dérailles, dis-je sincèrement sidéré.

– Deux âmes s'étant rencontrées trop tôt et qui pourtant, dès le début, ont tissé un lien et se sont attribué des surnoms affectueux…

– Je ne t'aurais jamais choisie, Lemon.

– Peut-être bien, dit-elle en haussant les épaules, j'aurais pu me montrer persuasive mais c'est là toute la beauté de ce site, Jayden. Si je ne gagnais pas le statut que ton père ne m'a jamais donné, si je ne me mariais pas avec le fils Vyrmond destiné à plus de grandeur encore que son propre père… Alors, je révélerais ce site à la presse à scandale. Combien de temps aurait-il fallu pour que tu tombes, à ton avis ? Ta chute n'aurait pas entraîné que toi… Tout le nom Vyrmond aurait été associé à ce fils à la vie sexuelle débridée étalée sur Internet.

– Tu aurais dû jouer tes cartes avant, Lemon, maintenant c'est trop tard.

– Oui… Je ne m'étais pas vraiment attendue à ce que tu reçoives de l'aide. Franchement, qui s'y serait attendu ? Vous êtes entourés de personnes qui vous détestent, vous jalousent et profiteraient de la moindre faiblesse pour vous anéantir. Une femme, qui plus est ? Dis-moi, elle ne s'est pas encore rendu compte que tu étais pareil que ton père ? Que tu la jetteras quand elle n'aura plus d'utilité ?

– Assez, l'interrompt ma mère pour la première fois. J'en ai assez entendu. Victor, appelle notre avocat, je te prie. Qu'il engage une procédure contre notre ancienne chargée de communication. Vous voyez, ma chère, personne ne peut toucher à l'empire Vyrmond sans tout perdre. Vous allez l'expérimenter.

– C'est vous qui avez tout perdu, Brenda, répond Lemon. « L'empire Vyrmond » est creux et fragile. Si ce n'est pas moi qui vous fais tomber, je suis restée assez longtemps pour savoir qu'un jour quelqu'un d'autre s'en chargera.

Elle se lève et part sans un autre mot, le menton haut et fier. Je m'assois en soupirant et me masse la nuque, las de toutes ces conneries.

– Ne t'inquiète pas, fils, on va arranger ça…

– Je crois que je m'en suis déjà chargé, non ? dis-je avec amertume.

– Nous allons engager le meilleur informaticien pour effacer ce site de…

– Ça aussi, je m'en suis occupé, Père.

– Bien. Avait-il été beaucoup consulté ? Cette garce avait raison sur un point : pour contrebalancer ton image, il faut un acte aussi fort que le mariage.

– Est-ce que tu es seulement sérieux ?

– Jayden, même s'il n'y avait qu'une personne qui avait consulté ce site infâme, cela serait suffisant pour lancer les rumeurs et dégrader ton image. Peut-être pas aujourd'hui, mais cela arrivera si tu laisses faire. Un mariage te donne le statut particulier d'homme ayant vécu mais s'étant rangé…

– Tu en es le parfait exemple, ricané-je.

– Ça suffit, Jayden, s'exclame ma mère. Ton père a raison. Il va falloir choisir une épouse au nom convenable, peut-être une femme ayant fait plusieurs preuves de dons de charité…

Je me lève, ce qui a pour effet d'arrêter leur babillement ridicule. Je les toise, l'un après l'autre, laissant toute ma détermination se graver sur mes traits.

– Vous n'avez aucun droit sur ma vie. Je vous ai laissé trop longtemps la main mais c'est terminé. Je ne remporte pas de titres pour vous, je le fais pour moi. Je ne me présenterai plus à ces galas ridicules. Je ne suis pas un élément du tableau Vyrmond. Je n'ai aucune envie de l'être. Devenir aussi figé… Non merci.

Je pense à A., au bazar qu'elle met partout où elle passe, à sa folie contagieuse, à ses reparties agaçantes qui peuvent me mettre dans tous mes états… Oui, je préfère ce drôle de fouillis heureux, cette étrange tornade d'énergie totalement déroutante et rafraîchissante à cette mascarade, à ces statues de sel se prenant pour des personnes vivantes.

Je m'apprête à les planter là avant de me tourner à demi vers eux.

– Et pour votre gouverne, j'ai une femme. Vous la connaissez déjà d'ailleurs, elle m'accompagnait lors de ce stupide gala. Elle n'est pas diététicienne, elle n'est pas connue dans le monde du sport, elle ne surfe pas sur une vague d'argent scandaleuse. Par contre, elle est vraie, sublime, sincère… Et je sais qu'elle est l'unique femme de ma vie.

Je tourne enfin les talons et sors m'enfoncer dans la nuit en ayant l'impression qu'il n'a jamais fait aussi jour que sous ces étoiles-ci.

31

A.

Mes yeux, s'ils pouvaient se manifester, auraient de quoi se plaindre. Une nouvelle nuit sans sommeil à angoisser en pensant à Jayden et je me retrouve avec des cernes violacés alors que mes globes oculaires brûlent sous la fatigue. Est-ce qu'il va bien ? Qu'est-ce qu'il se passe de son côté ? Et ce baiser qu'il m'a donné avant de partir, cette sombre passion voulait-elle dire quelque chose en particulier ? Était-ce un au revoir ? Une façon de se dire adieu ? N'aurait-il pas le droit d'être définitivement dégoûté par les relations, peu importe leur type ? N'aurait-il pas le droit de vouloir se protéger ? De se créer une nouvelle armure pour éviter une nouvelle trahison ? Ou, au contraire, était-ce pour me dire qu'il revenait ? Une manière de me faire comprendre que, malgré tout, rien ne changeait entre nous ? Qu'il prenait le risque, pour moi, de se livrer tout entier à cette relation ?

Je frotte mes paupières gonflées en me disant que, finalement, c'est tout aussi bien que mes yeux ne puissent agir de leur propre chef. Nom de Zeus ! Il ne manquerait plus qu'ils se mettent à danser tout seuls dans leurs orbites ! Effrayant ! Que le syndrome de la main étrangère soit basé, comme son nom l'indique, sur la main est finalement appréciable, quand j'y réfléchis bien !

Je prends le temps de vérifier que le site n'est pas réapparu depuis que je l'ai effacé, quelques heures auparavant. Je n'en trouve aucune trace et prie pour que cela soit bon signe. J'espère sincèrement que Jayden a pu régler cette histoire… Quand je pense à Lemon… Pourquoi ne l'ai-je pas compris avant ? Sa manière de ne pas répondre à ma question, sa façon de me défendre tout en m'enfonçant devant Adele, le fait qu'elle était la seule personne au courant de mon véritable métier et, par conséquent, que j'étais sur sa trace… J'ai presque envie d'écrire « idiote » sur mon front ! Je suis douée en informatique mais dès que les indices sont laissés ailleurs que sur un écran, je peine à les rassembler. C'est bien pour cela que c'est Vanessa sur le terrain et pas moi ! On se complète si bien dans ce métier…

J'ai un pincement au cœur en pensant à mon amie que je n'ai toujours pas revue et qui me manque atrocement. Je sais que ce vide-là me poussera à me confronter tôt ou tard à ma culpabilité. Notre amitié vaut bien un peu de douleur parfois. Notre lien est si unique que je sais qu'il résistera à tout. Y compris à mon erreur.

Je tourne comme un lion en cage, consultant régulièrement mon téléphone. L'application est-elle bien active ? Oui. Le son ? Également. Le réseau ? Nickel. Alors, pourquoi n'ai-je pas de ses nouvelles ? Je grimace, tentée d'envoyer un message à Jayden. D'un autre côté, il est peut-être encore occupé par cette histoire. Ou a envie de réfléchir, seul. Je ne veux pas le harceler. J'en meurs pourtant d'envie. J'en viens à me maudire de l'avoir fait attendre une journée de plus, d'avoir dîné avec ce fichu infirmier-faux docteur, d'avoir laissé passer quelques heures à ne pas être avec lui. Oui, je l'ai dans la peau, ce mec.

Je me précipite sur ma porte, en milieu de matinée, avec l'espoir qu'il soit derrière. Cependant, avant même d'ouvrir, je sais que cela ne sera pas lui. Même dans sa façon de toquer, on sent son assurance, sa détermination. Les coups semblent vous dire que vous n'avez pas le choix : vous avez beau être chez vous, vous devez lui ouvrir. Ici, le son est faible, comme si on n'osait pas déranger.

L'homme qui attend marmonne un bonjour puis me tend un petit paquet. Je le prends avec une fébrilité puérile avant de m'enfermer pour l'ouvrir comme une gamine. Il n'y a qu'une seule personne qui me fait livrer des choses en ce moment. Un seul homme.

Je me saisis de l'objet rond et délicat au centre du carton, laissant ce dernier choir par terre. Je soulève doucement le couvercle d'or pour découvrir le cadran d'une boussole. Bien sûr, Jayden ne pouvait pas se contenter de quelque chose de simple. Non. L'intérieur du couvercle est ouvragé du plus fin tracé, une simple ligne brisée régulièrement, représentant la fréquence cardiaque, avec au centre, là où le pic est le plus élevé, le dessin d'une montagne. Le contour du cadran est composé d'une fine ligne d'or sertie de petites pierres brillantes.

Athéna me tire de ma contemplation en arrachant la petite carte scotchée au dos de l'objet. Avec précaution, je pose la boussole puis retourne la carte de mon autre main afin de pouvoir y lire l'inscription à l'écriture élégante de Jayden. Même ses lettres sont formées à la perfection !

Pour que tu puisses retrouver le chemin de notre lit...
Qu'importent les montagnes qui peuvent se dresser dans
notre vie.
Dépêche-toi de venir me retrouver ou je viendrai te chercher.
Jayden

Mon cœur tambourine si vite que j'ignore comment mes poumons arrivent à suivre cette cadence infernale. J'ai l'impression d'exploser en un million d'étincelles, comme si j'étais un fichu feu d'artifice. Beau, lumineux, joyeux. C'est bien ce que je ressens, ce qui crépite dans mon sang. Mes yeux s'attardent sur « notre lit » qui me fait sourire comme une idiote. C'est comme si je faisais déjà partie intégrante de sa vie, que j'y avais une place définitive et irrévocable. Et cette dernière phrase, cet ordre doublé d'un ultimatum qui me laissent tout excitée. Jayden ne me laisse pas le choix et peut-être devrais-je détester cela. Pourtant, je n'arrive pas à y parvenir. Il y a une urgence, un besoin brut, une passion dans ses mots, une promesse de possession qui me font fondre. Cet homme va me rendre totalement folle. De lui. Il a beau être d'une prétention insupportable, d'une arrogance agaçante, il peut également lâcher des petites phrases si simples et pourtant si pleines d'ardeur que je ne peux décemment pas lui résister.

Je me rapproche de mon portable en ayant l'impression de ne pas toucher le sol pour dicter un message :

[Je ne sais pas lire les poux seuls…]
[boussoles*]

[Viens, ce soir, je t'apprendrai.]

[Géante]
[J'ai hâte*]

Je lève les yeux au ciel en me disant que, décidément, la dictée vocale est contre le romantisme. Néanmoins, rien ne peut me défaire de mon sourire. Je me sens tellement forte, si positivement sûre que rien ne peut entacher ma bonne humeur, que je décide de m'occuper de cette fichue culpabilité sur-le-champ. Je refuse que mon bonheur ne soit pas absolument complet et, pour cela, j'ai besoin de retrouver ma meilleure amie.

Je commande un taxi et sors l'attendre sur le trottoir. J'en profite pour repérer les deux agents de service et leur faire un petit coucou. Ils ne prennent plus la peine de se cacher. Ils me suivent comme mon ombre et à découvert. De toute façon, celui qui m'a foncé dessus *sait* que je suis protégée. Alors, si le fait qu'ils sont visibles peut m'éviter un autre incident, je suis même prête à coller sur leur voiture une pancarte lumineuse. C'est bien pour cela que je prends aussi un taxi plutôt que le bus. Je n'ai aucune envie de me retrouver seule, dans un transport en commun bourré d'inconnus, avec la possibilité que l'un d'eux soit le fameux fou furieux !

Je suis surprise un instant que cela soit Joey qui m'accueille. En pleine journée, ne devrait-il pas être à l'entraînement ? Il me faut moins d'une minute, cependant, pour me rappeler que Vanessa est une priorité à ses yeux. Quelques jours d'entraînement en moins ne sont rien s'il peut prendre soin de sa femme. On reste gênés quelques secondes, moi sur le palier, lui dans l'appartement, avant qu'il ne se racle la gorge et ne se décale pour me laisser passer.

Je suis soulagée qu'il ne me claque pas la porte au nez. Il a beau s'être pointé lorsque j'étais à l'hôpital, je sais qu'il l'a fait pour Vanessa avant tout et nous n'avons pas discuté depuis ce petit éclat entre nous. J'entre avec un petit sourire à son intention, le remerciant de cette invitation silencieuse, et avance dans leur petit nid. Vanessa est affalée dans le canapé, un oreiller sous son dos. Ses yeux dérivent lentement vers moi et lorsqu'elle réalise que je suis là, elle se redresse d'un bond avant de grimacer en se tenant les côtes.

– Sale peste, dit-elle en reprenant son souffle, pourquoi tu m'as fait attendre si longtemps ?

Je cours vers ma meilleure amie avant de me laisser tomber sur le sol à côté d'elle. Je la serre dans mes bras en prenant garde de ne pas lui faire mal et un poids dont je n'avais pas entièrement conscience semble disparaître de mon estomac.

– Je suis désolée, murmuré-je avant de la relâcher.

Elle renâcle :

– Pas autant que moi ! Comment est-ce que tu peux être assez idiote pour croire une seconde que je t'en veux ?

Athéna lui administre une chiquenaude sur l'épaule en réponse pendant que je soupire bruyamment :

– Je sais que tu ne m'en veux pas, Van. Je suis ta seule amie, tu ne prendrais pas ce risque…
– Ah, ah, très amusant…
– Je m'en veux pour nous deux. J'aurais dû prendre le temps de vérifier cette carte d'identité. Une disparition n'est pas une petite affaire et je l'ai pourtant traitée comme telle… Pas par rapport à Suzie, non, mais j'aurais dû vérifier l'entourage avant tout, notamment de celui qui voulait absolument la retrouver.
– J'ai vu ce type, A., et j'ai eu beau le trouver bizarre, aucune alarme n'a retenti dans mon esprit. Je sais que ton prénom te fait prendre pour une déesse, mais tu es seulement humaine et certainement pas omnisciente !

Je pousse un grognement en laissant ma tête tomber sur un bout du canapé.

– Tu as été blessée…

– Et tu nous as caché qu'un malade cherchait peut-être à s'en prendre à toi pour faire du mal à Lonan…

– Ça n'a rien à voir !

– Bien sûr que si ! Tu as fait ça pour nous protéger, A. Nous enlever du souci et des ennuis qu'on pourrait avoir à mettre notre nez dans cette affaire. Tu fais ce que tu peux pour nous mettre en sécurité en permanence, que ce soit sur les enquêtes ou dans notre vie de tous les jours ! Alors, par pitié, arrête de faire l'idiote et ne m'évite plus jamais !

Je fais la moue et hoche la tête en la reprenant dans mes bras. C'est comme si j'avais besoin de son contact pour être bien sûre que notre amitié est aussi intacte qu'auparavant.

– D'ailleurs, dit-elle en me relâchant, il y a quelqu'un qui voudrait te présenter des excuses.

Elle fusille son mari du regard et Joey se rapproche de nous avec un profond soupir. Il se perche sur l'accoudoir du canapé avant de poser une main protectrice et aimante sur les jambes de Vanessa. Elle garde les yeux plissés mais je peux voir son expression s'attendrir.

– Tu n'es pas obligé, Joey, interviens-je. Tu avais le droit d'être en colère et je sais à quel point tu devais être inquiet…

– Oui, tu as raison, j'étais angoissé. Mais, comme me l'a fait remarquer Jayden, je n'avais pas le droit de soulager mes nerfs en me défoulant sur toi. Alors, je m'excuse, A.

Je balaye ses paroles d'un geste de la main, ne sachant que répondre, et Vanessa se pare d'un sourire espiègle.

– En parlant de Jayden, petite cachottière…

– Tu l'as rendu sacrément accro, lance Joey avec un regard admiratif, je n'aurais jamais cru voir mon ami ainsi…

Je rougis et me tortille.

– Oui, et puis ce n'était pas vraiment difficile à deviner, ricane-t-il.
– Il t'a défendue contre le dragon Joey, dit Vanessa en jouant des sourcils.

Son mari presse sa main sur ses chevilles en lui lançant un regard chargé de représailles… érotiques. Nom de Zeus ! Il faut toujours qu'ils soient si… expressifs dans leur amour ! Je tourne la tête pour leur laisser cette intimité de couple, réalisant en même temps ce que je suis en train de faire. Un comportement nouveau que je n'aurais jamais eu avant de vivre cette histoire avec Jayden. Maintenant, cependant, je comprends mieux ce besoin de laisser un couple à ses petits moments hors du temps. Cela n'appartient qu'à eux. Ce lien qui se tisse entre un homme et une femme est si particulier, si magique. C'est une communication qu'ils ne partagent qu'ensemble. Comme Jayden a cette façon de me regarder. Comme nous avons cette manière de nous répondre. De réagir à l'autre.

– Oui, reprend Joey avec lenteur, il n'est pas toujours évident à déchiffrer et il est nul pour exprimer ce qu'il ressent, mais c'est un homme bien.
– Je sais, acquiescé-je.

J'ai appris à le décrypter.

– Quoi qu'il arrive, ne sois pas trop dure avec lui, tu veux ?

Mes lèvres frémissent d'un sourire malicieux alors que je prends un malin plaisir à rétorquer :

– Joey, je ne suis pas dure avec lui. C'est lui qui est dur, très *très* dur…
– A. ! glapissent-ils en même temps.

Vanessa porte ses mains à ses oreilles tandis que son mari secoue la tête, comme pour en chasser mes paroles. On se regarde tous les trois et nos gloussements finissent par avoir raison de nous, ressoudant complètement notre complicité.

32

A.

Je passe toute la journée en compagnic de Vanessa, ayant besoin de rattraper tous ces jours sans lui parler. Joey me propose de me raccompagner, comme pour enterrer définitivement la hache de guerre, et me demande avec un sourire où il doit me conduire. Même si je meurs d'envie de retrouver Jayden, je lui demande de me déposer chez moi. Rien qu'un petit saut pour me rafraîchir avant de retrouver l'homme de tous mes fantasmes. Ma peau se couvre de frissons à l'idée que je vais bientôt le rejoindre.

– On dirait que tu es attendue, me dit Joey en se garant.

Je suis son regard et tombe sur Gregory, mains dans les poches devant chez moi, fixant la voiture. Je grimace discrètement avant de répondre :

– Zut, je l'avais presque oublié ! Je vais tenter d'être aussi délicate que possible pour l'éconduire…
– C'est le jeu, dit Joey. Il devrait savoir que l'on perd parfois mais c'est pour gagner la personne qui nous est vraiment destinée.

Je glousse, une main sur la poignée :

– Je vais essayer de retenir ta phrase de poète pour lui ressortir !

Je sors, claque la portière et vérifie que mes gardes du corps sont bien arrivés derrière nous avant de me diriger vers Gregory.

– Salut, lancé-je.
– Salut… Tu es partie tellement vite hier que je me suis dit qu'on pourrait discuter ce soir.
– Bien sûr. Je suis désolée, au passage, partir comme une voleuse ne me ressemble pas ! C'était vraiment important.
– Hum, répond-il alors que j'ouvre la porte. L'expression tombe à pic quand on est entourée de flics.
– Tu as l'œil, acquiescé-je. Ils sont toujours là depuis que… eh bien, tu sais.
– Depuis que tu es passée à un cheveu d'un impact mortel ?

Je force un sourire, si crispé qu'il me fait mal. Décidément, Gregory ne me met vraiment pas à l'aise ! Les mots sont violents et le ton nonchalant, un décalage qui tord mon estomac. Je me dis qu'il faut que j'expédie cette discussion le plus vite possible, mette les points sur les i, pour arrêter de psychoter avec ce type.

– Enfin, bref, je voulais te parler justement…
– J'espère que c'est pour me proposer un autre dîner.

Sa phrase me fait frémir. L'intonation n'est encore pas la bonne, la grimace sur son visage non plus… Je sursaute presque quand l'application de mon téléphone se déclenche :

– Nouveau message de Jayden : « Je suis dans cette douche que l'on a partagée dans les vestiaires… Tu n'as pas idée à quel point j'avais envie de te prendre là-dedans, de plonger dans ton corps chaud et te voir essayer de retenir les cris de ton orgasme. Je serai chez moi dans une heure. Rejoins-moi, laisse-moi te faire l'amour jusqu'à l'oubli… »

Je rougis dès les premiers mots, la voix sensuelle que j'ai choisie pour lire les textes n'arrangeant rien, et ouvre mon sac avant de fouiller à l'intérieur. Je suis gênée que Gregory ait entendu ça – on repassera pour la délicatesse ! – et en même temps plus que pressée de rejoindre Jayden.

J'entends Gregory lâcher un soupir au moment où je mets la main sur mon téléphone :

– Tant pis pour le plan A.

Je n'ai pas le temps de relever la tête et de lui demander ce qu'il veut dire par là. J'ai à peine redressé mon visage que je sens une piqûre dans mon cou, aussi fine qu'une aiguille, et je vois le bras de Gregory tendu vers moi. La compréhension me fait écarquiller les yeux au moment même où ma vision devient floue. Il vient de m'injecter quelque chose. La peur me saisit aux tripes, violente. Je n'ai pas le temps de bouger, pas le temps d'avoir envie de vomir ma terreur. Mes jambes se font molles, je me sens tomber avant que l'obscurité ne se referme sur moi.

33

Jayden

La journée est une répétition des mondiaux à venir. Une journée où j'enchaîne les cinq épreuves. Je ne peux m'empêcher de sourire en pensant à ce que A. dirait si elle connaissait l'histoire du pentathlon moderne. La scène vivante d'un homme, un soldat, devant délivrer un message et qui, pour ce faire, monte à cheval avant de se battre à l'épée contre l'ennemi et de continuer sa mission en courant, nageant puis en luttant une dernière fois pour sa vie avec un pistolet. Je suis sûr qu'elle y verrait une version très romantique et me taquinerait sans relâche.

J'arrive à repousser son image pour me concentrer sur ma première épreuve, l'escrime. Cependant, elle revient lorsque cette dernière se termine. Je peux presque l'entendre railler mon côté chevaleresque légendaire qu'elle ne connaissait pas. Je répète l'exercice de me vider l'esprit avant de passer à la natation, puis l'équitation. Toutefois, je la sens toujours là, dans un coin de ma tête et mon cœur. Comme lorsque je félicite le cheval inconnu avec qui je viens de réaliser le parcours avec brio, ne pouvant m'empêcher de la revoir, fière et forte, sur Philibert.

Je suis mordu. Sévèrement. Profondément. Et je ne veux pas me défaire de la prise de cette femme sur moi. Savoir qu'elle m'appartient, qu'elle sera là ce soir, me fournit une énergie que je ne connaissais pas. La récupération entre les épreuves me semble encore plus facile. L'effet d'une double motivation ?

J'apprécie, cependant, cette concentration qui ne me fait pas défaut lorsque le moment est venu. L'entraînement, la volonté, la détermination m'ont forgé à jamais. Je reste Jayden Vyrmond, l'homme qui vise l'excellence et rien de moins. A. est une douceur à chaque fois que mes muscles crient leur douleur mais elle ne m'empêche pas d'être à cent pour cent dans chaque épreuve. J'en ai la preuve lors de la course combinée au tir. Le top départ, le stand de tir, cinquante secondes maximum pour atteindre cinq fois la cible, j'en utilise seulement dix avant de me lancer dans la course et de répéter l'opération. Je pousse sur mes jambes, courant avec régularité, sans ralentir, avant de vider mes poumons d'une expiration, une vague froide balayant mon corps, pour tirer sans faillir, ordonnant à mon bras de ne pas trembler, à mes yeux de rester concentrés sur la cible.

Ulrich exulte à la fin de la journée, tapant avec énergie mon épaule transpirante.

– Si tu restes dans cette forme pour les mondiaux, tu auras le titre ! dit-il avec un grand sourire.
– As-tu un jour douté de moi ? rétorqué-je en haussant les sourcils avec arrogance.

Il me sourit avant de répondre simplement :

– C'est mon boulot de repérer les champions. Je ne travaille qu'avec eux.

Oui, Ulrich a toujours cru en moi. Je pose ma main sur son bras, le serrant un bref instant pour le remercier en silence. Le dire à voix haute nous mettrait tous les deux mal à l'aise. Même cette brève marque de reconnaissance nous laisse un peu gauches et mon entraîneur se charge de rompre l'atmosphère :

– Va te laver, tu sens le bouc.
– Tu as l'air de t'y connaître : tu en fais un élevage ?
– Petit ingrat.
– Vieux marabout.

On sourit tous les deux en se séparant et je prends le chemin des vestiaires. Je ramasse mon sac avant de me diriger vers les douches. Je m'arrête dans mon élan alors que j'allais entrer dans l'une d'elles et me décale sur la gauche, jusqu'à atteindre celle où A. s'était enfermée avec moi. Je sors mon portable, ne résistant pas à la tentation de lui envoyer un message, avant de le fourrer au fond de mon sac pour ne pas le mouiller et laisser l'eau laver mes efforts de la journée. Je me savonne avec énergie; les pensées tournées vers la soirée qui m'attend. Le premier soir où elle et moi allons céder en toute connaissance de cause. En sachant que nous nous engageons dans une relation. Sérieuse. Officielle. Exclusive.

Je profite un peu de la chaleur de la douche qui détend mes muscles plus que sollicités, massant ceux-ci pour les dénouer plus rapidement, avant de me sécher et d'enfiler des affaires propres. Je sors de la cabine au moment où Jeff se pointe dans les vestiaires. Il me scrute de la tête aux pieds avec son sourire d'emmerdeur :

– Un petit rendez-vous, ce soir ? ricane-t-il. Moi qui croyais t'avoir entendu dire que tu ne tomberais jamais dans ces travers.

Je lève mon majeur dans sa direction et il glousse de plus belle.

– Tu n'as pas quelqu'un d'autre avec qui t'occuper ? Ta femme, par exemple ?
– T'inquiète pas pour ça, mon vieux, elle ne s'est jamais plainte. Tu veux des conseils, peut-être ?
– Tu n'es vraiment qu'un co…

Je m'arrête en pleine phrase, les yeux rivés sur l'écran de mon portable que je viens de ressortir du sac et le souffle coupé.

[Je te rejoins dans la soirée.
Nous avons toute la nuit pour nous.]

– Quelque chose ne va pas, mon vieux ?

J'entends l'inquiétude dans le ton de Jeff. Je me force à relever les yeux vers lui alors même que je suis glacé de l'intérieur.

– J'ai reçu un message de A.
– Et alors ?
– Il y a un truc qui cloche, dis-je en me rapprochant de lui pour lui montrer l'écran.
– Je ne vois pas ce qu'il…
– Il n'y a aucune faute, le coupé-je. Pas une seule dans les deux phrases. Elle utilise la dictée vocale et ça fait toujours des erreurs.
– Il y a peut-être eu une mise à jour, dit-il d'un air pas vraiment convaincu.

Un mauvais pressentiment me prend aux tripes. Est-ce que je suis paranoïaque ? Est-ce que j'angoisse pour rien ?

Peut-être. Néanmoins, je n'oublie pas qu'il y a un taré qui a voulu l'écraser. Et si…

Mon cœur me remonte dans la gorge et je me force à dire :

– Tu as le numéro du flic ?

Jeff sait de qui je veux parler. Lonan l'a déjà aidé, une fois. Il acquiesce et sort son propre téléphone avant d'appuyer sur le contact et de me tendre le portable que je colle à mon oreille. Les sonneries me tuent à petit feu. Le stress monte à tel point que je sens mes nerfs tressauter désagréablement sous ma peau.

– Jeff ? lance la voix de Lonan en décrochant.
– Jayden. Écoute, j'ai un mauvais pressentiment. A. m'a envoyé un message qui ne colle pas. Je le trouve bizarre. Tu as toujours des collègues qui sont avec elles ?
– Ils la suivent partout, j'aurais été alerté si…
– Est-ce que tu peux leur demander de vérifier ? S'il te plaît, me forcé-je à ajouter.

Je l'entends soupirer et j'ai l'impression que ma mâchoire va exploser à force d'être si serrée. Je me jure de lui en coller une, la prochaine fois que je le croise, s'il refuse.

– Au pire ça ne leur prendra que trois secondes, finit-il par répondre. Je vais leur demander…
– Merci.

Je raccroche sans plus attendre, lance l'appareil à Jeff qui le récupère habilement, avant de tourner les talons et de me mettre à courir. Je sors du complexe, traverse le parking et monte dans ma voiture que je fais démarrer sans prendre le temps d'attacher ma ceinture. L'angoisse, acide, ronge mes veines sans pitié. Je me fous d'être imprudent. Tout ce qui compte c'est de la rejoindre. De m'assurer qu'elle va bien. Je roule le plus vite possible et les minutes pour arriver jusque chez elle me paraissent bien trop longues. Je double, entends vaguement les klaxons furieux, alors que je reste le pied au plancher, priant pour avoir tort.

Après tout, la vie ne peut pas être si cruelle pour m'enlever la seule femme à qui j'ai livré mon cœur tout entier, si ?

34

A.

J'émerge. Bouche pâteuse. Bras tirés en arrière dans une position douloureuse. Je cligne des yeux. Je réalise l'horreur.

Je suis assise, attachée sur une chaise et pas d'une façon dont j'aimerais l'être. Gregory est assis en face de moi et m'observe sans émotion. Mes poumons se bloquent puis l'air revient douloureusement en un cri :

– À L'AIDE !

La gifle qu'il m'administre me fait me mordre la langue et goûter mon propre sang.

– Tes précieux policiers sont dans leur voiture, vitres fermées, garés sur le trottoir d'en face et même pas devant ta maison. Ils ne peuvent pas t'entendre alors ne me casse pas les oreilles.

J'ai presque envie de ricaner avec amertume en lui disant à quel point je suis désolée de lui écorcher les tympans. Sans rire ! Pense-t-il vraiment que je me préoccupe de son bien-être ? La seule raison pour laquelle je ne hurle pas de nouveau est qu'il a vu juste. Comment pourraient-ils bien m'entendre alors que je m'époumone dans un espace fermé, que nous sommes séparés par la rue et qu'eux-mêmes sont dans un véhicule confiné ? Je prends une inspiration pour essayer de calmer la nausée étouffante que provoque ma peur. Il faut que je me sorte de là. Comment ? Aucune idée.

– J'ai pris soin de répondre à ton rencard, tu ne m'en voudras pas ? reprend-il d'un air indifférent. Il ne t'attend pas avant plusieurs heures, j'ai été très romantique…

Ses paroles dégonflent le maigre espoir qui prenait forme dans ma poitrine. Jayden non plus ne s'inquiétera pas. La douleur me fait tourner la tête vers les menottes qui enferment mes poignets et réaliser qu'Athéna bouge et tente de se libérer par tous les moyens. Le frottement contre le métal me coupe la peau et je sais que je vais bientôt voir mon sang couler. Pourtant, le fait qu'elle s'agite me redonne un peu de vigueur. Si Athéna continue à essayer de se libérer, c'est que *je* n'ai pas perdu tout espoir. Je puise dans cette pensée pour retrouver ma force et tenter de réfléchir.

Parle.

Il me faut d'abord gagner du temps. Que ce soit pour imaginer un plan ou bien que l'on me trouve, peu importe.

– Qu'est-ce que tu m'as injecté ?
– De la kétamine. L'injection fait effet en quelques secondes et se dissipe en dix minutes. Efficace et pile ce qu'il fallait pour qu'on cause, toi et moi.

Dix minutes. Je suis restée dans les vapes pendant dix minutes. D'un côté, ça me rassure. Il n'a pas pu faire grand-chose d'autre que de me hisser sur cette chaise et de m'y attacher pendant ce laps de temps. D'un autre, l'idée me fait grimacer. Il s'est passé trop peu de temps pour qu'on s'inquiète pour moi.

– C'est toi qui m'as foncé dessus en voiture, réalisé-je à voix haute.

– Tout juste. Et les flics avaient raison : je comptais juste t'amocher un peu. Tu t'en es malheureusement mieux tirée que je l'espérais.

– Pourquoi ?

– Pour me présenter en tant que médecin et avoir une chance de t'approcher de très près…

L'idée me fait frissonner. Dans un sens, il a presque réussi. Il s'est fait passer pour un docteur et m'a suivie jusqu'à l'hôpital. Dieu merci, il ne m'a pas touchée ni prodigué un quelconque soin douteux !

– Si c'est pour rendre Lonan jaloux, tu fais erreur, on…

Il éclate de rire, si fort qu'il en tombe presque de sa chaise. Je l'observe avec sidération tandis que le maigre savoir que je pensais détenir sur lui s'écroule sous mes yeux.

– Oh non, rien à voir avec le flic que tu câlinais… Même si ça m'a bien rendu service que vous le pensiez tous.

Je repense au fait qu'il me semblait étrange que l'on s'en prenne à moi pour atteindre mon ami, puisque notre relation n'est plus que ça depuis longtemps : de l'amitié. On a tout confondu, finalement. Tellement focalisés sur la menace qui pesait sur lui que l'idée d'être moi-même la cible d'un psychopathe ne nous a pas effleurés une seule seconde. La question est : pourquoi ? Pourquoi me vouloir du mal ? Me suivre ? Monter un plan pour me faire peur, me blesser et m'approcher ?

Je rejette la tête en arrière autant que possible et le détaille minutieusement. Il arrête de rire devant mon observation, restant immobile pendant plusieurs minutes, avant de relever ses lèvres en un rictus mauvais.

– Tu ne te souviens pas, hein ?

J'ai beau essayer de toutes mes forces, à part ce même sentiment de l'avoir déjà vu, je ne remets pas le doigt sur ce qui me titille.

– Pourtant, c'est notamment grâce à moi que votre petite entreprise est devenue presque grande…

Je me fige. Une ancienne enquête. Il y a des années visiblement, car notre agence a très vite gagné des clients réguliers. Je tente de me rappeler les premiers dossiers que l'on a traités quand on a commencé, et une question tourne en boucle dans mon esprit : pourquoi moi et pas Vanessa ? Non pas que je lui souhaite d'avoir un psychopathe aux trousses ! Simplement, la logique voudrait qu'elle soit la cible. C'est elle qui est sur le terrain. Moi, je suis la fille derrière l'ordinateur.

Il soupire franchement, l'air passablement agacé que je ne me souvienne pas.

– Je suppose que c'est normal, je ne suis pas le dernier à qui tu as tout pris, pas vrai ?

Je serre les dents pour m'empêcher de répondre. Je n'ai pas envie de l'irriter encore plus. La colère fait agir de manière désordonnée, pulsionnelle et je n'ai vraiment pas envie de savoir ce qu'il pourrait me faire de plus dans ma position.

– J'étais bien plus jeune, à l'époque, tout comme toi d'ailleurs.

Il émet un hoquet incrédule, comme si cette évidence le prenait court. Je le laisse méditer tranquillement alors que je sens le sang couler le long de mon poignet et glisser sur ma main. Les gouttes doivent tacher le sol maintenant.

– Enfin, bref, dit-il en secouant la tête. J'étais infirmier dans le centre médical d'Oklahoma City. J'avais une très belle vie. Tout ce que je désirais. Jusqu'à ce que ma fiancée se méfie de moi et prenne contact avec vous.

Je me mords la langue pour ne pas répondre avec ironie et m'enfoncer davantage dans cette situation merdique. Sa fiancée se méfiait de lui ? Sans blague ! Je ne comprends vraiment pas pourquoi…

– Je n'avais pas peur des doutes que pouvaient nourrir les femmes à mon égard. J'étais totalement irréprochable pendant la durée de la relation. Je n'allais pas voir ailleurs, je ne buvais pas, j'étais galant, j'étais… parfait. Ta collègue ne pouvait rien trouver sur moi. Rien.

Ses paroles remuent quelques souvenirs en moi et je m'agite sur ma chaise.

– Tu ne t'appelles pas vraiment Gregory, soufflé-je.

Il ne m'entend pas. Il continue, totalement perdu dans ses propres pensées, tourné vers le passé :

– Il a fallu que toi, tu t'en mêles. Toi et tes recherches. Je ne sais pas comment tu fais ça, tu dois vraiment être très douée. Oui… Retrouver tous ces certificats de mariage, les papiers que j'avais signés à la place de mes épouses me transférant leurs fonds…

Je déglutis. Je me souviens effectivement de ce cas. Cette jeune médecin, brillante, tombée amoureuse d'un escroc. Ses doutes, ses craintes qui la faisaient rougir en nous demandant d'enquêter sur son futur mari. L'enquête avait reposé finalement sur les documents que j'avais dénichés en faisant ce que je savais faire le mieux. J'avais réussi à remonter sa trace à travers les années. Il n'en était pas à sa première épouse. Des mariages multiples étaient déjà étranges alors j'avais continué. J'avais vu les documents à la signature similaire sur des contrats au nom de ses femmes lui permettant de faire main basse sur leur fortune, leur empire. C'était un as de l'escroquerie. Se mariant, raflant la mise, divorçant ou… Je me souviens de l'une de ces femmes, morte dans un accident. A priori. Je n'avais pas pu prouver qu'il était coupable, bien sûr, l'enquête avait déjà été classée sans suite. Cependant, le doute ne m'avait jamais lâchée.

– Tu n'as pas seulement fait ton boulot. Tu aurais pu te contenter de lui dire, elle aurait pu rompre les fiançailles et tout le monde aurait continué sa vie. Non. Il a fallu que tu contactes mes ex-femmes.

Il crache cette dernière phrase avec fureur et me file une autre gifle. J'encaisse le coup, les picotements douloureux qui empreignent ma joue.

– Ton putain de dossier de merde m'a foutu en l'air. Elles se sont toutes mises contre moi, j'ai été condamné à reverser des sommes astronomiques avec des intérêts ! Tu m'as criblé de dettes ! L'hôpital m'a viré. L'affaire a fait la une des journaux ! J'ai dû changer d'État et mendier pour ne pas crever de faim ! Tout ça à cause de toi !

Je soutiens son regard haineux sans rien dire. Je ne suis pas désolée. J'ai fait ce qui était juste envers ces femmes sans défense et dépouillées lâchement. Ce sont ses erreurs qui l'ont conduit à sa situation. Je ne crois pas, cependant, qu'il soit prêt à l'entendre. Je me borne au silence.

– Je me suis toujours dit que je me vengerais. Que je te ferais payer, te ferais ressentir la même chose. J'ai attendu sans jamais t'oublier. Je me suis renseigné sur toi. J'ai appris tout ce que je pouvais. J'ai même eu accès à ton dossier médical et psychologique grâce à mon statut dans le milieu hospitalier. Ouais... Cet accident t'a bien bousillée, hein ? Dommage que tu ne sois pas morte en même temps que tes parents.

Je balance mon pied, essayant de le viser, avec un cri de rage. Cela le fait rire alors que je halète de colère sur ma chaise.

– Sujet sensible ? C'est pour ça que j'ai choisi la voiture pour te foncer dessus. J'étais sûr que ça te rappellerait des souvenirs... Une façon exquise de te fragiliser et te mettre dans l'état d'esprit qu'il fallait. Mon plan était simple, tu sais ? Être celui qui te soigne pour que tu t'attaches à moi. Je t'aurais eue facilement sous ma coupe. Tu es le genre de fille à avoir besoin d'amour, non ? Tu serais tombée amoureuse de moi et... je t'aurais brisée. Cela aurait été un jeu d'enfant. Je l'ai fait tellement de fois... Je me serais servi sur ton compte, t'aurais pris jusqu'à ta maison que j'aurais vendue et je me serais éclipsé en te laissant seule, pauvre, cassée... Peut-être même que ce dernier coup de la vie t'aurait fait te jeter d'un pont, cerise sur le gâteau...

J'ai soudain l'impression de regarder la scène de l'extérieur. Moi, attachée à une chaise, lui me dévoilant son plan. Et soudain, une question me brûle les lèvres et me donne envie de vomir :

– Et maintenant ?

Je m'entends poser la question. Ma tension monte. Mon pouls bat dans mes tempes. Je n'aurais pas dû demander. Je vais précipiter les choses, le faire aller plus vite, continuer à avancer dans son délire de vengeance. Cependant, nous en sommes bien là. Il a fini de m'expliquer ses motifs et je suis toujours coincée. Que va-t-il se passer ensuite ?

– Maintenant, je passe au plan B. Je ne m'attendais pas à ce que tu aies un petit copain. Vraiment. Un homme capable de supporter ton cas… Il doit avoir une case en moins, glousse-t-il. Puisqu'il existe, j'ai dû prévoir la possibilité que tu ne tombes pas dans mes filets. Nous voilà donc ici. Et tu vas faire travailler cette petite tête pour moi. Je veux que tu me dises comment faire pour transférer un million de dollars sur mon compte. Je veux aussi un vol en première classe vers les îles Caïmans.

– Et comment veux-tu que je fasse ça ? lâché-je d'une voix forte.

– Allons, allons… Tu es un petit génie de l'informatique, ça ne devrait pas être si compliqué que ça…

– Tu ne sais pas une seule seconde de quoi tu parles ! On n'est pas dans un film ! Pirater une banque pour détourner une aussi grosse somme d'argent puis pirater le réseau d'un vol international me prendrait des plombes !

– On a le temps, décrète-t-il. Tu vas le faire. Tu vas me dire comment faire.

– Tout ce que tu vas réussir à faire, c'est que les forces de l'ordre tapent à ma porte pour m'arrêter pour piratage. Tu ferais mieux de partir l'air de rien pendant que c'est possible.

– Non ! Non ! Je ne me laisserai pas avoir ! Je sais que tu mens ! Tu vas me faire avoir ce fric et ma nouvelle vie sinon…

Il s'arrête, se rapproche et se penche sur moi. Mes organes semblent se replier sur eux-mêmes et m'empêchent de respirer correctement :

– Sinon je te ferai changer d'avis et, crois-moi, tu n'apprécieras pas.

C'est pile à cet instant-là, quand son dernier mot tombe et me paralyse, que ma porte explose avec fracas. Je me recroqueville par instinct alors qu'on hurle :

– Police d'Oklahoma ! Mains sur la tête ! Mains sur la tête !

35

Jayden

Quand j'arrive chez A., je repère immédiatement la voiture de police aux gyrophares allumés. Je m'arrête en plein milieu de la rue, pris par la panique, et descends sans couper le moteur ou retirer mes clés. La seule chose qui m'importe, c'est elle.

Je cours et entre dans la petite maison comme un boulet de canon. J'ai vaguement conscience des flics qui se tournent vers moi, main sur leur flingue, mais je m'en fous. Une vague de soulagement brut me balaye quand mes yeux se posent sur A., debout au milieu du salon. Elle a l'air pâle, secouée et en colère également. Surtout, elle est là. Elle se tourne vers moi, comme attirée par ma présence, capte mon regard et vient se fondre dans mes bras avant même que les agents aient pu prononcer un mot. Elle s'agrippe de toutes ses forces et je lui rends son étreinte au centuple, embrassant ses cheveux à intervalles réguliers.

– Comment est-ce que tu as fait pour arriver si vite ? demande-t-elle contre moi. Ils viennent tout juste d'intervenir.
– Je me suis douté que quelque chose n'allait pas avec ton message. J'ai demandé à Lonan d'envoyer ses gars vérifier et je me suis mis aussi en route.
– Qu'est-ce qui n'allait pas dans le message ?

– Il n'y avait aucune faute, aucun mot changé par un autre…

Elle lâche un petit rire entrecoupé d'un sanglot qui me serre le cœur et elle se recule un peu, un sourire tremblant aux lèvres, avant de répondre :

– Je ne râlerai jamais plus contre cette fichue dictée vocale !

Elle se dresse sur la pointe des pieds, dépose un baiser des plus légers sur mes lèvres.

– Merci, souffle-t-elle.

Je pose mon front contre le sien :

– Les remerciements ne sont pas nécessaires, A., te perdre me serait intolérable. Je ne laisserai jamais une chose pareille se produire. Tu dois me promettre d'en faire autant : ne t'arrache jamais à moi, Aphrodite Zuliani.

On est interrompus par Lonan qui arrive à toute allure derrière nous. Il balaye la pièce du regard avant de nous rejoindre et de prendre A. dans ses bras. Je le laisse faire, crispé de la tête aux pieds. Il la relâche à peine que je la tire de nouveau vers moi, enroulant un bras autour de sa taille, à la fois protecteur et possessif. Ne plus jamais la lâcher me semble être une excellente idée.

– Je suis désolé, Aphrodite, j'aurais dû me renseigner dès que tu me l'as demandé sur ce type, dit-il en secouant la tête.

Je me tends, résistant à l'envie d'en coller une au géant devant ses collègues. Finir au trou n'est pas au programme de ma soirée mais l'envie de lui mettre mon poing dans la figure me démange comme jamais. Si je décrypte bien, il savait quelque chose. Elle lui avait demandé de se renseigner sur un type et il ne l'a pas fait.

– C'est rien, Lonan, répond-elle. On s'est tous fait berner en beauté… Il ne faudrait pas que ça devienne une habitude.
– Qu'est-ce qu'il s'est passé ?
– Une ancienne enquête qui m'est revenue en pleine figure. Cela n'avait rien à voir avec toi, Lonan. Personne ne cherche à me nuire à cause de toi. Ce type est un escroc dont j'ai prouvé la culpabilité avec un dossier dans lequel j'avais déterré toutes ses arnaques. Il voulait se venger. Prendre sa revanche contre moi.

Elle s'appuie un peu plus contre mon torse et je resserre mon étreinte autour d'elle. Je remarque alors la coupure sur son poignet et le sang séché sur sa peau. J'attrape son bras de ma main libre, le relevant pour examiner la plaie.

– Athéna a lutté jusqu'au bout, dit-elle.
– *Tu* as lutté jusqu'au bout, rétorqué-je.

Elle sourit et sa main incontrôlable se redresse avant de se poser sur ma joue, une douce caresse qui me retourne complètement. Je suis persuadé qu'elle réagit à ses émotions profondes et que je peux m'y fier les yeux fermés. Cette tendresse toute particulière me touche directement : même au plus profond d'elle-même, même dans les tréfonds de son âme, cette femme se donne à moi et m'offre son amour.

– Il faut que tu fasses ta déposition et que tu voies un médecin, intervient Lonan en brisant l'instant comme un fichu éléphant.
– Ça ne peut pas attendre ? lui demande-t-elle. J'ai juste envie d'aller au lit…

Il semble réfléchir une minute et nous toise tous les deux avant de hocher la tête :

– Demain matin.

A. se tourne vers moi, son air fatigué contrebalancé par un sourire taquin :

– Tu as conquis le cœur de la belle, sauvé son derrière et traversé la ville pour la retrouver... Que dirais-tu de m'emporter dans ta demeure, maintenant ?

Mes lèvres frémissent et je repousse une mèche de ses cheveux derrière son oreille :

– Du moment que tu ne m'obliges pas à porter des collants colorés et une couronne ridicule.

Elle tend son visage vers moi, hissée une nouvelle fois sur la pointe des pieds, et murmure à mon oreille :

– Ce sont des symboles démodés... Je te préfère avec des jouets érotiques dans une main et mon plaisir dans l'autre.

Je ris et dépose un furtif baiser sur ses lèvres.

– Laisse-moi juste trouver ton chat et on y va.
– Pâris ! dit-elle en écarquillant les yeux.

Je me baisse pour chercher la boule de poils réfugiée sous un meuble, et prends quelques précieuses minutes pour l'amadouer avant de le mettre dans sa caisse de transport. A. me couve d'un regard brillant et si tendre que je la prends par la main avant de l'entraîner avec impatience vers ma voiture.

Elle libère son chaton dès qu'on arrive, lui promettant une double ration de croquettes pour toutes ces émotions. Je me place derrière elle pour l'enlacer, un geste simple et intime qui lui est seulement destiné. J'inspire son odeur de réglisse et effleure son cou de mes lèvres avant de la faire tourner entre mes bras. Je plonge dans ses yeux verts et la laisse cueillir mon âme à travers les miens.

– Je ne suis pas doué pour mettre des mots sur ce que je ressens.
– Heureusement que j'assure pour décoder, rétorque-t-elle.
– Chut, lui intimé-je en posant un doigt sur sa bouche.

Elle plisse les yeux avant de mordre gentiment mon index.

– Je ne te ferai pas de déclaration tous les jours, pas avec les grandes phrases que l'on peut attendre. C'est important, par contre, que je te le dise une fois, que je tente de te faire comprendre à quel point tu es essentielle dans ma vie. Je n'ai jamais connu quelqu'un comme toi. Tu es unique. Tu t'es glissée dans mon existence et tu en as lié tous les aspects. Je ne suis pas qu'un morceau de puzzle avec toi, une pièce, une compétence dont tu as besoin. Je suis simplement moi et j'en avais besoin. Ce que je veux dire, c'est…

Je m'interromps, cherchant les mots, avant de secouer la tête avec un sourire :

– Je ne suis qu'un crétin.
– Le premier pas vers l'acceptation de soi, me taquine-t-elle.
– Je t'aime, Aphrodite. Je t'aime de la manière la plus absolue qu'il soit.

– Pour quelqu'un qui n'est pas doué avec les mots, tu te débrouilles plutôt bien…

Je soulève un sourcil arrogant, juste pour elle :

– Je suis Jayden Vyrmond.

Elle pouffe contre moi avant d'acquiescer :

– L'insupportable prétentieux Jayden Vyrmond… que j'aime à m'en rendre dingue.

36

A.

J'attrape un des petits ramequins afin de le recouvrir de chantilly. Nom de Zeus ! Si on m'avait dit un jour que je serais en train de cuisiner aux côtés d'un dieu vivant ! Je ne sais pas ce qui est le plus incroyable : moi dans une cuisine, ou moi à côté de cet homme sexy en diable ?

Je lance un coup d'œil en coin à Jayden, détaillant sans vergogne cet apollon qui est mien. Il n'a pas encore enfilé son tee-shirt pour éviter de le salir par mégarde. Il cuisine torse nu pour mon plus grand plaisir. Entre ses abdominaux à tomber et le dessert que nous sommes en train de préparer, je ne sais plus vraiment qui j'ai envie de manger à cet instant !

Il me voit le reluquer et me lance un petit sourire arrogant. Sa condescendance, il ne l'a pas perdue ! Je dois dire, pourtant, qu'elle n'est pas pour me déplaire. Elle n'a rien à voir avec la froideur dont il pouvait parfois faire preuve à notre rencontre. Elle est moqueuse et… j'aime ça. Même si je ne lui avouerai probablement jamais !

– Un problème, princesse ? demande-t-il.
– Aucun. Je me disais simplement que j'avais eu une merveilleuse idée en refusant que l'on prenne un traiteur !

Je lui souris de toutes mes dents, comme un piranha essayant d'avoir l'air sympathique. Il rit doucement avant de se tourner complètement vers moi, m'offrant une vue imprenable. Je sens la chaleur se répandre sur ma peau et je reprends, la bouche sèche :

– Je devrais peut-être nous offrir des cours de cuisine…

– C'est une idée, acquiesce-t-il, mais même si je cuisine aux côtés d'un chef étoilé, rien ne pourra jamais être plus appétissant et délicieux que toi…

– C'était censé être une déclaration romantique ? le provoqué-je alors même que mon cœur palpite aussi vite que les ailes d'un colibri.

– Non. C'est simplement la vérité.

Mon souffle se fait plus laborieux alors qu'il réduit l'espace entre nous et… qu'il se fige soudainement en regardant son torse. Je suis son regard et découvre une traînée de chantilly sur ses muscles dessinés. Mes yeux se posent rapidement sur Athéna qui tient la bombe pointée vers lui. Je ravale un sourire de connivence, pose la bombe de chantilly avec mon autre main et m'avance vers Jayden en le dévorant du regard. Lui aussi a un regard sombre, empli d'une faim insatiable. Il ne bouge pas alors que je franchis les derniers centimètres nous séparant. Sa main vient cueillir mon visage en coupe et je dépose un baiser sur sa paume avant de me laisser tomber à genoux. Je le sens se tendre au moment où mon souffle balaye sa peau nue. Après un regard taquin, je lèche docilement la crème en laissant traîner la pointe de ma langue sur sa peau. Je parcours ses muscles fermes de ma bouche, le nettoyant avec sensualité, et ne peux m'empêcher de laisser quelques gémissements m'échapper.

– Aphrodite, grogne-t-il.

Je le mordille et il se crispe davantage, sa main se serrant dans mes cheveux et éveillant des séries d'images érotiques dans mon esprit. Excitée, je laisse ma main défaire le bouton de son pantalon sans cesser d'embrasser son torse ferme. Je glisse dans son caleçon, attrape la chair chaude de son érection tendue et l'entends gémir. Une coulée de lave entre mes cuisses me fait serrer ces dernières alors que je deviens brûlante de désir. Impatiente, je fais aller et venir ma main sur son membre une fois, puis une deuxième et… m'immobilise quand les coups retentissent contre la porte.

– Ne t'avise pas d'aller ouvrir, lâche Jayden d'une voix rauque d'un désir inassouvi.

Je reprends mon souffle et mes esprits autant que je le peux tandis que l'on toque une seconde fois.

– Nos invités sont arrivés, constaté-je dans un murmure.
– Rien à faire, bougonne-t-il. Tu ne bouges pas de là.

Je souris en entendant le besoin dans sa voix et, parce que je ne sais pas faire autrement que le défier encore et toujours, j'enlève ma main et me redresse lentement :

– Tu devrais passer un tee-shirt, lui lancé-je.

Une étincelle brille dans ses yeux d'argent avant qu'il grogne et souffle contre mes lèvres :

– Crois-moi, princesse, tu vas le regretter…

Il m'embrasse pendant une courte seconde, un baiser cru, dur, brûlant qui me laisse pantelante. Je suis encore toute retournée alors qu'il fait volte-face et court vers la chambre, sûrement pour enfiler ce fameux tee-shirt.

Je passe la langue sur mes lèvres sans pouvoir m'en empêcher puis me dirige dans un état second vers la porte. Derrière, Joey, Vanessa, Jeff et Jeannette me lancent des regards entendus.

— Ton seuil de porte est super mais si je suis venu ici pour l'admirer, je préfère encore rentrer chez moi avec ma femme, me lance Jeff avec sa dose de sarcasmes habituels.

— Tu as vu ça, Jeannette, ajoute Vanessa avec malice, A. est tellement rouge qu'on pourrait croire qu'elle vient tout juste de faire des cochonneries.

— Par pitié ! J'espère qu'ils n'ont pas fait ça sur la table où on va manger ! supplie Jeannette avec un ton moqueur.

— Connaissant Jayden, il faut s'attendre au pire, annonce Joey d'un air faussement désespéré, ils ont probablement baptisé le moindre millimètre de sa maison... Autant dire qu'il n'y a pas un endroit que l'on touchera sans qu'ils y soient passés avant.

— Ah ah, très drôle, répliqué-je à moitié gênée, à moitié amusée. Vous avez fini ? Ou je dois encore entendre d'autres remarques avant de vous faire entrer ?

— On peut faire les deux en même temps, m'assure Jeff avec un clin d'œil.

— Ou je peux annuler mon invitation et arrêter de faire semblant de vous apprécier, intervient Jayden en arrivant derrière moi.

Son ton est aussi sarcastique que celui de son ami et il arbore une expression mi-condescendante, mi-amusée. Je jette un coup d'œil au polo qu'il vient d'enfiler et qui couvre sa superbe musculature, à mon grand regret.

— Mon vieux, c'est trop tard, ricane Jeff, on sait que tu as un petit cœur tout mou.

— Je t'emmerde, *mon pote*, rétorque Jayden sans la moindre finesse.

Jeff glousse et ils se tapent dans la main avant de se rendre une étreinte amicale et virile. Il est le premier à entrer chez nous. Oui, chez nous. Même mon bureau et mon fidèle ordinateur aux mille protections ont été rapatriés ici. Parfois, j'ai peur de commettre une bourde de trop et de casser quelque chose de précieux aux yeux de Jayden. Mais, à chaque fois que cette inquiétude m'étreint, je repense à la façon dont il m'a fait revivre. Entièrement. Pleinement. Je revois sa façon de tenir Athéna comme n'importe quel petit ami tiendrait la main de sa copine. J'entends de nouveau sa voix me dire que je suis plus importante que le reste. Et puis, je le sens. Jamais très loin. Toujours là pour m'enlacer et effacer le moindre de mes doutes. Pour me convaincre que vivre dans son palais princier en verre est une excellente idée. Jayden peut se montrer très très convaincant... Pour mon plus grand plaisir.

On se dirige ensemble vers le salon pour un apéro soft, bien loin de nos soirées tequila avec les filles. En même temps, le but de cette soirée est de nous réunir une dernière fois avant les mondiaux de Jayden. Après ce soir, mon homme va devoir se concentrer et ne plus faire aucun excès afin d'être au meilleur de sa forme. Autant dire qu'on avait envie de partager ce dernier moment avec notre groupe d'amis sans qui nous ne nous serions jamais connus. Sans qui notre histoire aurait peut-être été un simple coup d'une nuit en se croisant dans un bar. Sans qu'on se résiste. Sans qu'on se provoque. Sans tout le piment de notre relation aujourd'hui.

L'ambiance est légère, chaleureuse et drôle, à l'image de toutes les personnes présentes ce soir. Bon, d'accord : il y a aussi Vanessa qui frissonne, se crispe, se détend, soupire de bonheur en fonction de chacune de nos voix. Et Jeannette qui cligne frénétiquement des yeux en lâchant une insulte de temps à autre en plein milieu de la conversation. Sans oublier moi et les tours d'Athéna, chipant dans les assiettes ou levant le majeur sans permission. En même temps, on est ce trio farfelu et décalé. Mais, après tout, on doit bien avoir quelque chose de spécial, cette petite étincelle qui fait que nos hommes nous ont choisies nous et pas d'autres. Joey enlace et cajole de manière régulière Vanessa pour l'apaiser. Jeff dédramatise les insultes de Jeannette, rebondit dessus pour la faire rire. Jayden attrape ma main, l'embrasse, se moque doucement de moi.

La soirée se passe ainsi : à rire, à raconter des anecdotes et à glousser de situations embarrassantes dans lesquelles chacun a pu se mettre, syndrome ou non. Quand arrive le dessert, l'ambiance prend une autre teinte pour moi. Et pour Jayden aussi, vu le regard brûlant qu'il me lance. Je tremble presque lorsque j'entame ma verrine d'un tiramisu revisité à la fraise et à la chantilly. Je mange, sourde aux conversations de nos amis, entièrement fixée sur Jayden. Il mange lui aussi son dessert, avec une lenteur étudiée, laissant traîner sa langue sur sa cuillère avec une sensualité qui fait grimper la température. Je crois qu'il se fout pas mal que l'on puisse surprendre ce petit jeu provocant. Ses yeux argentés ne me lâchent pas non plus, comme si nous nous enfermions dans notre monde. Un univers dans lequel nous sommes les seuls à pouvoir pénétrer. Notre intimité.

Je ne propose pas de café à la fin du repas. Je me lève, incitant tout le monde à faire de même et raccompagne à la porte nos amis. Quand je verrouille celle-ci et fais volte-face, mon cœur tambourine d'impatience dans ma poitrine.

J'avance doucement, à pas de loup, jusque dans la salle à manger. Personne. Mon excitation grimpe d'un cran alors que je parcours la cuisine puis le salon sans le trouver. Il joue avec moi. Avec mon impatience. Je monte d'un pas tremblant de désir les escaliers avant de pousser la porte de notre chambre.

Il est là. De nouveau torse nu. Il m'attend au centre de la pièce, non loin du grand lit, un sourcil arqué de défi, alors qu'il tient la bombe de crème chantilly dans une main et des menottes dans l'autre.

– Alors, Aphrodite, souffle-t-il d'une voix rauque de désir, où en étions-nous ?

Son regard qui me consume ne me laisse aucun doute tandis qu'il s'approche de moi comme un prédateur. Je suis le dessert. Et je ne vois aucune objection à me faire dévorer par cet homme-là. Je lui offre moi-même mes poignets, je le laisse m'attacher au lit et l'observe qui me couvre, joueur, de chantilly aux endroits stratégiques. Je frissonne sous la crème froide, mes tétons pointent avant même qu'il ne les taquine. Il lèche la crème qui couvre mes mamelons, mordille mes seins, aspire mes pointes roses dans sa bouche, me faisant gémir sous lui. Il suit le chemin qu'il a tracé avec la bombe, me laissant pantelante, puis sa langue tourne autour du centre de mon plaisir, me faisant crier. Il m'emporte dans le tourment, me goûtant, me poussant aux portes de l'orgasme avant de s'arrêter avec un sourire provocant, me rendant la monnaie de ma pièce. Il recommence une deuxième fois, mettant le feu à mon corps et mon esprit. Je geins, m'agite contre sa bouche, le supplie de continuer alors que je ne songe qu'à la délivrance qu'il peut m'apporter et que je peux presque toucher du doigt. Je grogne en le sentant s'éloigner… jusqu'à ce que son membre me pénètre jusqu'à la garde. Sans préservatif, pour la première fois, les tests arrivés ce matin nous ayant donné le feu vert. Je hurle sous le coup du plaisir, de sa chaleur qui pousse mes parois étroites et frémissantes. C'est une explosion de sensations, une multitude de perceptions tandis que je le sens sans barrière en moi. Je l'entends grogner, lui aussi, sous le choc du plaisir décuplé. Puis il se met en action, me pilonnant sans merci, jusqu'à ce que l'on explose à deux, touchant les étoiles, fusionnant nos êtres dans un orgasme dévastateur.

Je resserre mes jambes autour de lui, refusant qu'il bouge. Il n'en fait rien, restant en moi, prolongeant ce moment. Il dépose un baiser tendre sur ma joue avant de souffler à mon oreille :

– Je t'aime.

Je souris à cette déclaration simple et merveilleuse avant de murmurer à mon tour :

– Je t'aime, Jayden. Ce qui ne veut pas dire que j'accepte de rester menottée à ce lit pour le reste de ma vie, continué-je avec humour.

Il rit contre moi, se redresse sur ses avant-bras et plonge ses yeux argentés et malicieux dans les miens.

– Pourtant, je n'en ai clairement pas fini avec toi, argue-t-il avec un mouvement de hanche.

J'écarquille les yeux en le sentant déjà prêt pour un autre round alors qu'il recommence à bouger avec lenteur :

– Je ne serai jamais rassasié de toi, A., jamais…

Et j'oublie tout. Tout sauf lui. Sauf nous.

ÉPILOGUE

A.

On est tous en place dans les gradins. Jeannette à ma gauche, lâchant quelques grossièretés sous le stress de la compétition. Jeff à côté d'elle, gloussant et l'embrassant régulièrement. Vanessa à ma droite, un casque sur les oreilles et en dessous, je le sais, des boules Quiès pour étouffer davantage les bruits. Joey qui lui serre la main et la soutient, fusillant du regard ceux qui jettent des coups d'œil insistants à sa femme. Leo, et ses cheveux arc-en-ciel, qui sautille sur son siège, débordant d'une énergie et d'une joie incontrôlables. Lonan, plus froid à côté, qui observe avec attention cette journée, toujours préoccupé par cette menace, parmi d'autres, sortie du lot. Celle qu'il a reçue chez lui, celle dont il pensait qu'elle pourrait me retomber dessus. Si je ne suis finalement ni suivie ni prise pour cible par ce fou-là, cela ne veut pas dire que Lonan, lui, n'a plus rien à craindre. Aucun mouvement n'a été fait pour l'instant. Peut-être n'était-ce rien ? Pourtant, il reste sur le qui-vive en permanence. Fichu boulot... Je n'imagine pas l'épuisement qu'il doit ressentir. Est-ce pour cela, pour pouvoir souffler un peu, qu'il a accepté l'invitation inattendue de Jayden ? Je crois que ce dernier l'a invité pour le remercier d'avoir envoyé ses hommes vérifier que j'allais bien ce jour-là. Et aussi pour lui en mettre plein la vue. On ne changera pas mon homme.

On est tous là. Pour lui. Tous assis, fébriles, à frémir à chaque épreuve, les yeux rivés sur le favori de ces mondiaux se déroulant en Hongrie, le pentathlète : Jayden Vyrmond. Je ne compte plus le nombre de fois où Athéna a jeté de la nourriture sur certains malchanceux. En même temps, quelle idée d'encourager les adversaires de mon homme ?

Je tremble presque lors de l'épreuve finale, le cœur battant pour lui. Mon estomac fait des loopings au gré de mes émotions. Puis je hurle et saute sur mes pieds, la joie transcendant mon être quand il franchit la ligne d'arrivée. Je sais qu'il vient de gagner. Je sais que le cumul de points lui fait remporter la médaille d'or. Mes meilleures amies me prennent dans leurs bras et on se trémousse ensemble comme des hystériques.

De là où je suis, je peux voir le sourire de Jayden et son visage se tourner vers nous. Alors, lentement, il enlève son maillot et le laisse tomber par terre avant de lancer son poing vers le ciel, vainqueur. Je ris de plus belle, me rappelant notre conversation dans l'avion où je lui avais demandé si les hommes qui gagnaient dans son sport laissaient tomber également le tee-shirt en cas de victoire, comme dans d'autres disciplines. Il m'avait répondu avec un sourire arrogant qu'il ferait en sorte que je puisse me rincer l'œil.

Les filles me relâchent et je cours, descends les marches à toute volée jusqu'à la rambarde de sécurité. Il me rejoint au petit trot, lui aussi, et passe ses bras par-dessus la barrière métallique pour me serrer contre son torse transpirant et plus que jamais sexy sous l'effort.

– Tu es officiellement le numéro un mondial ! piaillé-je contre lui.

Il rit à mon oreille, m'embrasse jusqu'à m'en faire tourner la tête, et répond :

– Je ne cesse de te répéter que je suis le meilleur, A., maintenant tu en as la preuve.
– Tu vas être encore plus agaçant, n'est-ce pas ?
– Tu ne m'aimerais pas autrement.
– Nom de Zeus, je n'imagine même pas quand viendront les Jeux olympiques…

Je râle pour la forme. Aucun de nous n'est dupe. Il caresse ma joue, ses yeux argentés brillant d'une incroyable fierté.

– Que dirais-tu, en attendant, de t'éclipser quelques semaines avec moi ?
– Le célèbre pentathlonien le peut-il seulement ?
– J'ai un bateau qui n'attend que nous. Enfin, l'équipage aussi pour être tout à fait honnête. Il n'empêche que nous serons seuls au monde, rien que tous les deux au milieu de nulle part…
– Tu veux m'enlever, Jayden ?
– Je veux te garder, me contre-t-il. Te garder juste pour moi.

Pour toujours, semblent me crier ses yeux. Alors j'acquiesce, Athéna décoiffant ses cheveux, ne voulant être possédée par personne d'autre que cet homme-ci.

FIN

© EDISOURCE, 100 rue Petit, 75019 Paris
ISBN 979-10-257-5720-8

ZDEN_001

Printed in France by Amazon
Brétigny-sur-Orge, FR

14763392R00205